फरफंदो

फरफंदो

डॉ. कीर्ति काले

ग्रंथ अकादमी, नई दिल्ली

प्रकाशक : ग्रंथ अकादमी,
भवन संख्या–19, पहली मंजिल, 2, अंसारी रोड, दरियागंज, नई दिल्ली–110002
 / संस्करण : प्रथम, 2023 / मूल्य : तीन सौ रुपए
मुद्रक : आर–टेक ऑफसेट प्रिंटर्स, दिल्ली ISBN 978-93-92013-07-2

FARFANDO ***reminiscence*** **by Dr. Kirti Kale** ₹ 300.00
Published by **GRANTH AKADEMI**
Building No. 19, First Floor, 2, Ansari Road, Daryaganj, New Delhi-110002

स्व. श्री सुधाकर भागवत
पूज्य पिताजी

श्रीमती रत्नप्रभा भागवत
पूज्य माँ

समर्पण कविताएँ

बाबा

बाबा, तेरी आँखों में
मैंने दुनिया सारी देखी है।
पूरी खुद्दारी देखी है,
थोड़ी लाचारी देखी है॥

कांधे पर बैठाकर बचपन
में सारा आकाश दिखाया।
सबसे ऊँचा उड़ सकती हूँ,
मन में ये विश्वास जगाया॥

सपनों को सच करनेवाले
पंख तुम्हीं ने दिए हैं बाबा।
जो भी काम हुए मुझसे दरअसल,
तुम्हीं ने किए हैं बाबा॥

मेरी राहों के काँटों को
हँसते-हँसते फूल बनाया।
बुरी नजर के गालों पर
कस करके थप्पड़ एक जमाया॥

सभी मुश्किलों से लड़ने की
हर पल तैयारी देखी है।
बाबा, तेरी आँखों में
मैंने दुनिया सारी देखी है॥

मेरे बढ़ते कदमों पर जब
दुनिया ने उँगलियाँ उठाईं।
लड़की होने के तानों ने
सामाजिक औकात दिखाई॥

रूढ़िवाद की हथकड़ियों ने
लेखन को बंधन में डाला।
परंपरा के रखवालों ने
वाणी पर लटकाया ताला॥

तब तुमने ही कहा, डरो मत,
घबराओ मत, मैं तो हूँ न।
दुनिया की परवाह करो मत,
बढ़ती जाओ, मैं तो हूँ न॥

काँटों भरे समय में भी
होंठों पर फुलवारी देखी है।

बाबा, तेरी आँखों में
मैंने दुनिया सारी देखी है।
पूरी खुद्दारी देखी है,
थोड़ी लाचारी देखी है॥

—डॉ. कीर्ति काले

माँ

माँ : समूची सृष्टि का आधार।

स्नेह की देवी धरा पर,
नवसृजन का गीत गाकर,
खोलती है जिंदगी का द्वार।

वेद की पावन ऋचा है,
साधना है, अर्चना है,
है ऋणी तेरा सकल संसार।

छाँह ममता की घनेरी,
प्यार की आभा सुनहरी,
त्याग का अक्षय अमित भंडार।

माँ : समूची सृष्टि का आधार।

—डॉ. कीर्ति काले

आशीर्वचन

केवल पढ़ने योग्य ही नहीं, चर्चा करने योग्य है—'फरफंदो'

सुख और आनंद में अंतर है और ये निर्मल आनंद की यात्रा करानेवाले सच्चे, निष्कपट और सुरीले संस्मरण हैं। मानव-मन की पकड़ है, संस्कृति का गान भी। सब बातों ही बातों में कह देने की अप्रतिम कला ने डॉ. कीर्ति काले का यह संस्मरण संग्रह अनोखा बना दिया है।

साहित्य मानव-मन के अगाध सौंदर्य का सहज बोध कराने का अद्‌भुत अनुष्ठान है। शब्द-शब्द में स्मृतियों को अनुभूतियों और संवेदना के साथ मिलाकर जीवन-यात्रा के विविध पड़ावों को अर्घ्य देना ही संस्मरण है। संस्मरण साहित्य की आत्मीयता भरी विधाओं में मानी-जानीवाली सशक्त विधा है। यशस्वी कवयित्री डॉ. कीर्ति काले ने अपना कवि-मन, कवि-दर्शन इसी जादुई विधा के माध्यम से सहज गद्य में बुन दिया है और इस तरह अपने जीवन की सरल-तरल अनुभूतियों को निराले लेखकीय सौंदर्य के साथ साहित्य जगत् को सौंप दिया है।

हिंदी साहित्य में आत्मीय व्यक्तियों, जीवन की अविस्मरणीय स्मृतियों व घटनाओं को अभिव्यक्ति देने का यह क्रम भारतेंदु युग से होता हुआ, द्विवेदी युग फिर छायावादी युग से आज तक चला आ रहा है। एक से बढ़कर एक संस्मरण लिखे गए। पद्म सिंह शर्मा कमलेशजी का संस्मरण 'पद्म पराग' नाम से बहुत

प्रभावी रहा। प्रसिद्ध स्थान पर आधारित संस्मरण यात्रा-वृत्तांत जैसे होकर भी अपना अलग अस्तित्व बनाए हैं। कारण ये कि यह विधा अपनी बोधगम्यता के साथ आत्मीय पारदर्शिता और पाठकों के साथ ईमानदारी से बाँटे गए निजी विचारों के लिए लोकप्रिय हुई। संस्मरण-साहित्य एक प्रकार का दस्तावेजीकरण है, जो किसी स्थान-विशेष की परंपराओं, व्यक्ति-विशेष की रुचियों, स्वभाव के साथ जीवन के पड़ावों की आत्मीय यात्रा करा देता है। सहज-उन्मुक्त शैली, नि:संकोच स्पष्ट वर्णन और पारदर्शिता के कारण संस्मरण विधा रोचक बन जाती है। यही कारण है कि सुप्रसिद्ध साहित्यकार, कवि, लेखक से लेकर राजनेता तक हर वर्ग का व्यक्ति संस्मरणों के बहाने अपने जीवन की खुली पुस्तक पाठकों के सामने रख देता है। भाव-प्रवण शैली के कारण बात कहने का अंदाज खास हो जाता है। इसलिए संस्मरण मानव-मन के बहुत पास है। बातचीत में भी तो हम सब पुरानी बातें कह-सुनकर अपने मन-रंजन के साथ अनुभवों को निष्कपट साझा करते हैं।

प्रस्तुत संस्मरण संग्रह 'फरफंदो' डॉ. कीर्ति काले के ग्वालियर में बीते भोले, शरारती, किंतु कुशाग्र बालमन के अनुभव से और सोच से हम सबको बड़े ही अपनेपन के साथ परिचित कराता है। जिस कीर्ति को ग्वालियर जानता है, वह एक बहुआयामी व्यक्तित्व की संस्कारवान् सुंदरी किशोरी रही। जो पुलक-प्रसन्न भाव से जीवन का उत्सव मनाती-सी जीती रही। डॉ. कीर्ति अपने कैशोर्य में वाद-विवाद से लेकर नृत्य, संगीत, रंगोली, पुष्प-सज्जा, हर विधा में न केवल भाग लेती रही, वरन् सदा जीतती भी रही। डॉ. कीर्ति की मेधा, विलक्षण बुद्धि, जीवंत दृष्टि और संस्कार उसके सुप्रसिद्ध रूप की कहानी लिख गए। जीवन से भरी-भरी डॉ. कीर्ति का अपार उत्साह, ललक, कुशाग्र बुद्धि और सरल-तरल मन ही इतने सुंदर, सरस, रोचक और प्रभावी संस्मरण लिखा पाया है।

मधुर रसवंती, लाजवंती, श्रृंगारप्रिया, कविता किशोरी को डॉ. कीर्ति शब्दों में उतारकर देश-विदेश की दिशाओं में गुंजायमान कर देती है। वहीं जब कवि सम्मेलनों के किस्से व व्यंग्य लिखती हैं तो सब 'ओ त्तेरे की' कह उठते हैं। गद्य, पद्य पर समान रूप से कलम का कमाल दिखानेवाली डॉ. कीर्ति का यह रूप उनके व्यक्तित्व की संवेदना-सिक्त पर्तों का कमाल है। स्मृति के पंखों पर बैठ उड़ती परी-सी डॉ. कीर्ति अपने बचपन और कैशोर्य की सहजता को जब कागज पर उतारती हैं तो आपको भारतीय जीवन की सादगी, स्नेह और भावुकता—तीनों का संगम लहराता दिखता है।

संस्कृति की हर करवट को जानना, परंपरा को पूजना और भावनाओं को सहेजते हुए जीवन के क्षण-क्षण को उत्सव-सा जीना ही इन संस्मरणों की पहचान है। बचपन का भोलापन देखिए पहले ही संस्मरण 'बंदरोबा' में। डॉ. कीर्ति कहती हैं, "मैं अपनी असली माँ से मिलने चिड़ियाघर गई," तो इसमें व्यंजना भी है कि हम सबके पूर्वज वानर ही तो हैं। उछल-कूद की विशेषज्ञ कीर्ति को जब पता चलता है कि बड़ी बंदरिया तो मर गई। यहीं उसका बालमन संस्मरण समाप्त कर देता है, यानी अनकहे शोक को लिख भी दिया और भावना व्यक्त न करके छिपा भी लिया। इसी तरह ग्वालियर के मेले-ठेले, 'नागपंचमी', 'रामलीला', 'गणपति बप्पा मोरया' और आषाढ़ी एकादशी का बड़ी ही आत्मीयता से वर्णन किया है। 'फ्रॉक से सलवार-कुरता' तक आते-आते कैसे डॉ. कीर्ति की 'पहली विदेश यात्रा' संपन्न हुई। बड़े ही सख्य भाव से निर्द्वंद्व मन से लेखिका ने एक-एक घटना का साक्षी पाठकों को बनाया है। यही नहीं, इन संस्मरणों में छिपी समाज की अंतरंग तसवीरें, हमारी परंपराओं का खट्टा-मीठा सच और बाल मनोविज्ञान के निश्छल आनंद भी बुन दिए गए हैं।

डॉ. कीर्ति काले अंतरराष्ट्रीय व राष्ट्रीय मंचों की शानदार काव्य प्रतीक हैं। हजारों कार्यक्रमों की सूत्रधार हैं। उनका बचपन कैसा रहा, कितना रोचक, कितना अपनापन लिये रहा, यह जानना है तो पढ़िए 'फरफंदो'। यह विशुद्ध भारतीय विशेषण है। इसके मानी क्या है, यह पढ़ना वास्तव में बहुत ही आनंददायक रहेगा।

संस्मरण संग्रह की चित्रात्मक भाषा-शैली उनका आनंद दोगुना कर देती है। भारतीय बचपन के पुराने बिना पैसों के खेल परंपरा का पुनर्पाठ-से लगते हैं। हमारे बीच सखुताई भी हैं, बहूबाई भी है, गौशालाएँ भी हैं और मुँछोंवाले दादाजी भी पर जिस अंदाज में डॉ. कीर्ति काले ने बयान किया है, उसमें सरस कलात्मक सौंदर्य और भाषा का बेबाक प्रयोग उसे खास बनाता है। आत्मीयता के साथ निश्छलता और स्वाभाविकता का सौंदर्य मानो संस्मरणों में चार चाँद लगा रहा है।

निश्चय ही यदि आपको भी अपने बचपन और कैशोर्य में झाँकना है तो पढ़ना होगा यह 'फरफंदो'। आपको सहजता जीनी है तो पढ़िए, भारतीय जीवन की सादगी और संस्कार देखने हैं तो यह संस्मरण आपको उँगली पकड़कर बचपन घुमा देंगे।

सुख और आनंद में अंतर है और ये निर्मल आनंद की यात्रा करानेवाले सच्चे, निष्कपट और सुरीले संस्मरण हैं। मानव-मन की पकड़ है, संस्कृति का गान भी।

सब बातों ही बातों में कह देने की अप्रतिम कला ने डॉ. कीर्ति काले का यह संस्मरण संग्रह अनोखा बना दिया है।

'फरफंदो' संस्मरण केवल पढ़ने योग्य नहीं चर्चा करने योग्य और स्वयं को अपना बचपन कैशोर्य स्वयं उपहार में दे लेने का साधन है। मैं अपनी मानस पुत्री डॉ. कीर्ति काले के उज्ज्वल भविष्य की कामना करते हुए शुभाशीष देती हूँ। कीर्ति की अमर कहानी लिखनेवाली कीर्ति पल-पल कीर्ति का वरण करे।

शुभमस्तु।

—डॉ. राजरानी शर्मा
प्राध्यापक, हिंदी
ग्वालियर, मध्य प्रदेश
मो. : 9425339771

प्राक्कथन

बीता-अनबीता

डॉ. कीर्ति काले की यह पुस्तक एक कालखंड को समेटे हुए है, एक मानवीय चलन और सभ्यता को समेटे हुए है, जो अब महानगरों के जीवन में जड़ से गायब है। यह पुस्तक जब प्रकाशित होकर आए तो आप सभी पढ़कर ही जान पाएँगे कि कितना अलग था तब का जीवन?

डॉ. कीर्ति काले एक प्रख्यात कवयित्री व लेखिका हैं। अपने गीतों को लेकर वे अधिक चर्चा में रहती हैं। देश में और परदेस में उन्हें अनेक मंचों पर सुना गया और सम्मानित भी किया गया है।

अभी हाल में ही उनकी प्रकाशित होनेवाली पुस्तक 'फरफंदो' का स्वरूप देखने को मिला, जिसे मैंने आदि से अंत तक पढ़ा। पुस्तक का नाम 'फरफंदो' पढ़कर कुछ अजीब सा लगा, क्योंकि यह शब्द मेरे लिए अब तक अजाना था। 'फरफंदो' वास्तव में उनके पैंतालीस-पचास साल के जीवन की यात्रा-कथा है। जब वे केवल छह बरस की थीं, तब से लेकर अब तक उनकी जीवन गाड़ी कहाँ-कहाँ से गुजरी, इसका पूरा ब्योरा उन्होंने अपनी नई कृति 'फरफंदो' में विस्तार से बताया है। 'फरफंदो' नाम उन्हें उनके बाबा ने उस समय दिया था, जब वे मात्र चौदह बरस की थीं। 'फरफंदो' जो आए दिन किसी-न-किसी नए फसाद को जन्म

दे। पुस्तक पढ़ने पर ही जाना कि वे बचपन में आम बच्चों से कुछ अधिक शरारती थीं।

असल में होता क्या है कि किसी का भी बीता हुआ काल उसे याद आता है और विशेषकर साहित्यकारों, कवि, कवयित्रियों को, क्योंकि वे आमजन से अधिक संवेदनशील होते हैं। मुझे इस संदर्भ में अपनी कविता की एक पंक्ति याद आ गई—

तुम जीते हो वर्तमान में
मैं तो अनबीता जीता हूँ।

कुछ भावुक मन अपने बीते हुए को अनबीता मानते हैं। उनके लिए वे दिन, वे पल कभी नहीं बीतते, जो उन्होंने अपनों के साथ मन और आत्मा से जिए हैं।

डॉ. कीर्ति नहीं भुला पाई हैं अपना बचपन, जो ग्वालियर में बीता। वहाँ कच्चे आँगनवाले बड़े घर थे, जिसमें बाबा, दादी, चाचा, चाची और उनके बच्चे—सब साँझा घर में रहते थे। जहाँ नौकर, नौकरानियों को नौकर नहीं, बल्कि चाचा-चाची, दादी कहकर पुकारा जाता था। वे घर कच्चे जरूर थे, लेकिन उनमें पलनेवाले रिश्ते बहुत पक्के थे।

डॉ. कीर्ति काले की यह पुस्तक एक कालखंड को समेटे हुए है, एक मानवीय चलन और सभ्यता को समेटे हुए है, जो अब महानगरों के जीवन में जड़ से गायब है। यह पुस्तक जब प्रकाशित होकर आए तो आप सभी पढ़कर ही जान पाएँगे कि कितना अलग था तब का जीवन। आज जिंदगी आरामदायक तो है, पर संतोष और सुखदायक नहीं है।

डॉ. कीर्ति काले की लेखनी यूँ ही बदस्तूर चलती रहे, इसी कामना के साथ—

शुभेच्छु!

—बी.एल. गौड़,

साहित्यभूषण सम्मान प्राप्त वरिष्ठ लेखक एवं अभियंता
मो. : 98101 73610

शुभकामनाएँ

डॉ. कीर्ति काले हिंदी की स्वनामधन्य कवयित्री हैं। मैं लगभग तीस सालों से उनकी अनवरत शब्द-साधना का साक्षी रहा हूँ। बिना किसी वाद-विवाद के साहित्य की विभिन्न विधाओं में श्रेष्ठ और टकसाली सृजन करने की कला नई पीढ़ी को उनसे सीखनी चाहिए। काव्य-मंचों पर सदा अपनी जमाऊ और गरिमावान प्रस्तुति देनेवाली कीर्ति का कोई सानी नहीं है। वे गीत, नवगीत, गजल, दोहे, गद्य, व्यंग्य, आलेख और पत्रकारिता सबमें सिद्धहस्त हैं।

उनकी नवीनतम पुस्तक 'फरफंदो' अपने नाम, आवरण, रोचकता व प्रेरणादायी संस्मरणों से सबको पसंद आएगी, ऐसा मेरा दृढ़ विश्वास है।

कीर्तिजी को आकाशभर शुभकामनाएँ।

—पद्मश्री डॉ. सुनील जोगी

●●●

डॉ. कीर्ति काले बहुमुखी प्रतिभा-संपन्न साहित्यकार हैं। उनके व्यक्तित्व और कृतित्व का 'कैनवास' बहुत व्यापक है। यह व्यापकता उन्होंने स्वयं की जिंदगी के विभिन्न अनुभवों से हासिल की है। उनके बचपन से लेकर अब तक की जीवन-यात्रा के विभिन्न अनकहे पहलू आपको इस पुस्तक में खुद अपनी कहानी कहते हुए नजर आएँगे। कीर्ति कालेजी के कृतित्व को पूर्ण रूप से समझने के लिए उनकी जिंदगी के विभिन्न पहलुओं को प्रदर्शित करती यह पुस्तक अपने अनूठेपन और नवीनता-बोध हेतु साहित्य के क्षेत्र में एक मिसाल कायम करेगी। डॉ. कीर्ति कालेजी को अनंत शुभकामनाएँ।

—डॉ. प्रवीण शुक्ल

(साहित्यकार एवं कवि)

●●●

ऐसे संस्मरण, जिन्हें पाठक भी सदैव याद रखेंगे। ऐसी रोचकता, जो मन को भीतर तक गुदगुदाएगी। ऐसा अनूठा संग्रह, जिसे सब सहेजना चाहेंगे। एक ऐसी विलक्षण प्रतिभा की यादों की गठरी का खजाना, जो किशोरी कीर्ति भागवत से काव्य-जगत् का सूर्य डॉ. कीर्ति काले बनती चली गई तो दुनिया ने पलकों पर बिठा लिया।

—दिनेश रघुवंशी

प्रसिद्ध कवि

●●●

वर्तमान में अतीत को जीना एक रुमानी अनुभव है और इसी अनुभूति की अभिव्यक्ति संस्मरण कहलाती है।

रोचक व रमणीय होकर ही संस्मरण पठनीय बनता है और यह गुण संस्मरण में लेखक की जागृत स्मृति, संवेदी कल्पनाशीलता और प्रखर अभिव्यंजना-सामर्थ्य से ही उत्पन्न होता है।

विगत कुछ वर्षों से गीत रचना में सिद्ध-प्रसिद्ध लोकप्रिय कवयित्री डॉ. कीर्ति काले गद्य लेखन की ओर उन्मुख हुई हैं और अपने संस्मरणात्मक आलेखों के माध्यम से उन्होंने हिंदी के पाठक वर्ग में अपनी संभावनाशील उपस्थिति दर्ज कराई है।

'फरफंदो' डॉ. कीर्ति के जीवन-संस्मरणों का प्रथम पुस्तकाकार संकलन अवश्य है, लेकिन इसमें उनकी परिपक्व प्रतिभा के सुरम्य हस्ताक्षर हैं। उनकी सहज आडंबरहीन भाषा और गहन अनुभूति-प्रवणता कथ्य को सरल तरल प्रवाह प्रदान करने में सफल हुई है।

संस्मरणों में व्यंजना-शक्ति का स्वाभाविक प्रयोग डॉ. कीर्ति की विशिष्ट शैली है, जो कि रोचकता के तत्त्व को अक्षुण्ण बनाए रखती है।

डॉ. कीर्ति के पिताश्री ने जिन विविधवर्णी अर्थों में 'फरफंदो' नामकरण किया था, उसकी बहुआयामी अर्थवत्ता को समग्रत: उजागर करती है 'फरफंदो', अस्तु मुझे विश्वास है कि हिंदी जगत् में इसे एक अभिनंदीय प्रयास के रूप में स्वीकार किया जाएगा।

भविष्य के लिए शुभकामनाएँ···

—डॉ. ब्रजेश शर्मा,

मैनेजिंग डायरेक्टर

श्रीराम सेंटर फॉर एक्सीलेंस,

ग्वालियर (म.प्र.)

अपनी बात

स्मृतियाँ बीती हुई नहीं होतीं, अपितु उनमें उस देश, काल, परिस्थिति का पूरा परिवेश साँस लेता है। 'फरफंदो' के माध्यम से पाठक उस समय के कालखंड को जी सकेंगे, जब संयुक्त परिवार की मर्यादा थी तो विश्वास भरी उन्मुक्तता भी थी। बिना पैसे के खेल थे तो नागपंचमी के मेले भी थे। बड़ों का लिहाज था तो निश्चिंतता भरी नींद भी थी। अधिक नहीं बताऊँगी, क्योंकि बताने की बारी अब आपकी है। मुझे तो जो कहना था, पुस्तक में कह दिया। आप पुस्तक पढ़िए और बताइए कि 'फरफंदो' क्या सही में 'फरफंदो' है?

स्मृतियों के एलबम को उलटते-पलटते समय अतीत की चादर से ढके हुए कुछ पात्र अनायास ही उभरकर मुझसे बतियाने लगे। उन्हीं पात्रों को आपसे परिचित कराने का आत्मीय प्रयास है यह पुस्तक—'फरफंदो'।

'फरफंदो' शब्द विश्व की किसी भी भाषा के शब्दकोश में नहीं मिलेगा। ये तो मेरे बाबा (पिताजी) ने विशेष रूप से मेरे लिए गढ़ा था। 'फरफंदो' से उनका तात्पर्य था—'सदा फसाद करनेवाली'। सच कहती हूँ मैं फसाद नहीं करती थी, वरन् जो करती थी, वो पता नहीं कैसे फसाद बन जाता था। मैं तो एक सीधी लकीर की तरह चलती थी, लेकिन उस सीधी लकीर में टेढ़ी-मेढ़ी लकीरें कब, कैसे आकर मिल जाती थीं, बोध ही नहीं होता था। संभवत: ईश्वर उस समय भविष्य के लिए मेरे व्यक्तित्व को गढ़ रहा था।

आज बाबा नहीं हैं, परंतु ऐसा नहीं लगता कि वो नहीं हैं। आज भी हर

समय हँसते-हँसते हौसला देते हुए महसूस होते हैं। परिवार में सबसे अधिक वो मुझ पर ही नाराज होते थे, लेकिन सच बताऊँ, प्यार भी मुझसे ही सबसे अधिक करते थे।

मराठी भाषी संयुक्त परिवार में रहनेवाली लड़की हिंदी कविता लिखने लगे, उसे कवि गोष्ठियों और कवि सम्मेलनों के निमंत्रण आने लगें तो दुनिया और समाज के तानों और टेढ़ी होती निगाहों को अपने तईं सीधा करते हुए 'फरफंदो' बेटी के साथ प्रत्येक परिस्थिति में ढाल की तरह खड़े रहने को क्या कहेंगे? पिता का अथाह प्यार ही तो। मगरमच्छों से भरे तालाब में छोटी सी मछली को तैरने का सुरक्षित स्थान प्राप्त हो, इसीलिए सारी कवायद होती थी उनकी। आज मैं उनके दिए हुए प्यारे से अलंकरण 'फरफंदो' को मन से स्वीकार करती हूँ।

पहले दुनिया इतनी जल्दी-जल्दी नहीं बदलती थी, जितनी गतिशीलता से आज बदलती है। एक-सा चलता था जीवन। वैसे ही घर, वैसे ही परिवार, वैसे ही आपसी संबंध, वैसी ही मिठास और खटास। जीवन में स्थिरता थी। बरसों बरस लोग एक जैसे रहते थे। पिछले बीस-तीस वर्षों से तो समय की ट्रेन के पहिए इतनी तेजी से घूम रहे हैं कि जिंदगी के सारे स्टेशन फटाफट पीछे छूटने लगे हैं। पहले पीढ़ियों तक एक ही पुश्तैनी घर में रहते थे। परिवर्तन होता था, लेकिन कछुए की चाल से। आजकल लोग घर तो ऐसे बदलते हैं, जैसे माँ छोटे बच्चे की नैपी बदलती है—यूज एंड थ्रो।

पहले और अब में इतना अधिक अंतर आ गया है कि कभी-कभी मुझे लगता है कि ये अतीत की नहीं, अपितु पिछले जन्म की बातें हैं। बचपन का सबकुछ सपना-सा लगता है। एक थ्रिलिंग सपना। जब यादों के झरोखे से झाँकती हूँ तो पहले की सारी घटनाएँ किसी चलचित्र की भाँति स्मृतिपटल पर उभरने लगती हैं। स्मृतियाँ बीती हुई नहीं होतीं अपितु उनमें उस देश, काल, परिस्थिति का पूरा परिवेश साँस लेता है। 'फरफंदो' के माध्यम से पाठक उस समय के कालखंड को जी सकेंगे, जब संयुक्त परिवार की मर्यादा थी तो विश्वास भरी उन्मुक्तता भी थी। बिना पैसे के खेल थे तो नागपंचमी के मेले भी थे। बड़ों का लिहाज था तो निश्चिंतता भरी नींद भी थी। अधिक नहीं बताऊँगी, क्योंकि बताने की बारी अब आपकी है। मुझे तो जो कहना था पुस्तक में कह दिया। आप पुस्तक पढ़िए और बताइए कि 'फरफंदो' क्या सही में 'फरफंदो' है?

लिखने के लिए बहुत सारा है। अगली पुस्तक में लिखूँगी। यह पुस्तक मैं अपनी आई (माँ) के प्यार और तीर्थ स्वरूप बाबा (पिताजी) की स्मृतियों को सादर समर्पित करती हूँ, क्योंकि ये 'फरफंदो' उन्हीं की है।

पुस्तक की आत्मीयतापूर्वक भूमिका लिखने हेतु मेरी गुरु डॉ. श्रीमती राजरानी शर्माजी एवं वरिष्ठ साहित्यकार श्री बी.एल. गौड़जी के प्रति विशेष आभार ज्ञापित करती हूँ। जीवनसाथी श्रीकांत कालेजी होंठों पर स्मित ह्रास लिए सदैव मेरे साथ होते हैं। उनके लिए 'आभार' या 'धन्यवाद' बहुत परायापन लिये हुए शब्द हैं। इसलिए नि:शब्द। पुस्तक में कुछ चित्र गूगल से लिए गए हैं इसके लिए मैं गूगल की अत्यंत आभारी हूँ।

परमपिता परमात्मा के चरणों में श्रद्धापूर्वक यह कृति अर्पित करती हूँ।

वैशाख, बुद्ध पूर्णिमा, 16 मई, 2022

—डॉ. कीर्ति काले

बी, 702, न्यू ज्योति अपार्टमेंट्स, प्लॉट नंबर 27,
सेक्टर-4, द्वारका, नई दिल्ली-110 078
मोबाइल : +91-9868269259, 9810098188
इ-मेल : kirti_kale@yahoo.com
kavayitri.kirtikale@gmail.com

अनुक्रम

1
बंदरोबा

बाहर सबकुछ यथावत् चलता रहा। स्कूल जाना, खाना-पीना लेकिन भीतर बहुत कुछ बदल गया था। बाबा का मुझे 'बंदरोबा' पुकारना अब पहले से अधिक भाने लगा था। इतने बड़े परिवार में किसी को कुछ पता नहीं चला मेरी भीतरी उथल-पुथल का।

बचपन कितना भोला-भाला होता है न। ये संदेह करना नहीं जानता। जानता है तो बस विश्वास करना। माँ-बाबा की बात पर तो पूरी निष्ठा के साथ विश्वास करता है।

मैं बचपन में बहुत शरारती थी। सीधे चलना तो जानती ही नहीं थी। भगवान ने पैरों में स्प्रिंग लगाकर भेजा हो जैसे। हमेशा उछल-उछलकर ही चलती थी। इस बात पर डाँट भी खाती थी। हमारे तीन आँगनों के बड़े से घर में नीम, अमलतास, अमरूद, जामुन के बहुत सारे पेड़ थे। बाएँ पड़ोस की महाराज सिंह की गऊशाला में उगे इमली के पेड़ की बड़ी-बड़ी डालियाँ भी हमारे घर की रसोई के पाटोर (कच्ची छत) पर आ गई थीं। दाहिने पड़ोस जटार साहब के बाड़े में उगा कैथ का तो पूरा का पूरा पेड़ हमारी बड़ी-सी छत पर झुका हुआ था। पेड़ों पर चढ़ना-उतरना मुझे सबसे अच्छा लगता था। ऊँचे-से-ऊँचे पेड़ की सबसे ऊँची डाली तक न पहुँच जाऊँ, तब तक चैन नहीं आता था। पेड़ों पर चढ़कर कई-कई घंटे बैठी रहती थी। कभी गिर भी जाती थी, चोट भी लग जाती थी, लेकिन पेड़ पर चढ़ना-उतरना नहीं छोड़ती थी। मेरी इसी आदत के कारण बाबा (पिताजी) मुझे 'बंदरोबा' बुलाया करते थे।

एक बार हम सब बच्चे बाबा के साथ चिड़ियाघर गए। चिड़ियाघर में बड़े-

बड़े रंग-बिरंगे तोते, तरह-तरह की चिड़ियाएँ, मगरमच्छ, घड़ियाल, कोबरा साँप, भालू, शेर, हाथी देखे। जब बंदरों के बाड़े के सामने पहुँचे तब बाबा ने बड़ी गंभीर मुद्रा बनाई और बताया कि वे मुझे बंदरों के बाड़े से ही उठाकर लाए हैं। मैं वास्तव में बंदर हूँ। घर लाकर मेरी पूँछ काट दी और कपड़े पहना दिए। तभी तो मुझे बंदरों की तरह पेड़ों पर चढ़ना अच्छा लगता है। फिर बंदरों के बाड़े में बंद एक बंदरिया की ओर इशारा करके कहा कि ये तुम्हारी असली माँ है। संभवत: बाबा ने मजाक में कहा हो, लेकिन मैंने तो सच समझ लिया। संदेह करना जानती ही नहीं थी मैं। मुझे बिल्कुल सच में लगने लगा कि मैं एक बंदर हूँ और बाड़े में बंद बंदरिया मेरी माँ है। मैं बहुत देर तक अपनी माँ को इस आशा के साथ निहारती रही कि शायद वो मुझे पहचान लेगी, लेकिन मैं तो कितनी बदल गई थी, फिर भला वो मुझे कैसे पहचानती? मेरी दो चोटियाँ हैं, मैंने फ्रॉक पहना हुआ है, दो पैरों पर चल रही हूँ। चेहरे और हाथ-पैरों पर उसकी तरह बाल भी नही हैं। मेरी माँ कितनी अच्छी है। अब समझ आया। घर पर जो माँ है, वो मेरी असली माँ नहीं है। इसीलिए बात-बात पर मुझे कितना डाँटती रहती है। कूद-कूदकर मत चलो, ऐसे मत बैठो, ऐसे मत उठो, यहाँ मत जाओ, वहाँ मत जाओ। सबसे अधिक मुझे ही डाँटती है। मेरी असली बंदरिया माँ कितनी अच्छी है, लेकिन मुझे नहीं पहचान रही। मैं बाबा से जिद करके अब हर महीने आया करूँगी। कभी न कभी तो बंदरिया माँ मुझे पहचानेगी ही। मैंने तो पूरा कल्पना लोक रच लिया इतनी देर में। पूरे बंदर परिवार के साथ तादात्म्य स्थापित कर लिया। एक फिल्म में देखा था कि असली माँ खूब प्यार करती है और नकली माँ बस डाँटती और मारती है।

सब बच्चों और बाबा के साथ मैं चिड़ियाघर से वापस तो आ गई, लेकिन मेरा मन वहीं अटककर रह गया। न पढ़ने में मन लगता था न खेलने में। बस यही इच्छा होती थी कि चिड़ियाघर जाऊँ और अपने असली परिवार से मिलूँ। बाहर सबकुछ यथावत् चलता रहा। स्कूल जाना, खाना-पीना लेकिन भीतर बहुत कुछ बदल गया था। बाबा का मुझे 'बंदरोबा' पुकारना अब पहले से अधिक भाने लगा था। इतने बड़े परिवार में किसी को कुछ पता नहीं चला मेरी भीतरी उथल-पुथल का। कॉपी में लिखना कुछ होता था, लिख कुछ और देती थी। 'बाल भारती' कक्षा तीन की पुस्तक से पढ़ना कुछ होता था, पढ़ती कुछ और थी। गणित में 3 की जगह 6 लिख देती थी। 6 की जगह 9 लिख देती थी, फिर खूब मार खाती थी, लेकिन मुझे कोई फर्क नहीं पड़ता था। मेरा तो आंतरिक संसार ही बदल गया था।

एक दिन बहुत जिद करके बाबा को दुबारा चिड़ियाघर चलने के लिए मना

लिया। सिर में अच्छे से तेल डालकर बालों को कसकर रिबिन बाँधकर दो चोटियाँ बनाईं। धुला-धुलाया फ्रॉक पहना। जूते दो बार पॉलिश करके पहने। माचिस की तीली के अग्रभाग को काजल की डिबिया में हलके से गोल-गोल घुमाकर, दीवार पर टँगे छोटे से आईने में देखकर दोनो भौंहों के बिल्कुल बीचोबीच टीकली लगाई और हो गई तैयार अपनी असली माँ से मिलने के लिए।

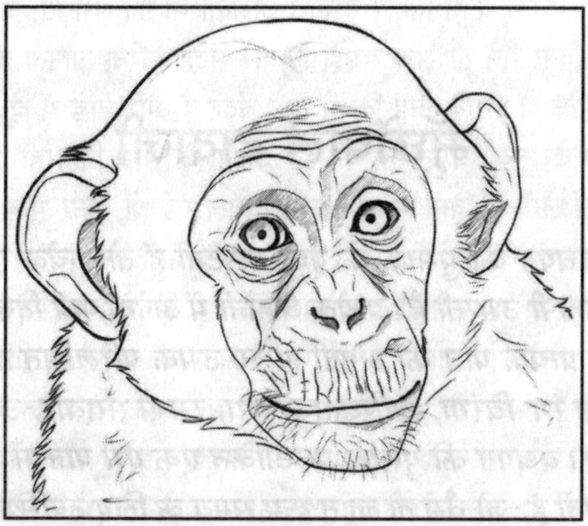

चिड़ियाघर में जैसे ही बंदरों के बाड़े के सामने पहुँची, वैसे ही मानो मेरी तो दुनिया ही उजड़ गई। मेरी असली माँ वहाँ नहीं थी। अब क्या करूँ ? किससे पूछूँ ? कौन मिलवाएगा मुझे मेरी असली माँ से ? मन का दर्पण तो छनककर टूट गया जैसे। सब ओर किरचें बिखर गईं जैसे। अब मैं क्या करूँ ? कैसे मिलूँ अपनी माँ से ? तभी वहाँ चिड़ियाघर का एक आदमी बंदरों को खाना खिलाने के लिए आया। मैंने बहुत डरते-डरते उससे पूछा कि यहाँ बड़ीवाली बंदरिया थी, वो कहाँ है ? उसने बहुत कैजुअली उत्तर दिया, "वो तो मर गई···।"

□

2

मूँछोंवाले दादाजी

बचपन की पुस्तक के पृष्ठ पलटती हूँ तो प्रत्येक पृष्ठ पर एक कहानी उभरती है। प्रत्येक कहानी में अनेक पात्र दिखाई देते हैं और प्रत्येक पात्र की अपनी अलग ठसक परिलक्षित होती है। सबकुछ रंग-बिरंगा, विविधता से भरा, रस से सराबोर, उत्साह से लबरेज। बचपन की पुस्तक पर अंकित एक ऐसे पात्र से आपको मिलवाती हूँ, जो वैसे तो बहुत कम समय के लिए उपस्थित हुआ, लेकिन कम समय में भी अमिट छाप छोड़ गया।

धीरे-धीरे दुनिया ग्लोबल हो रही है। वैश्वीकरण के इस दौर में सबकुछ घुल-मिलकर एक होने को आतुर है। क्या लंदन क्या पेरिस, क्या रोम क्या दिल्ली—संसार के सारे शहर एक नक्शे में ढल रहे हैं। वही चौड़ी सड़कें, सड़कों के दोनों ओर छायादार वृक्ष, बड़ी-बड़ी तेज रफ्तार गाड़ियाँ, ब्रांडेड सामानों से भरे चमचमाते हुए मॉल, एक-सा पहनावा, बोलचाल, सब ग्लोबल। बिल्कुल एक जैसा। आदमी भी एक साँचे में ढले हुए। आर्टिफीशियल इंटेलिजेंस से संचालित बच्चे, बूढ़े, जवान। एक-सी सोच, एक-सा दिखावा। स्टेंडराइज्ड ब्रांडेड खान-पान।

पूरी दुनिया में कहीं भी चले जाएँ, चाय-कॉफी का स्वाद बिल्कुल एक-सा। चायपत्ती, चीनी, दूध न कम न अधिक। बिल्कुल मशीन से नपा-तुला। यहाँ तक कि पानी का स्वाद भी एक-सा। कभी सोचा भी नहीं था कि 'चार कोस पर पानी बदले, पाँच कोस पर बानी' जैसी कहावतें मोहनजोदड़ो-हड़प्पा कालीन हो जाएँगी। सोचिए, जब दुनिया ऐसी बिल्कुल एक-सी हो जाएगी, तब कितनी नीरस, कितनी

बेरंग, कितनी उकताहट भरी हो सकती है। हम वैश्वीकरण के विकास की ओर बढ़ते हुए जीवन को अधिक-से-अधिक सुविधाजनक बनाने की होड़ में कहीं अधिक-से-अधिक नीरस तो नहीं बनाते जा रहे ? विविधता में छिपे सौंदर्य की बलि वेदी पर खड़ी विकास की गगनचुंबी अट्टालिका कहीं अकेलेपन की उदासीनता में घुटकर अनेक मानसिक रोगों का शिकार तो नहीं हो जाएगी ?

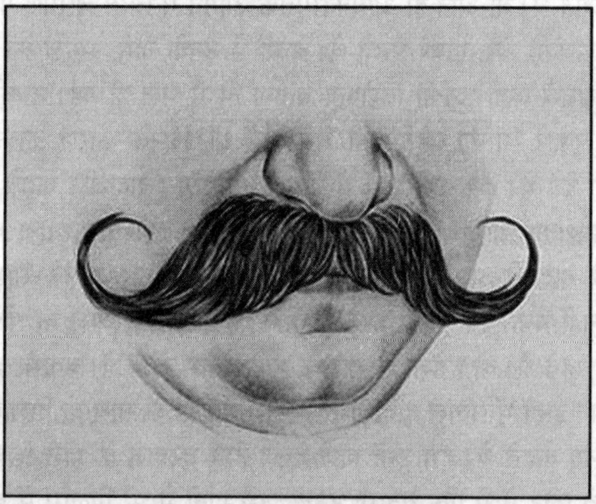

बचपन की पुस्तक के पृष्ठ पलटती हूँ तो प्रत्येक पृष्ठ पर एक कहानी उभरती है। प्रत्येक कहानी में अनेक पात्र दिखाई देते हैं और प्रत्येक पात्र की अपनी अलग ठसक परिलक्षित होती है। सबकुछ रंग-बिरंगा, विविधता से भरा, रस से सराबोर, उत्साह से लबरेज। बचपन की पुस्तक पर अंकित एक ऐसे पात्र से आपको मिलवाती हूँ, जो वैसे तो बहुत कम समय के लिए उपस्थित हुआ, लेकिन कम समय में भी अमिट छाप छोड़ गया।

भागवत साहब का बाड़ा, बाई साहब की परेड, लश्कर ग्वालियर। संयुक्त परिवार। प्रत्येक आयु वर्ग के बहुत सारे लोग। सब आपस में घुले-मिले। साँझे सुख-दुःख, साँझी समस्याएँ, साँझे समाधान। परंपरागत वृत्त, उपवास, पूजा-अनुष्ठान। नागपंचमी, आवले अष्टमी, कांदे नवमी, वसु वारस, गुलाबाई, हरतालिका जागरण, लोक गीत, भजन-कीर्तन आदि-आदि-आदि। ऐसे ही घर पर आनेवाले नियमित परंपरागत लोग। हरिद्वार के पंडे, मोती-रत्न आदि बेचनेवाले, नेग और भिक्षा लेनेवाले, पंचांग देखकर फलित ज्योतिष बतानेवाले, काली माई, नंदी बैल, टेसू-झाँझी आदि-आदि-आदि।

इन्हीं में से थे दादाजी के एक मित्र। दादाजी की उम्र के ही थे। साल में एक-दो बार ही आते थे। मध्यम कद-काठी, गोरा रंग, पैने नाक-नक्श, भूरी आँखें, सुनहरे बाल। सफेद झकाझक मर्दाना धोती, बादामी या इसी से मिलते-जुलते रंग का कुर्ता। अपनत्व भरा व्यवहार। मुख्य द्वार की गली से ही दादाजी को आवाज लगाते हुए उनका प्रवेश होता था। पता नहीं ऐसा क्या था कि उनके आते ही सब लोग बहुत प्रसन्न हो जाते थे। वो आते ही अधिकारपूर्वक आँगन में बिछी चारपाई पर बैठ जाते थे। सबसे सबकी खैर-खबर पूछते थे। बच्चों से उनके नाम, स्कूल का नाम आदि पूछते थे। सबसे बड़ी उनकी विशेषता बताना तो मैं भूल ही गई। उनकी दो भागों में विभक्त सुनहरे रंग की बहुत बड़ी-बड़ी मूँछें थीं, जिनके कारण उनके दोनों होंठ दिखाई नहीं देते थे। हम बच्चे उन्हें मूँछोंवाले आजोबा (दादाजी) कहते थे। उनकी दो ऐसी विषेशताएँ थीं, जिनके कारण मैं आपसे उनका परिचय कराना चाहती हूँ।

हमारे दादाजी और ये मूँछोंवाले दादाजी चारपाई पर आमने-सामने बैठकर घंटों पता नहीं क्या-क्या बातें करते रहते थे। हम बच्चे दरवाजे के पीछे छिपकर उन्हें देखते रहते थे। वो हमेशा शक्कर के मीठे बतासे खाते थे। बतासे खाने की नई स्टाइल हमने इन्हीं मूँछोंवाले दादाजी से सीखी। बतासों के साथ वो गिलास भर पानी लाने के लिए कहते थे। हम उन्हें पानी देकर फिर दरवाजे के पीछे छिपकर देखने लगते थे। वे प्लेट में से एक बतासा उठाते, उसे पानी से भरे गिलास में डुबोते, फिर पानी से भरा मीठा बतासा अपनी दोनों मूँछों के नीचे से गपक लेते। इसी क्रम में कितने ही सारे बतासे अपनी मूँछों के नीचे से गप-गप गपक जाते। पंद्रह-बीस बतासे गपकने के बाद उनके चेहरे पर जो मिठास भरी चमक उभरती थी, वो देखने लायक होती थी। हम दरवाजे के पीछे खड़े होकर कुतूहल से उनके समस्त उपक्रमों को निहारते रहते और आनंदित होते रहते। किसी तरह अपनी हँसी रोके रहते। बतासों के कुछ देर बाद आती चाय पीने की बारी। डबल चीनी और फुल दूध की चाय पीते थे मूँछोंवाले दादाजी। चाय पीने की स्टाइल तो एकदम भेरेंट थी। ऐसी चाय तो संभवत: कोई नहीं पीता होगा जैसी मूँछोंवाले दादाजी पीते थे। चाय का कप-प्लेट उनके हाथ में आते ही हम दरवाजे के पीछे साँस साधकर और हँसी रोककर सतर्क खड़े हो जाते थे कि कहीं ये अनमोल दृश्य हमारी दृष्टि से चूक न जाए। मूँछोंवाले दादाजी कप में से प्लेट में चाय उड़ेलते थे, फिर दोनों मूँछों के नीचे से सुड़ुक-सुड़ुक करके चाय सुड़ुकने लगते थे। उनकी मूँछें चाय की प्याली में मछलियों की तरह तैरती रहती थीं। वे खूब मजे से डबल चीनी की मीठी चाय पीते रहते थे। प्याली की चाय समाप्त हो जाती थी, लेकिन मूँछों पर चाय लगी रहती थी। चाय की एक बूँद भी व्यर्थ नहीं

जाए, इसलिए मूँछों के बीच में से वो अपनी लंबी-सी जीभ को बाहर निकालकर मूँछों पर चिपकी चाय को चाटने का आदेश देते थे। उनकी जीभ अपने स्वामी की आज्ञा का अक्षरशः पालन करती हुई बाहर निकलती थी और बड़ी-बड़ी दोनों मूँछों पर चक्कर लगाकर उन पर लगी चाय की बूँदों को अच्छे से चाट-पोंछकर वापस मूँछों के बीच से होती हुई मुँह में चली जाती थी। दरवाजे के पीछे छिपे हुए हम अपनी नन्ही-नन्ही हथेलियों से मुँह को कसकर बंद करके अपनी हँसी रोकने का भरसक प्रयास करते। फिर भी कभी-कभी बुक्का फाड़ हँसी अपना आवेग नहीं रोक पाती और हँसी का कुछ अंश न चाहते हुए भी बाहर आ ही जाता। मूँछोंवाले दादाजी हमें हँसते हुए न देख लें, इस डर से हम जल्दी से अंदर की ओर भाग जाते। उनके जाते ही हम आपस में उनकी नकल उतारकर खूब खुलकर हँसते थे। साल में एक-दो बार ही आते थे मूँछोंवाले दादाजी, लेकिन हँसी की पूरी खुराक दे जाते थे।

आज मस्तिष्क इस बात को लेकर आशंकित है कि धीरे-धीरे जब पूरा विश्व एक ही रंग के वैश्विक ग्लोब में तब्दील हो जाएगा, तब जीवन के कैनवास पर अपना अलग रंग भरनेवाले ऐसे विविधवर्णी चित्रकार देखने को मिलेंगे या नहीं?

□

3

बिना पैसे के खेल

किल-किल काँटे, छुपम-छुपाई, छिया-छूत, चोर-सिपाही, गिप्पा, अष्टा चंगा पे, गिल्ली-डंडा, कंचे, सितोलिया, मारा-पीटी, पहाड़-नदी, खो-खो, कबड्डी, काँचापाई, टिपी-टिपी-टॉप-टॉप, रूमाल झपट्टा और न जाने कितने सारे खेल थे। रस्सी कूद, आलाला बादाम छाई, पीछे देखो मार खाई आदि-आदि-आदि। सारे इंस्टेंट और बिना पैसे के खेल, और हाँ एवरग्रीन अंत्याक्षरी भी।

पैसे का मोल जब से प्रधान होने लगा है, तब से खुशियाँ वस्तु केंद्रित हो गईं हैं। खुश होना है तो पहले खुशी का महँगा ताम-झाम इकट्ठा करो। ताम-झाम नहीं तो खुशी नहीं। वाह री धन खाऊ खुशी! वैसे ही बिना बात खुश होना भूल गए हैं, आजकल के कंप्यूटरीकृत नौनिहाल। क्रिकेट खेलना है तो पहले पूरी क्रिकेट किट चाहिए। टायकोनडो के लिए ग्लब्ज, एल्बो कैप और दाँतों का रक्षा कवच पहले खरीदो। टेनिस का ब्रांडेड रैकेट होगा तभी टेनिस खेला जाएगा। उस पर कोर्ट और नेट भी परफेक्ट होना चाहिए। एक हुड़क उठती है पर्टिकुलर गेम खेलने की। ताम-झाम इकट्ठा होने पर दो-चार दिन तक हुड़क रहती है, फिर फुस्स···। चार दिनों में लैविश ताम-झाम कोने का सामान हो जाता है, फिर नई हुड़क उठ जाती है। उसका ताम-झाम इकट्ठा करो। लाहौल विला कूव्वत! इल्ला बिल्ला?

कभी देखे हैं बिना पैसे के खेल खेलकर? क्या कहा, नहीं देखे? नहीं देखे तो आधी जिंदगी बेकार। अरे, जो आनंद बिना पैसों के हाई क्लास खेलों में है, वो धन डकारू खेलों में कहाँ?

मुझे अच्छी तरह याद है, दो महीने गरमी की छुट्टियों के वो बड़े से दिन। नो पढ़ाई, नो होमवर्क। फुल मस्ती। मस्ती विदाउट एक्सपेंडेचर। गरमियों के लंबे दिन। सारे बच्चों की छुट्टियाँ। फुरसत ही फुरसत। दोपहर के बारह बजे तक खाना–वाना खाकर फ्रॉक से हाथ पोंछ–पाँछकर खेलने को तैयार। दोपहर से शाम तक खेल, खेल और खेल।

किल–किल काँटे, छुपम–छुपाई, छिया–छूत, चोर–सिपाही, गिप्पा, अष्टा चंगा पे, गिल्ली–डंडा, कंचे, सितोलिया, मारा–पीटी, पहाड़–नदी, खो–खो, कबड्डी, काँचापाई, टिपी–टिपी–टॉप–टॉप, रूमाल झपट्टा और न जाने कितने सारे खेल थे। रस्सी कूद, आलाला बादाम छाई, पीछे देखो मार खाई आदि–आदि–आदि। सारे

इंस्टेंट और बिना पैसे के खेल और हाँ, एवरग्रीन अंत्याक्षरी भी।

चिकने पत्थर को गोल तोड़कर गिप्पा बनाया। आँगन में फर्श पर कोयले या खड़िया से एक से दस तक खाने खींचे और उचक-उचककर खेलने लगे गिप्पा।

बाजार उठने के बाद चूड़ीवालों की दुकान पर जाकर चूड़ियों के टूटे हुए टुकड़े इकट्ठे किए, खड़िया से गोला बनाया और हो गई काँचा पाई तैयार। अंजुलि में काँच के टुकड़े भरकर खड़िया से बनाए गोले में इस तरह डालना कि चूड़ी का एक भी टुकड़ा गोल घेरे से बाहर न जाने पाए। बाहर गया तो आउट, फिर किसी अन्य चूड़ी के टुकड़े को बिना हिलाए अधिक-से-अधिक चूड़ी के टुकड़े बाहर निकालने वाला जीतता। है न फ्री फंड का खेल?

पत्थर की छोटी-छोटी पाँच गिट्टियों से पचेटे या चपेटे का खेल तो बहुत ही मजेदार है। हाथों और नजरों के संतुलन से स्कोर पर स्कोर बनाए जाओ। अष्टा चंगा पे भी घंटों-घंटों चलनेवाला खेल। चॉक से जमीन पर अष्टा चंगा पे का खाका खींचकर इमली के बीजों को तोड़कर पाँसे बनाओ और शुरू हो जाओ।

किल-किल काँटे तो दिन पर दिन चलनेवाला खेल है। दो टीमें बनती हैं इसमें। एक टीम धाम देती है और दूसरी टीम किल-किल काँटे बनाकर छुपा देती है। किल-किल काँटे यानी पत्थर पर छोटी-छोटी एक सीध में अधिक-से-अधिक रेखाएँ खींचना। धाम देनेवाली टीम के सदस्यों द्वारा चौकन्ने होकर अपोजिट टीम द्वारा खींचे हुए काँटे ढूँढ़ना।

सितौलिया तो खेला ही होगा मेरी उम्र के लोगों ने। पत्थर की सात बड़ी-बड़ी गिट्टियों को एक के ऊपर एक जमाकर रखना। गेंद से निशाना लगाते हुए दूर से गिट्टियों के ढेर को फोड़ना। फिर गेंद की मार से बचते हुए सारी गिट्टियाँ जमाना। बड़ा मजा आता था सितौलिया खेलने में। हाँ, इन सारे खेलों के लिए पैसे तो नहीं लगते थे, लेकिन बच्चे भरपूर लगते थे और बच्चों की किसी के यहाँ कमी नहीं थी। भगवान् की दया से भंडार भरपूर था।

गिल्ली-डंडा और कंचे लड़कों के खेल माने जाते थे, लेकिन हम जैसी शरीफ लड़कियों ने इस पर भी खूब हाथ आजमाया। कुछ भी अलग से खरीदने की आवश्यकता नहीं। चूल्हे में जलाने के लिए लकड़ियाँ आती थीं। उन्हीं लकड़ियों को कुदाली से फाड़कर, छीलकर दोनों तरफ से नोंकदार छोटी सी, प्यारी-सी गिल्ली बना ली। डंडा तो कोई-न-कोई मिल ही जाता था। नहीं तो डंडा भी उन्हीं लकड़ियों को चीर-फाड़कर बना लेते थे। इस बात का ध्यान रखते थे कि गिल्ली-डंडा खूब चिकना और सुंदर हो। ये है आत्मनिर्भर भारत। खेल खेलना है तो उसकी सामग्री

स्वयं तैयार करो। खेलने में जितना मजा आता था, उससे अधिक आनंद तो खेल सामग्री बनाने में आता था। फीस देकर कौशल विकास का कोर्स नहीं करते थे हम। बड़े भाई-बहनों को देखते थे, उनके साथ असिस्टेंट के रूप में मदद करते-करते सीख जाते थे।

हाँ, कंचे खरीदने पड़ते थे, लेकिन एक ही बार। दस-बारह कंचों से सब खेल लेते थे। सबके अलग-अलग कंचे नहीं थे। आँगन के कोने में छोटा सा गोल गड्ढा बनाया। आठ-दस हाथ दूर खड़े होकर सारे कंचे इस तरह साँसों को नियंत्रित करके ध्यान केंद्रित करके फेंके कि अधिक-से-अधिक कंचे गड्ढे में जाएँ। जिसके सर्वाधिक कंचे गड्ढे में गए, उसकी पहली चांस। फिर गड्ढे की ओर कंचे फेंककर गड्ढे में जाने से बच गए बाहर फैले कंचों पर निशाना लगाकर हाथ में पकड़ा हुआ कंचा इस कुशलता से मारना कि एक ही बार में अधिक-से-अधिक कंचे गड्ढे में चले जाएँ। यदि इस खेल को ओलंपिक में शामिल किया जाए तो पुरुष और महिला, दोनों वर्गों में कांस्य, रजत और स्वर्ण सारे मैडलों पर भारत का कब्जा होगा, ये पक्का है।

रूमाल झपट्टा में दो टीमें बनती हैं। दोनों टीमों के ऐन बीच में खड़िया से गोल घेरा बनाकर उसमें रूमाल को विराजित करवाओ। अट्टम-पट्टम करके पहले चाँस तय करो, फिर निकल पड़ो रूमाल झपटने। आप रूमाल उठाकर भागने की फिराक में और दूसरी टीम के मुस्तैद सिपाही आपको पकड़ने की फिराक में। जिसका दाँव लग गया, वो जीता।

चिढ़ना-चिढ़ाना, रूठना-मनाना भी बहुत होता था, लेकिन थोड़े समय के लिए। बच्चे आपस में ही निबट लेते थे। बड़ों तक बात नहीं पहुँचती थी। और पहुँची भी तो उन्हें कहाँ फुरसत थी इस टंटे में पड़ने की? ज्यादा बड़ा फसाद होने पर ही बीच में पड़ते थे बड़े। नहीं तो छोटे-बड़े भाई-बहन आपस में निबट लेते थे। बच्चों की पूरी फौज जो थी घर में ही।

इंसल्ट-विल्संट होने का तब तक आविष्कार नहीं हुआ था। नाम भी नहीं जानते थे इंसल्ट का। 'सॉरी', 'थैंक्यू' क्या होता है, कुछ पता नहीं था। किसने क्या खाया, क्या पहना, इससे कोसों दूर थे। बड़े-छोटे, अमीर-गरीब का तो सवाल ही नहीं था। स्टेटस नाम की चिड़िया का तो जन्म ही नहीं हुआ था तब तक। हम तो अपनी मौज में रहते थे। आज भी रहते हैं। बोर होना क्या होता है, ये न तब पता था न आज पता है। खेलते-खेलते ही गिनती-पहाड़े और कविताएँ कंठस्थ हो जाती थीं, जो आज तक याद हैं।

कक्षा-1, बाल भारती, पाठ-1

उठो लाल
अब आँखे खोलो।
पानी लाई हूँ
मुँह धो लो।
बीती रात
कमल-दल फूले।
उनके ऊपर भँवरे झूले।
चिड़िया चहक
उठी पेड़ों पर।
बहने लगी
हवा अति सुंदर।
नभ में न्यारी लाली छाई।
धरती ने
प्यारी छवि पाई।
इतना सुंदर
समय न खोओ।
मेरे प्यारे
अब मत सोओ।

□

4
महाराज सिंह की गऊशाला

किस भैंस के पीछे खड़ी होऊँ? कौन सी भैंस पहले गोबर करेगी, निर्णय लेना बहुत उलझन भरा था। उतना ही उलझन भरा, जितना तब के नेताओं के लिए यह निर्णय लेना रहा होगा कि भारत को परमाणु बम बनाना चाहिए या नहीं?

पहले और अब में इतना अधिक अंतर आ गया है कि कभी-कभी मुझे लगता है कि ये अतीत की नहीं पिछले जन्म की बातें हैं। आज से 45-47 साल पहले का सबकुछ एक सपना-सा लगता है। एक थ्रिलिंग सपना। जब स्मृतियों के झरोखे से झाँकती हूँ तो बचपन की सारी घटनाएँ किसी चलचित्र की तरह स्मृतिपटल पर उभरने लगती हैं।

हमारा बड़ा सा घर तीन आँगनों और कई सारे कमरोंवाला, जहाँ हमारे बड़े से परिवार के अलावा कुछ किराएदार भी रहते थे जो बिना किराए के किराएदार थे। आँगन कच्चे थे। महीने-पंद्रह दिन में एक बार लीपे जाते थे। गोबर और गेरू से लिपे आँगन महँगे से महँगे मार्बल के फर्श से भी अधिक चमकदार, पवित्र और सुगंधित लगते थे। आज भी लगते हैं। लिपे हुए आँगन में रोज सुबह जब रंगोली बनती थी, तब उसकी दीप्ति का दर्प बड़े-से-बड़े शहंशाह के 'दीवाने आम' को मात देने की हिम्मत रखता था।

हमारे बिल्कुल पड़ोस में गऊशाला थी, महाराज सिंह की गऊशाला। वहाँ गाय, भैंस, बछड़े—सब थे। जिस दिन आँगन लीपने का कार्यक्रम होता था, उस दिन गोबर लाने की ड्यूटी हमारी लगती थी। शुरू-शुरू में बाबा (पिताजी) और काका (चाचा) के साथ अंडर ट्रेनिंग गए हम बच्चे। कुछ समय पश्चात् इस काम में निष्णात

हो गए और स्वतंत्र रूप से कार्यभार सँभाल लिया हमने। एक-एक बाल्टी लेकर जाते थे सब। गऊशाला में गाय-भैंसों के खाने के लिए बहुत सारे हौदों में सानी रखी होती थी। गाय-भैसें दिन भर जुगाली करती रहती थीं। खाने का एक-एक कण सौ-सौ बार चबाती होंगी। उनके मुँह से सफेद रंग की झागयुक्त लार टपकती रहती थी। गऊशाला के एक ओर पानी से भरे हुए बड़े-बड़े नांद लाइन से बने हुए थे। महाराज सिंह एक वृद्ध सज्जन थे। धोती-कुरता, हाथ में लाठी। चेहरा रुआबदार। चेहरे के रुआब को उनकी बड़ी-बड़ी मूँछें और अधिक ठसकदार बना देती थीं। महाराज सिंह के बेटे और पोते ही सब देख-रेख करते थे। महाराज सिंह तो मूँजे की खरारी खाट पर बैठकर हुक्का गुड़गुड़ाते रहते थे और खाँसते रहते थे। बीच-बीच में काम करनेवाले लड़कों को निर्देश देते रहते थे। हमारे और उनके बीच वय का जबरदस्त अंतर था, तब भी हम आपसी बातचीत में उन्हें 'महाराज सिंह' ही कहते थे।

हाँ तो जिस दिन आँगन लीपने का कार्यक्रम होता था, हम बच्चे बाबा या काका के साथ महाराज सिंह के यहाँ गोबर लेने जाते थे। बाद में अकेले भी जाने लगे। प्रत्येक भैंस के पास ढेर सारा गोबर पड़ा रहता था। एक या दो पैसे प्रति बाल्टी के हिसाब से गोबर का रेट था। जाते ही हम महाराज सिंह को पैसे देते थे और बाल्टी में गोबर भरकर घर ले आते थे। एक बार आई ने कहा कि कैसा सूखा-सुखाया गोबर ले आईं? थोड़ा देखकर लाना चाहिए। एक भी काम ढंग से करना नहीं आता। तब मुझे पता लगा कि नीचे पड़ा हुआ गोबर ठीक नहीं होता। ताजा गोबर लाना चाहिए। अगली बार जब मैं गोबर लेने गई तो महाराज सिंह को पैसे देकर एक भैंस के पीछे खड़ी हो गई, इस आशा के साथ कि जैसे ही भैंस गोबर करेगी, वैसे ही मैं बाल्टी में ले लूँगी। जमीन पर भी नहीं गिरने दूँगी। बिल्कुल ताजा गरम-गरम गोबर लेकर जाऊँगी इस बार। आई प्रसन्न हो जाएगी, लेकिन जिस भैंस के पीछे खड़ी थी, उसने

तो गोबर नहीं किया, उसकी पासवाली भैंस ने गोबर कर दिया। मैं वहाँ तक पहुँचती उससे पहले ही गोबर जमीन तक पहुँच गया। ये चाँस तो गया। मैं दो मिनट का मौन रखकर अफसोस कर ही रही थी कि इतनी देर में पहली वाली भैंस ने गोबर उत्सर्जन की मुद्रा बना ली। मैं द्रुतगति से पहली वाली भैंस के पास लपकी, लेकिन फिर अफसोस। मेरी गति से द्रुत गोबर की गति निकली। मेरे पहुँचने से पहले ही ताजा गोबर जमीन पर टप्पा खा चुका था। मेरा यह प्रयास भी निष्फल रहा। इस बार मैंने मन-ही-मन बिना विचलित हुए धैर्य के साथ एक ही भैंस के पीछे खड़े रहने का निर्णय लिया, क्योंकि दो नावों में सवारी करने का परिणाम मैं देख चुकी थी।

किस भैंस के पीछे खड़ी होऊँ? कौन सी भैंस पहले गोबर करेगी, निर्णय लेना बहुत उलझन भरा था। उतना ही उलझन भरा, जितना तब के नेताओं के लिए यह निर्णय लेना रहा होगा कि भारत को परमाणु बम बनाना चाहिए या नहीं? मैंने सारी भैंसों की मुद्राओं पर तीक्ष्ण दृष्टि डाली और अक्कड़-बक्कड़ करके एक भैंस को चुन लिया और उसके पीछे खड़ी हो गई। अब सौंप दिया इस जीवन का सब भार तुम्हारे हाथों में। अब जीत तुम्हारे हाथों में और हार तुम्हारे हाथों में। मैं धैर्यपूर्वक चौकन्नी होकर खड़ी रही। बिल्कुल ताजा गोबर जो लेकर जाना था। मेरी वाली के अलावा सारी महिषों ने गोबर कर दिया, लेकिन ये तो टस-से-मस होने का नाम नहीं ले रही थी। लंबे अंतराल के पश्चात् आखिर शुभ घड़ी आ ही गई। इसीलिए तो कहते हैं—'भगवान् के घर देर है, अँधेर नहीं है'। 'देर आए, दुरुस्त आए'। 'बहुत देर कर दी मेहरबां आते-आते'। ये तो नहीं जानती थी कि इंतजार का फल मीठा होता है या नहीं, लेकिन इंतजार का फल बड़ा और गरमागरम जरूर होता है, ये उस दिन पता चला। जैसे ही मेरी भैंस ने गोबर किया, मैंने बड़ी चपलता और कुशलता के साथ हाथ में पकड़ी बाल्टी में लपक लिया। जैसा सोचा था वैसा कर दिखाया। जीत के एहसास से लबालब मैं गोबर से भरी बाल्टी उठाकर घर आई और आई के सामने ऐसे ही रखी जैसे किसी राज्य का सेनापति युद्ध में हराए हुए राज्य की धन-संपदा थाल में सजाकर सिंहासन पर विराजमान अपने राजा को ससम्मान भेंट करता है। आई ने एक नजर मुझ पर डाली और एक नजर गोबर से भरी बाल्टी पर, फिर गेरू मिट्टी के ढेर और आँगन में छिड़के हुए पानी को देखा।

तत्पश्चात् खीझते हुए कहा, "कितनी देर लगा दी एक बाल्टी गोबर लाने में? एक घंटा हो गया। कब से राह देख रही हूँ? कोई काम ढंग से करना कब सीखोगी··· ?"

हे भगवान्···।

□

5
मैं खो गई थी

बाबा को रेलवे टाइम-टेबल : ऐट ए ग्लांस मुँहजबानी याद था। रेल के रिजर्वेशन इस तरह कराते थे, जिससे रात ट्रेन में निकले और गंतव्य पर बिल्कुल सुबह पहुँच जाएँ। आराम करना या एक शहर में शांति से घूमने का कोई ऑप्शन नहीं था। पहुँचो, घूमो और फटाफट आगे चल दो। कम समय में अधिक-से-अधिक पर्यटन स्थल देखने का हिसाब रहता था।

बाबा (पिताजी) को देशाटन का शौक था। साल में एक या दो बार लंबी यात्रा निकालते थे। कभी दक्षिण भारत, कभी पूरब, कभी उत्तर, कभी पश्चिम। डाक टिकट संग्रह करने का शौक था उन्हें। डाक टिकिटों की प्रदर्शनियाँ पूरे देश-भर में होती रहती थीं। वो जाते थे तो कभी-कभी हम सबको भी साथ ले जाते। एक पंथ दो काज हो जाते थे—काम का काम और घूमने का घूमना। बचपन में ही भारत के आधे हिस्से के दर्शन तो कर लिए थे बाबा की बदौलत। इसीलिए कह सकते हैं कि भारतीय रेल के डिब्बों से बहुत पुराना याराना है अपना।

एक बार दक्षिण भारत का टूर निकाला। बैंगलोर में डाक टिकिटों की बहुत बड़ी प्रदर्शनी थी। उसे पारिवारिक टूर में तब्दील कर लिया। बैंगलोर के साथ-साथ कन्याकुमारी, त्रिवेंद्रम, रामेश्वरम्, मदुरै और भी कहीं-कहीं घूमने का कार्यक्रम था। पंद्रह-बीस दिनों के टूर के हिसाब से सामान भी हो ही जाता था, लेकिन उसे आज की अपेक्षा तो बहुत कम ही मान सकते हैं। अब तो दो दिनों के लिए जाना हो तो प्रति व्यक्ति एक सूटकेस हो जाती है। सुबह के कपड़े अलग, शाम के अलग, रात में सोने के कपड़े अलग। कपड़ों के साथ मैचिंग की एसेसरीज। तब तो एक ड्रैस पहना

तो दूसरे दिन सुबह तक वो ही चलता था। रात में सोने के लिए नाइट ड्रेस टाइप के चोंचले नहीं थे। इतना होने पर भी एक लोहे का बड़ा ट्रंक, दो-तीन झोले हो ही जाते थे। आई (माँ) खाने का सूखा सामान घर से बनाकर साथ में रखती थी। हम तीन बच्चे थे—एक मुझसे बड़ी बहन, एक मुझसे छोटी और एक मैं मँझली। बाबा को रेलवे टाइम-टेबल : ऐट ए ग्लांस मुँहजबानी याद था। रेल के रिजर्वेशन इस तरह कराते थे, जिससे रात ट्रेन में निकले और गंतव्य पर बिल्कुल सुबह पहुँच जाएँ। आराम करना या एक शहर में शांति से घूमने का कोई ऑप्शन नहीं था। पहुँचो, घूमो और फटाफट आगे चल दो। कम समय में अधिक-से-अधिक पर्यटन स्थल देखने का हिसाब रहता था।

कन्याकुमारी का मंदिर, सुरम्य समुद्र तट और स्वामी विवेकानंद स्मारक की मनोरम छटा को शरीर, मन, चित्त, बुद्धि और आत्मा में समोकर अभिभूत हुए हम वापस त्रिवेंद्रम आए। त्रिवेंद्रम से आगे कहीं और जाना था। त्रिवेंद्रम रेलवे स्टेशन पर आगे की यात्रा का टिकट लेने बाबा रेलवे स्टेशन जा रहे थे। जिद करके मैं भी उनके साथ हो ली। दक्षिण भारत में अनुशासन अपेक्षाकृत अधिक था, आज भी है। हर जगह बिना धक्का-मुक्की के बाकायदा लाइन लगती है। ट्रेन या बस का टिकिट लेने के लिए लाइन, बस में चढ़ने के लिए लाइन, मंदिरों में दर्शनों के लिए लाइन। नहीं तो हमारे यहाँ जब तक धक्का-मुक्की न हो, गाली-गलौच न हो, लड़ाई-झगड़ा न हो तब तक मजा ही नहीं आता। जहाँ एक टिकिट खिड़की में दस हाथ टिकिट लेने के लिए अंदर घुसे होते हैं, वहीं बीस उन्हें बाहर खींचने के लिए पूरा जोर लगा देते हैं। दक्षिण भारत में हर जगह बिल्कुल साफ। दीवारों पर न पान के पीक की चित्रकारी, न प्लेटफॉर्म पर मूँगफलियों और केलों के छिलकों की सजावट। सबकुछ प्लेन, स्वच्छ। हमारी ग्वालियरी आँखों और कानों को इतनी सफाई देखने और शांति में रहने का अभ्यास नहीं था। हमारे चित्त में तो गंदगी और चिल्लपों से रहित रेलवे स्टेशन की कल्पना करना भी कठिन था।

हाँ, तो बाबा के साथ त्रिवेंद्रम रेलवे स्टेशन पर टिकिट लेने गई। बाबा लाइन में लग गए और मैं उनके पीछे खड़ी हो गई। लाइन लंबी थी। मंथर गति से आगे सरक रही थी। मैं बाबा के पीछे-पीछे आगे बढ़ रही थी। पास में खड़ा एक लड़का चाचा चौधरी का कॉमिक पढ़ रहा था। उसकी पुस्तक में से मैं भी पढ़ने लगी। बहुत दिनों बाद तो अपना पसंदीदा कॉमिक देखा। नहीं तो वहाँ तमिल-तेलुगू के गोल-गोल अक्षरों वाली पुस्तकें ही दिखती थीं। चाचा चौधरी और साबू को देखने में मैं इतनी तल्लीन हो गई कि पता ही नहीं चला कि बाबा टिकिट लेकर कब चले गए। मैंने चारों तरफ ढूँढ़ा। दो-दो, तीन-तीन बार देखा, लेकिन बाबा कहीं नहीं दिखे।

अनजान शहर, अनजान लोग। किसी को भी मेरी भाषा समझ में नहीं आ रही थी और उनके शब्द मेरे पल्ले नहीं पड़ रहे थे। थोड़ी देर बाद ही मैंने जान लिया कि मैं खो गई हूँ। अब क्या करूँ? अब मुझे यहीं रहना पड़ेगा जनम भर। इतनी देर में ट्रेन में भीख माँगनेवालों के रूप में अपनी कल्पना कर ली मैंने। 'सीता और गीता' फिल्म में खोई बहनों के रूप में भी देख लिया स्वयं को। इसी काल्पनिक संसार में खोई-खोई मैं कब और कैसे स्टेशन से बाहर निकलकर त्रिवेंद्रम के भीड़ भरे बाजार में पहुँच गई, पता ही नहीं चला।

सड़क किनारे कच्चे आम की फाँकें काटकर, नमक-मिर्च छिड़ककर चटपटी कैरी बेचनेवाले भैया, पापड़ और केले के चिप्स से भरे ठेलेवाले दादा, अपनी माँओं की उंगलियाँ पकड़े छोटे-छोटे कदमों से फुटपाथ पर जल्दी-जल्दी चलते-चलते क्या एक तरह से पैर घटसीटते हुए भागते बच्चे, सड़क पर तेजी से दौड़ती चारों तरफ चहल-पहल, भीड़-भाड़ थी। मगर मैं तो नितांत अकेली अपने को खोई हुई मानकर खोई-खोई सी स्वतः रचित आभासीय कल्पना संसार में गुम यंत्रचलित सी चली जा रही थी।

मैं यह सब देखने में गुम थी कि पीछे से बाबा ने चपत लगाई। मेरा हाथ कसकर पकड़ा और लगभग घसीटते हुए अपने साथ ले गए। आई ने खींचकर अपने सीने से लगा लिया मुझे।

फिर पूछा, "कहाँ चली गई थी? हम कितने परेशान हो रहे थे।"

मैंने बड़ी मासूमियत से उत्तर दिया, "मैं खो गई थी।"

□

6

रामलीला

हमारे दादाजी बहुत अच्छे थे। सीधे, सरल खूब प्यार करनेवाले। बच्चों के लाड़ लड़ानेवाले। उन्हें कभी भी गुस्सा होते हुए नहीं देखा मैंने। संसार में रहते हुए भी एकदम निर्लिप्त। साधारण सा धोती-कुरता पहनते थे। सिर पर बाल नहीं थे। मुँह में दाँत नहीं थे। घर से बाहर निकलते समय खूँटी पर टँगी काले रंग की टोपी सिर पर लगाई, काले रंग का बड़ा सा छाता हाथ में पकड़ा, पाँवों में नोंकवाली मोजड़ी चढ़ाई और निकल पड़े। पुरानी मराठी फिल्मों के बुजुर्ग जैसे होते हैं, ठीक वैसी ही वेशभूषा थी दादाजी की।

शरद ऋतु के आगमन के साथ ही वातावरण में मीठी-मीठी ठंडक घुल जाती है। मिट्टी की सोंधी सुगंध हवा को पवित्र कर उत्सवधर्मी बना देती है। शारदीय नवरात्रों में माँ के नौ स्वरूपों के आह्वान के साथ मंत्रोच्चारों के आरोह-अवरोह हृदय की गति को सुगढ़ लयात्मकता प्रदान करते हैं। ऐसा लगता है कि समूची सृष्टि पुनर्रचना की प्रक्रिया में निमग्न है। इन्हीं दिनों शुरू होती हैं रामलीलाएँ।

बचपन में रामलीला देखने का चाव ही कुछ और था। टेलीविजन आने से पहले लोककलाएँ ही मनोरंजन का सशक्त माध्यम थीं। छत्री बाजार, लश्कर ग्वालियर के मैदान में हर साल हम सब बच्चे दादाजी के साथ रामलीला देखने जाते थे। मैं, मेरी बड़ी बहनें, छोटी बहनें, भाई और अड़ोस-पड़ोस के बच्चे—सब। अपनी-अपनी दरियाँ लेकर जाते थे सारे। 'पहले आओ, पहले पाओ' वाला हिसाब था। छत्री मैदान में बड़ा सा मंच बनता था। ऊँचे-ऊँचे खंभों पर लगे बड़े-बड़े बल्बों

से पूरा मैदान जगर-मगर हो जाता था। मैदान के चारों ओर लाउड स्पीकर के भोंगे लग जाते थे। 'हनुमान चालीसा', हरिओम शरणम् के भजनों और पुराने फिल्मी गीतों की मधुर स्वर लहरियाँ रामलीला के दर्शकों को तीव्रता से अपनी ओर आकर्षित करने लगती थीं। शाम को छह-साढ़े छह बजे खाना खाकर हम तैयार हो जाते थे, अपनी-अपनी दरियाँ लेकर रामलीला देखने जाने के लिए।

हमारे दादाजी बहुत अच्छे थे। सीधे, सरल खूब प्यार करनेवाले। बच्चों के लाड़ लड़ानेवाले। उन्हें कभी भी गुस्सा होते हुए नहीं देखा मैंने। संसार में रहते हुए भी एकदम निर्लिप्त। साधारण सा धोती-कुरता पहनते थे। सिर पर बाल नहीं थे। मुँह में दाँत नहीं थे। घर से बाहर निकलते समय खूँटी पर टँगी काले रंग की टोपी सिर पर लगाई, काले रंग का बड़ा सा छाता हाथ में पकड़ा, पाँवों में नोंकवाली मोजड़ी चढ़ाई और निकल पड़े। पुरानी मराठी फिल्मों के बुजुर्ग जैसे होते हैं, ठीक वैसी ही वेशभूषा थी दादाजी की।

हाँ, तो हम शाम को जल्दी खाना खाकर अपनी-अपनी दरियाँ लेकर दादाजी के साथ रामलीला देखने छत्री मैदान की ओर प्रस्थान करते थे। हर रोज सबसे आगे बैठने की ललक रहती थी। यही ललक पैरों की गति को अनायास बढ़ा देती थी। घर से बाहर निकलकर बाएँ मेन रोड पर फिर बाएँ छोटी गली से होते हुए शंकरजी का मंदिर, फिर ढलान, नालेवाला पुल, भैंसवाली गली से होते हुए मामा के घर को पार करते ही लाउड स्पीकर पर गानों की आवाज सुनाई देने लगती थी। रोज गानों का क्रम तय था। पहले 'हनुमान चालीसा', फिर हरिओम शरणम् के भजन, फिर फिल्मी

गीत। 'हनुमान चालीसा' तक पहुँचना बिफोर टाइम, भजनों तक पहुँचना इन टाइम और फिल्मी गीतों तक पहुँचने का मतलब—आगे की जगह के लिए संघर्ष। फिल्मी गीतों के क्रम में भी एक गाने पर रिकॉर्ड घिस-घिसकर धीरे-धीरे स्लो मोशन में हो जाता था। *मैं न भूलूँगी, मैं न भूलूँगा।* यहाँ तक ठीक पूरे जोश में बजता था गाना, फिर *इन रस्मों¨को¨इन कसमों को¨मैं¨न¨भू¨लूँ¨गी¨ई¨*, फिर घूँ¨घूँ¨करके बंद हो जाता था। अगर इस घिसे-घिसाए गाने तक हम रामलीला नहीं पहुँचे तो यह तय था कि आगे बैठने के लिए आज अपना स्पेशल स्टाइल दिखाना ही पड़ेगा।

मैदान के चारों तरफ किनारे-किनारे खड़े मूँगफली, चने, मुरमुरे, चना जोर गरम के ठेलों पर से मूँगफली और चने भुनने की महँगे से महँगे इत्र को हजार गुना मात देती हुई सुगंध शीघ्रातिशीघ्र छत्री मैदान पहुँचने की ललक को और अधिक तीव्र कर देती थी।

दर्शक दीर्घा में दाईं ओर पुरुष, बाईं ओर महिलाओं के लिए बैठक व्यवस्था होती थी। मंच के ठीक सामने कुरसियों पर पासधारक अमीर लोग बैठते थे। बस, यही बात मुझे कभी अच्छी नहीं लगती थी। रामलीला में भी भेदभाव? खैर, हम तो रोज महिलाओं वाले क्षेत्र में सबसे आगे-आगे अपनी दरी बिछा देते थे। जिस दिन लेट हो जाते थे, उस दिन अपनी सहेलियों के पास जाकर बैठ जाते थे और फिर धीरे-धीरे आगे सरक जाते थे। कभी-कभी मौका देखकर दूसरों की दरियाँ उठाकर अपनी दरी बिछा देते थे और फिर जगह घेरकर बैठ जाते थे। रामलीला शुरू होने से पहले जगह को लेकर झगड़े होते थे, लेकिन लीला शुरू होते ही सब एक हो जाते थे। उन झगड़ों में भी बहुत आनंद आता था।

लंबी प्रतीक्षा के बाद मंच पर कुछ हलचल दिखाई देती थी। पहले तो किसी की चाभी, किसी का पर्स और किसी का बच्चा खोने के एनाउंसमेंट होते रहते थे, फिर 'रामायण' की पूजा और आरती होती थी, फिर रामलीला शुरू होती थी। पहले दो दिन तो पूर्वपीठिका में निकाल देते थे। नारद मोह और न जाने क्या-क्या? राम, लक्ष्मण, भरत, शत्रुघ्न के जन्म से रफ्तार पकड़ती थी रामलीला। ताड़का वध, सीता स्वयंवर, लक्ष्मण-परशुराम संवाद, राज्याभिषेक की तैयारी, मंथरा, केकैई, दशरथ, राम वनवास फिर हनुमानजी, सुग्रीव, बाली, सूपणखा, फिर आता था अट्टहास करता हुआ रावण। हनुमानजी जब अशोक वाटिका उजाड़ते थे, राक्षसों को पकड़-पकड़कर मारते थे, उठा-उठाकर पटकते थे, तब सारे दर्शक यंत्रचलित से उत्साह में खड़े होकर जोर-जोर से तालियाँ बजाने लगते थे। पीछेवाले दर्शक उनके कपड़े खींच-खींचकर उन्हें नीचे बिठाते थे। सीता हरण के दृश्य पर तो सारे लोग सिसक-

सिसककर रोने लग जाते थे। ऐसी मार्मिक होती थी रामलीला। पात्रों और दर्शकों में गहरा तादात्म्य स्थापित करनेवाली। कोई विशेष ताम-झाम नहीं था, लाइट साउंड इफेक्ट नहीं था, महँगे स्टेज और नामी कलाकार नहीं थे, लेकिन सहृदय आस्थावान दर्शक थे और राम कथा की महिमा तो थी ही। दादाजी रोज हमें मूँगफली और चने दिलाकर मैदान के पीछे बने कुएँ की मेंड़ पर बैठ जाते थे। लीला समाप्त होने पर वहीं सब इकट्ठे होकर वापस घर लौटते थे।

नौ दिन चलनेवाली रामलीला में हम चौबीसों घंटे उसी में लीन रहते थे। शाम को छह बजे से लेकर रात ग्यारह, बारह बजे तक तो छत्री मैदान वाली रामलीला और दिन में घर पर हमारी रामलीला। घर में ही बाँस की खपच्ची का धनुष बना लेते थे और खर्राटे की झाड़ू (सींकवाली झाड़ू) की सीकों के बाण बन जाते थे। कपड़े कूटनेवाली मोगरी का गदा बन जाता था। सबसे पहले चेहरे पर खूब सारा पाउडर लगाकर गोरे होते थे, फिर गुलाबाक्षी के फूलों को हथेलियों से रगड़कर उसका गुलाबी रंग गालों पर रूज की तरह लगा लेते थे। कुमकुम का तिलक आदि लगाकर राम, लक्ष्मण, सीता बन जाते थे। एक रात पहले देखी हुई लीला का मंचन अगली दोपहर को घर के आँगन या दालान में होता था। बाई (दादी), आई (माँ), काकू (चाची), काका (चाचा), आत्या (बुआ), दादाजी—सब दर्शक होते थे। तालियाँ बजाना और हमारी तारीफ करना कम्पल्सरी था उनके लिए और वो अपना फर्ज बखूबी निभाते थे।

दशहरे को नए कपड़े पहनकर रावण दहन देखने जाते थे। रामजी मंच से बाण चलाते थे। रावण घनघोर अट्टहास करता हुआ नीचे गिरकर मर जाता था। साथ ही रावण, कुंभकरण, मेघनाद के ऊँचे-ऊँचे पुतले धड़ाम-धम-धम करते हुए जलने लगते थे। इस दिन बाबा (पिताजी) भी साथ जाते थे। रावण दहन के बाद सोना (चमक लगे हुए शमी के पत्ते) की पुड़िया लेकर हम सब उछलते-कूदते घर वापस आते थे। घर के छोटे लोग लड़के-लड़कियाँ, स्त्री-पुरुष—सब अपने बड़ों को सोना देकर पाँव छूते थे और ढेर सारे आशीर्वाद लेकर निश्चिंत होकर सो जाते थे।

छत्री मैदान के मंच पर खेली जाने वाली रामलीला समाप्त हो जाती थी, लेकिन मेरे मानस में रामलीला चलती रहती थी। आज तक निरंतर चल रही है। □

7
सखुताई

सखुताई की सबसे बड़ी विशेषता यह थी कि वो अपनी बातों से पूरे वातावरण को सकारात्मक बनाए रखती थी। हमें भी कहानियाँ सुनाती थी। कभी-कभी काम करके हमारे यहीं खा-पीकर सो जाती थी। बहुत अधिक धन नहीं पाती होगी, लेकिन हमेशा प्रसन्न और भरी-पूरी लगती थी।

बचपन से लेकर अभी तक जीवन में इतने सारे पात्र आए हैं कि यदि लिखने बैठूँ तो एक बृहत् उपन्यास तैयार हो सकता है। जीवन पर प्रत्यक्ष प्रभाव डालनेवाले पात्र सदैव याद रहते हैं, लेकिन कुछ पात्र ऐसे होते हैं, जो जीवन को परोक्ष रूप से प्रभावित करते हैं और याद करने पर याद आते हैं, मगर ऐसे साधारण दिखनेवाले पात्रों का महत्त्व किसी भी लिहाज से कम नहीं होता। हमारे व्यक्तित्व के निर्माण में ये अपेक्षाकृत महत्त्वहीन पात्र अकसर बहुत महत्त्वपूर्ण भूमिका निभा जाते हैं। ऐसी ही एक पात्र है—सखुताई।

पहले सबकुछ स्थायी था। मकान पीढ़ी-दर-पीढ़ी रहते थे। मकान के अंदर का सामान भी कम-से-कम तीन पीढ़ियों तक तो चलता ही था। 'यूज एंड थ्रो' का नामोनिशान नहीं था। सुख-दुःख, हानि-लाभ साझे थे। समस्याएँ साझी थीं और उनके समाधान भी साझे थे। मानवीय संबंध भी मजबूत और स्थायी थे।

बड़ा परिवार। बाई (दादी), दादा, आई (माँ), बाबा (पिताजी), दो काका (चाचा), काकू (चाची), आत्या (बुआ) आदि-आदि-आदि। मेरे चार-पाँच वर्ष की अवस्था से मुझे जीवन के दृश्य धुँधले-से याद हैं। हमारे घर में बच्चों का पालना हमेशा पड़ा होता था और पालने में झूलनेवाला कोई-न-कोई नवागंतुक प्रतिवर्ष

तैयार रहता था। जच्चा-बच्चा की देख-रेख तब डॉक्टर और नर्स कम करते थे, घरेलू दाइयाँ अधिक करती थीं। सखुताई भी एक कुशल घरेलू दाई माँ थी। बिल्कुल परिवार की दादी माँ जैसी। उसका हुकुम चलता था सब पर। गर्भवती होने से जचगी और नवजात शिशु के खेलने लायक होने तक तो पूरी तरह सखुताई की ही निगरानी रहती थी।

हमारे घर के पास सरकारी प्रसूतिगृह था। सारे बच्चों का जन्म वहीं का है। मुझे याद है, जच्चा को गरमियों में भी लौंग डला उबालकर ठंडा किया हुआ पानी ही दिया जाता था। कम-से-कम सवा महीना सिर बाँधकर रखते थे। ठंडे, वातुल और बासी पदार्थ खाने की मनाही रहती थी। गरमी के दिनों में भी पंखे की हवा नहीं लगने दी जाती थी। खान-पान का बहुत परहेज था। प्रसूतिगृह से घर आने के बाद सारा चार्ज सखुताई ही सँभालती थी। साधारण कद-काठी की इकहरे बदन की, उजले-साँवले रंग की फुर्तीली और ठसकेदार थी सखुताई। नऊवारी धोती (मराठी साड़ी) पहनती थी। सर्दी, गरमी, जाड़ा, बरसात कैसा भी मौसम हो, सखुताई के आने का समय फिक्स था। सुबह ठीक चार बजे हाजिर हो जाती थी। उसके आने के समय से घड़ी मिलाई जा सकती थी। इतनी पाबंद थी समय की।

आते ही सबसे पहले बाई (दादी) को आवाज देती थी। फिर बिना कुछ कहे, बताए, पूछे आँगन में बना मिट्टी का चूल्हा जलाकर उसपर बड़े से पतीले में पानी गरम करने रख देती थी। साथ में समर्थ रामदास स्वामी महाराजजी के अभंग गाती रहती थी। आवाज तो उसकी सुरीली नहीं थी, लेकिन भक्ति का रस इतना था कि उसका बेसुरा गायन भी कर्णप्रिय लगता था। फिर कमरे में जाकर जच्चा को जगाती

थी। कोयले की अँगीठी जलाकर नवप्रसूता के कमरे को गरम कर देती थी। सरसों के तेल में लहसुन की कलियाँ तड़काकर क्रमश: जच्चा और बच्चा की खूब घिस-घिसकर मालिश होती थी। मालिश करते हुए उसके हाथ किसी कुशल कारीगर की तरह चलते थे। बीच-बीच में खूब ज्ञानवर्धक और आशावादी बातें भी बताती जाती। कुछ नसीहतें देती। शिकायतों पर समझाती। जच्चा किसी दिन आलस में मालिश करवाने को मना भी करे तो भी वो नहीं मानती थी, बल्कि अधिकारपूर्वक डाँटकर अपना पूरा काम करती। छोटे से नवजात शिशु की मालिश और स्नान तो ऐसे मन लगाकर करती थी, जैसे उसकी स्वयं की संतान हो। अँगीठी में अजवाइन जलाकर उसका धुआँ देना, नहाने के पानी में भी अजवाइन और नीम के पत्ते डालना, नहलाने के बाद जच्चा का सिर और पेट बाँधना, नन्हे-से नवजात को नहला-धुलाकर कपड़े पहनाकर जायफल-मायफल की घुट्टी घिसकर पिलाना आदि सारे काम विश्वसनीय ढंग से करती थी। मैंने बचपन में ये सब कई बार देखा है। सखुताई की सबसे बड़ी विशेषता यह थी कि वो अपनी बातों से पूरे वातावरण को सकारात्मक बनाए रखती थी। हमें भी कहानियाँ सुनाती थी। कभी-कभी काम करके हमारे यहीं खा-पीकर सो जाती थी। बहुत अधिक धन नहीं पाती होगी, लेकिन हमेशा प्रसन्न और भरी-पूरी लगती थी। त्योहार के दिन जब हम बच्चे सारे बड़ों के पाँव छूते थे, तब बाई (दादी) हमसे सखुताई के पाँव छूकर आशीर्वाद लेने को भी कहती थीं और हम उसके भी पाँव छूते थे। वो आँचल भर-भरकर आशीर्वाद देती थी। जब तक वो जीवित रही, ऐसी ही रही। समय की पाबंद, अपनेपन से सराबोर, भक्ति से भरपूर, अभावों में भी भरी-पूरी, प्रसन्न।

दिल्ली के जगर-मगर चकाचक बहुमंजिला सुविधाओं से सुसज्जित अस्पताल से अपने नवजात बेटे को लेकर जब मैं घर आई और ऊँचे दामों पर भी कोई दाई नहीं पाई, तब लगा, हमने विकसित होते हुए सुविधाएँ तो खूब कमा ली हैं, लेकिन इस क्रम में कितनी ही विश्वसनीय, प्रेमल सखुताइयाँ गँवा दी हैं, परंतु जब त्योहारों पर नए कपड़े पहनकर बच्चे हम बड़ों के पाँव छूते हैं और मैं उनसे घर में काम करनेवाली मेड्स के पाँव छूने के लिए कहती हूँ, तब अहसास होता है कि बाई और सखुताई का रिश्ता अभी भी मुझमें जीवित है।

नमस्कार करते। आशीर्वाद दे सखुताई।

□

8
बहूबाई

वो उकड़ूँ बैठकर इतने धीमे-से फुसफुसाती थी कि एक कान की बात कहीं दूसरे कान को सुनाई न पड़ जाए। बताने की स्टाइल ऐसी होती थी, जैसे कितनी गोपनीय बात बता रही हो, जैसे सृष्टि के सबसे गूढ़तम रहस्य को उद्घाटित कर रही हो। साथ ही बीच-बीच में कहती जाती—"काऊ तै कहियो मती। भैनी (वहिनी, भाभी) अब तम तै का कहें हमाए तो करम फूटि गए। लाली, नाखून पालिस लगाए बैठी रहात है।" एकाध सात्विक गाली का वाचन भी निःसंकोच कर देती थी।

मैं पाँच-छह साल की रही हूँगी। तब की धुँधली-सी याद है। भागवत साहब का बाड़ा, बाई साहब की परेड, लश्कर, ग्वालियर।

हमारे घर एक बूढ़ी कामवाली बाई आया करती थी। मैली-कुचैली धोती, झुर्रियों भरा चेहरा, छितराए हुए बाल, कमर थोड़ी झुकी हुई। सुबह तड़के ही वो आ जाती थी। बरतन माँजने का काम था उसका। उस समय पीतल, ताँबे और काँसे के बड़े-बड़े भगोने, देगचियाँ, थालियाँ, गिलास, डिब्बे, कलसियाँ, बाल्टियाँ, गंगाळ थे घर में। भोजन मिट्टी के चूल्हे पर पकाया जाता था। बरतन बिल्कुल काले हो जाते थे। सुबह-सुबह आकर वो राख और मूँजे से ढेर सारे बरतन चमाचम चमका देती थी। तब घर में सोळ (छूआछूत) बहुत था। उसकी बाल्टी और लोटा अलग थे। उस बाल्टी और लोटे को और कोई नहीं छूता था। जो बरतन माँजकर वो जाती थी, उन्हें भी दुबारा से धोकर इस्तेमाल किया जाता था। उसे कभी जोर से बोलते हुए नहीं सुना था किसी ने। अधिकतर चुप ही रहती

थी। कितने भी ज्यादा बरतन हों, वो बिना कुछ कहे चुपचाप माँज देती थी। आजी (दादी) से कभी-कभी बात कर लेती थी, वो भी बहुत धीमी आवाज में। पड़ोस के पाटोर में ही रहती थी। इस नाते हमारी पड़ोसन थी। पाँवों में चप्पल नहीं पहनती थी। सर्दी, गरमी, बरसात नंगे पाँव ही आती थी।

उसके बाद उसकी बहू आने लगी। उसे सब 'बहूबाई' कहते थे। बहूबाई अपेक्षाकृत नए जमाने की थी। पैरों में चप्पल पहनकर आती थी। तब घर के अंदर चप्पल पहनने का चलन नहीं था। चप्पल वो घर के बाहर ही उतारती थी। शुरू-शुरू में बहुत लंबा घूँघट काढ़ती थी। जैसे-जैसे वो बड़ी होती गई, उसका घूँघट छोटा होता गया। कोयले का रंग भी उसके आगे गोरा लगने लगे इतनी भयंकर काली थी बहूबाई। मुझे याद है, वो कभी गिलास से पानी नहीं पीती थी। ओक से पानी पीती थी। अनेक बार उसे पानी पिलाने का सौभाग्य मुझे प्राप्त हुआ है। वो कहती थी कि ऐ छोटी बाई, नेंक पानी पिवा दे। मैं गिलास में पानी देती तो वो ओक कर लेती। फिर मैं गिलास से धीरे-धीरे उसकी ओक में पानी डालती वो गट-गट-गट पीती जाती। उसकी ओक इतनी पक्की थी कि एक बूँद भी पानी जमीन पर नहीं गिरता था। जब प्यास बुझ जाती तो सिर हिला कर संकेत कर देती थी। उसकी देखा-देखी मैंने भी अनेक बार ओक से पानी पीने का अभ्यास किया। पहले-पहल बहुत पानी फैलता था, फिर धीरे-धीरे मुझे भी ओक से पानी पीना आ गया। इस मामले में वो मेरी गुरु हुई। बहूबाई आई (माँ) और काकुओं (चाचियों) से बातचीत कर लेती थी, लेकिन घर के पुरुषों के आते ही घूँघट लंबा करके चुप हो जाती थी। बहूबाई के द्वारा माँझे

गए बरतनों को भी एक बार पानी से धोकर ही उपयोग में लाया जाता था। बहूबाई के भी बाल्टी और लोटा अलग थे। अपने पूरे जीवन भर उन सास-बहू को न तो हमारे घर ने छोड़ा और न ही उन्होंने हमारे घर को छोड़ने की सोची भी होगी। एक तरह से हमारे परिवार का ही हिस्सा थीं वह।

वो कुछ सालों बाद बहूबाई की बहू आ गई। बहूबाई सास बन गई, लेकिन उसका नाम 'बहूबाई' ही रहा। बहूबाई की बहू और अधिक नए जमाने की थी। जब शादी होकर आई थी तब देखा था। लेसवाली टेरेलिन की प्रिंटेड साड़ी, पैरों में ऊँची एड़ी की चप्पल, हाथ में लटकता हुआ पर्स। चेहरे पर घूँघट तो था, लेकिन सब पारदर्शी। बहूबाई ने अपने अंत समय तक हमारे घर काम किया, जबकि उसकी बहू ने कभी काम नहीं किया। बहूबाई की बहू उसके घर पर ही रहती थी। बहूबाई कभी-कभी दु:खी होकर बताती थी कि वो दिन भर पड़े-पड़े खाट तोड़ती रहती है। सजती-सँवरती रहती है। नाखून पालिस लगाकर बैठ जाती है। काम की न काज की, दुश्मन अनाज की। ये सब बताते हुए वो उकड़ूँ बैठकर इतने धीमे-से फुसफुसाती थी कि एक कान की बात कहीं दूसरे कान को सुनाई न पड़ जाए। बताने की स्टाइल ऐसी होती थी, जैसे कितनी गोपनीय बात बता रही हो, जैसे सृष्टि के सबसे गूढ़तम रहस्य को उद्‌घाटित कर रही हो। साथ ही बीच-बीच में कहती जाती—"काऊ तै कहियो मती। भैनी (वहिनी, भाभी), अब तम तै का कहें, हमाए तो करम फूटि गए। लाली, नाखून पालिस लगाए बैठी रहात है।" एकाध सात्त्विक गाली का वाचन भी नि:संकोच कर देती थी।

बिल्कुल जर्जर बूढ़ी होने तक वो हमारे घर आती रही। काम नहीं होता था, तब भी थोड़ा-बहुत करती-कराती रही। हमेशा सुख-दु:ख में साथ रही। आज की मेड्स को अतिशय प्रोफेशनली कट-टू-कट काम करते हुए देखती हूँ, तब बहूबाई तुम बहुत याद आती हो।

□

9

गणपति बप्पा मोरिया

जब से शोभायात्रा निकलती थी, तभी से सामूहिक भजन गाने का सिलसिला प्रारंभ हो जाता था, जो तिगरा डैम पहुँचने तक अनवरत उत्साहपूर्वक चलता रहता था। एक के बाद एक गाने की होड़-सी लग जाती थी। 'गणपति बप्पा मोरया' के जयघोषों से पूरा वातावरण आप्लावित हो जाता था।

देश की राजधानी के पॉश इलाके के बड़े से अपार्टमेंट के सातवें माले पर जब घर के तीन सदस्यों ने मिलकर गणपति बप्पा मोरया का जयघोष करते हुए पानी से भरी छोटी सी बाल्टी में गणपति विसर्जन किया, तब लबालब भरे तिगरा डैम का दृश्य आँसुओं में भीगकर तैरने लगा।

ग्वालियर में हमारे घर के पास हनुमानजी का मंदिर था। मंदिर तो आज भी है, लेकिन हमारा घर अब वहाँ नहीं है। मंदिर में एक पुजारी था—लंबा-तगड़ा पहलवान टाइप मोती बाबा। कई बार वो केवल एक लँगोटी पहने रहता था, इसलिए उसे 'संडा बाबा' भी कहते थे। हनुमान जयंती पर उस मंदिर में अखंड रामायण पाठ होता था। मुहल्ले के लोग ही अदल-बदलकर माइक सँभालते थे। हम बच्चे भी वहाँ रामायण पाठ करने जाते थे। इतनी तीव्र गति से 'रामायण' पढ़ी जाती थी कि कुछ खास समझ में नहीं आती थी, लेकिन पढ़ने की जो लय बनती थी, वो अद्भुत ऊर्जा का संचार करती थी, जैसे कोई रेलगाड़ी धड़धड़ाती हुई चल रही हो। रेलगाड़ी में इंजन और डिब्बे एक के बाद एक खिंचते चले जाते हैं, ऐसे ही 'रामायण' की प्रत्येक चौपाई की पहली पंक्ति दूसरी पंक्ति को सहारा देकर अपने साथ खींच लाती थी। जबरदस्त रिद्म रहती थी, अनोखा उत्साह आ जाता था सभी रामायण पाठियों

में। ढोलक, झाँझ, मंजीरों की ध्वनि मिलकर एक नया आलौकिक संसार गढ़ देते थे। उसी हनुमान मंदिर में भाद्रपद की चतुर्थी को श्री गणेशजी की स्थापना होती थी। हमारे घर भी गणेश स्थापना होती थी। मुहल्ले-मुहल्ले में रात-रात भर गणेशोत्सव के सांस्कृतिक कार्यक्रम चलते थे। दस-ग्यारह दिन खूब रौनक लगी रहती थी।

अनंत चतुर्दशी की शाम को श्री गणेश विसर्जन होता था। दो बड़े ट्रकों में मुहल्ले भर के लोग अपने-अपने गणेशजी लेकर बैठते थे। मैं और मेरी बहन बाबा और काका के साथ इस विसर्जन कार्यक्रम में सम्मिलित होते थे। ट्रक बहुत ऊँचा रहता था। पहले कोई बलिष्ठ व्यक्ति ट्रक पर चढ़ता था, फिर एक-एक कर सबका हाथ पकड़कर ऊपर खींच लेता था। ट्रक पर बैठने के बाद सबकी गिनती होती थी। फिर गणपति बप्पा मोरया के जयघोष के साथ दोनों ट्रक आगे-पीछे चल देते थे तिगरा डैम की ओर। दोनों ट्रकों में चार-पाँच बड़ी-बड़ी बाल्टियाँ बीच में रखी जाती थीं। कुछ लोग पूरे रास्ते भर खीरा, काचरी, सेव, केले इत्यादि फल काट-काटकर बाल्टियों में डालते जाते थे। इस जुलूस में पुरुष और कुछ बच्चे ही जाते थे। महिलाएँ सम्मिलित नहीं होती थीं। जब से शोभायात्रा निकलती थी, तभी से सामूहिक भजन गाने का सिलसिला प्रारंभ हो जाता था, जो तिगरा डैम पहुँचने तक अनवरत उत्साहपूर्वक चलता रहता था। एक के बाद एक गाने की होड़-सी लग जाती थी। 'गणपति बप्पा मोरया' के जयघोषों से पूरा वातावरण आप्लावित हो जाता था। डॉ. कमल किशोर के अस्पताल से कमानी पुल, हनुमान चौराहा, नई सड़क, जिंसी पुल से आगे बाईं ओर घूमकर चढ़ाव पर रेलवे फाटक पारकर, मेंटल हॉस्पिटल,

जेल और फिर आगे लहलहाते हरे-भरे खेतों के बीच से होते हुए जब तिगरा डैम पहुँचते थे, तब पानी से लबालब भरी दूर तक फैली जलराशि और ठंडी-ठंडी हवा का कोमल संगीत मिलकर गणपति बप्पा का सुस्वागतम करते प्रतीत होते थे। ट्रक में चढ़ना थोड़ा सा कठिन लगता था, लेकिन उतरना बहुत आसान। थोड़ी शक्ति समेटकर एक छलाँग लगानी होती थी, बस।

तिगरा पहुँचकर गणेशजी की सारी मूर्तियों को ससम्मान ट्रक में से नीचे उतारकर किसी समतल पत्थर पर जमाकर रख देते थे। मंदिर के गणेशजी की मूर्ति सबसे बड़ी होती थी। यहाँ गणेशजी को भोग लगता था। फिर ढोलक, मंजीरे बजाकर पूरे सुर-ताल के साथ सामूहिक आरती होती थी। आरती काफी देर तक चलती थी। घी के दीपक और धूप, अगरबत्ती की सुगंध से सबकुछ पवित्र हो जाता था। हम बच्चे गणेशजी की छोटी-छोटी मूर्तियाँ उठाते और बड़े लोग बड़ी-बड़ी मूर्तियाँ सँभालते थे। मंदिरवाली सबसे बड़ी मूर्ति को कम-से-कम दो शक्तिशाली व्यक्ति मिलकर ही उठा पाते थे। जय गजानन और गणपति बप्पा मोरया के साथ बड़ी मूर्ति डैम के तालाब में लगभग बीचोबीच तक ले जाकर ही पानी में छोड़ी जाती थी। मैं तब तक मूर्तियों को देखती रहती थी, जब तक वो दिखती रहती थीं। तत्पश्चात् प्रसाद वितरण कार्यक्रम चलता था। मोतीचूर के देसी घी के लड्डू, पंजीरी, पंचामृत, खीरा, ककड़ी, सेव, केला, काचरी और न जाने क्या-क्या। प्रसाद इतना मिलता था कि भजन गा-गाकर और चिल्ला-चिल्लाकर नारे लगाने के कारण लगी जबरदस्त भूख शांत हो जाती थी। प्रसाद खाकर एक गिलास ठंडा पानी पिया नहीं कि पेट फुल। वापस आते समय ठंडी-ठंडी हवा के झोंके धीरे-धीरे नींद की आगोश में ले जाते थे। एक-एक करके लगभग सारे बच्चे ढेर होकर लुढ़क जाते थे। वापस हनुमान मंदिर पर आकर ट्रक रुकता था। सब बच्चों को झिंझोड़-झिंझोड़कर जगाना पड़ता था। मैं नींद में ही यंत्रवत्-सी बाबा का हाथ पकड़कर घर आती थी और बिस्तर पर धड़ाम हो जाती थी। सामूहिकता का निश्छल आनंद नींद में भी मेरे होंठों पर हलकी सी मुसकराहट बिखेर देता था।

आज देश की राजधानी के पॉश इलाके के बड़े से अपार्टमेंट के सातवें माले पर जब घर के तीन सदस्यों ने मिलकर 'गणपति बप्पा मोरया' का जयघोष करते हुए पानी से भरी छोटी सी बाल्टी में गणपति विसर्जन किया, तब महानगर के भयानक एकाकी विकास के कसैलेपन का स्वाद मेरे होंठों पर ठहरकर जम गया। □

10
नागपंचमी का मेला

आई के पच्चीस और मामा के पच्चीस, कुल पचास। पचास पैसे लेकर हम दोनों महारानियाँ नागपंचमी के मेले में दिग्विजय करने प्रवेश करती थीं। मैदान के पास नाग देवता का मंदिर था, आज भी है। पहले नाग देवता के दर्शन, फिर सबसे पहले झूला। लकड़ी का गोल चक्कर झूला। पाँच पैसे का एक चक्कर। हम कोशिश करते थे कि पैसे कैसे बचाए जाएँ?

सुविधाओं से खुशी मिल सकती है, लेकिन आनंद तो हृदय की उस हिलोर का नाम है, जो स्वतःस्फूर्त है। बचपन को याद करती हूँ तो ऐसी अनगिनत आनंद हिलोरें आज के घमासान को अपनी चंचल शीतलता में भिगोकर शांत और उत्साहित करती चली जाती हैं। नागपंचमी के मेले की स्मृति भी उनमें से एक है।

ग्वालियर छत्री बाजार का आधुनिक बाल मंदिर, जिसमें अक्षर ज्ञान से लेकर कक्षा आठ तक की पढ़ाई की, के मैदान में नागपंचमी पर मेला लगता था। नागपंचमी के दिन सुबह-सुबह घर पर कई सपेरे बीन बजाते हुए अपनी पिटारी में नाग लिये आते थे। आई, काकू, बाई, आत्या—सब नाग की पूजा करते थे। उसे दूध पिलाते थे। उसके बाद ही खाने को कुछ मिलता था, लेकिन इस दिन का मुख्य आकर्षण तो था—नागपंचमी का मेला।

मेले के लिए आई हम दोनों बहनों को पच्चीस-पच्चीस पैसे देती थी और मामा भी हम दोनों को पच्चीस-पच्चीस पैसे देते थे। पचास-पचास पैसे हम दोनों बहनों के हाथ में आते ही हमारे तो पैरों में स्प्रिंग-सी लग जाती थी। ऐसा लगता था कि उछलकर आकाश छू लेंगे, बल्कि आकाश को समेटकर अपनी नन्ही-नन्ही बाँहों में भर लेंगे। नहीं बाँहों में भी नहीं रूमाल के कोने में समेटकर गाँठ बाँधकर रख लेंगे।

11

दीपावली तब की

बचपन में दीवाली यानी मौज ही मौज। संयुक्त परिवार। कम आमदनी, बहुत सारे लोग। कम अपेक्षाएँ और आकाश भर खुशियाँ। लहराता-बलखाता अपनी मौज में बेलौस चलता समय। दशहरे से लेकर दीवाली तक की भरपूर छुट्टियाँ। नो होमवर्क, नो पढ़ाई, नो टेंशन। केवल मस्ती, मस्ती और मस्ती। रिश्तों के बीच में अर्थ आते ही अनर्थ होने में देर नहीं लगती। अब तो लेन-देन, व्यवहार, गिफ्टों की अदला-बदली, भयंकर औपचारिकता ने रिश्तों की ऐसी-तैसी कर दी है।

जब से समय ने तेज गति से भागना शुरू किया है तब से सारे तीज-त्योहार हाँफने लगे हैं। छोटे त्योहारों ने तो कब का दम तोड़ दिया है। बड़े-बड़े त्योहार भी वेंटीलेटर पर आ गए हैं।

वो भी समय था, जब समय मटरगश्ती करता हुआ लहराते-बलखाते हुए अपनी मौज में चलता था। रास्ते में रुककर यार-दोस्तों से बतिया लेता था। बूढ़े काका का हाथ पकड़कर उन्हें गली पार करा देता था। काकी की सूई में धागा पिरो देता था। मुनिया को गोद में लेकर खेल लेता था और मजे की बात तो ये है कि इतना करने पर भी समय पर घर पहुँचकर हाथ-मुँह धोकर सबके साथ खाने की पंगत पर हाजिर हो जाता था।

बचपन में दीवाली, यानी मौज ही मौज। संयुक्त परिवार। कम आमदनी, बहुत

सारे लोग। कम अपेक्षाएँ और आकाश भर खुशियाँ। लहराता-बलखाता अपनी मौज में बेलौस चलता समय। दशहरे से लेकर दीवाली तक की भरपूर छुट्टियाँ। नो होमवर्क, नो पढ़ाई, नो टेंशन। केवल मस्ती, मस्ती और मस्ती।

दशहरे से घर की साफ-सफाई प्रारंभ हो जाती थी। सारा सामान आँगन में निकाल कर रख दिया जाता था। बड़े से ड्रम में कलई घोली जाती थी। मैं बाबा के साथ कलई लेने अनेक बार बाजार गई हूँ। सफेद रंग के बड़े-बड़े चूने के ढेले बड़ी सी तराजू में तौलकर दुकानदार देता था। हम बड़े-बड़े मजबूत झोलों में भरकर कलई घर लाते थे, साथ में नील की डिब्बी भी। जब ड्रम में चूने के ढेले डालकर ऊपर से पानी मिलाया जाता था, तब अचानक पानी उबलने लगता था। बहुत गरमी निकलती थी। बाबा हम बच्चों को दूर कर देते थे, फिर थोड़ी सी नील कलई (चूने का घोल) में डालते थे, शाइनिंग के लिए। कई सालों तक हम सब अपने आप ही दीवारों पर पुताई करते थे। बड़े लोग घर की दीवारें और छत पोतते थे और हम बच्चे जीने की दीवार और नहानी घर जैसे देखने की दृष्टि से कम महत्त्वपूर्ण स्थानों पर हाथ आजमाते थे। छह-सात दिनों में पूरा बाड़ा सफेदी में नहाकर नया हो जाता था।

उसके बाद होती थी गोबर, गेरू से आँगन की लिपाई। यहाँ भी हम न्यू कमर्स की भाँति काम करते थे। गऊशाला से गोबर लाने का महत्त्वपूर्ण उत्तरदायित्व हमारे ही कंधों पर होता था। गोबर में गेरू मिलाकर जब आँगन लिप जाता था, तब उसके आगे महँगा-से-महँगा संगमरमर जड़ित चमकदार फर्श भी पानी भरने लगता था। लिपे हुए आँगन में जब बिंदियाँ बिछाकर सफेद रंगोली बनाई जाती थी, तब आँगन

पवित्रता की दीप्ति से दीपायमान होकर गमकने लगता था। आँगन में निकाला हुआ सारा सामान छाँटकर, पोंछकर वापस जमाया जाता था। सारे आलों में पहले अखबार बिछाए जाते थे, फिर सामान जमाया जाता था।

घर चमकाने के पश्चात् बारी आती थी खान-पान की। करंजी (गुझिया), पापड़ी, अनारसे, शंकरपाळे, बेसन के नमकीन सेव, चकली लड्डू और भी बहुत सारे अच्छे-अच्छे स्वादिष्ट पकवान फराळ (नाश्ते) के लिए बनते थे। पीतल के चमचमाते हुए बड़े-बड़े डिब्बों में सारी खान-पान सामग्री रखी जाती थी। बने कभी भी, लेकिन खाने को मिलेगा नरक चतुर्दशी, यानी छोटी दीवाली वाले दिन ही—ये सबको पता था। हम बच्चों की फौज नंबर एक की शरारती थी, लेकिन बाई (दादी) का अनुशासन भंग करने की हिम्मत किसी सिपाही में नहीं थी। स्वादिष्ट व्यंजनों से भरे-पूरे चमकदार डिब्बों को हम ललचाई नजरों से निहारते रहते थे और मन-ही-मन हिसाब लगाते थे कि अब हमारी स्वादातुर जीभ और स्वादिष्ट करंजी, पापड़ी अनारसों के बीच कितने घंटों की दूरी है।

हर साल का नियम था कि नरक चतुर्दशी, यानी छोटी दीवाली के पहले धनतेरस की रात को हम आई के साथ मामा के घर जाते थे। मामा का घर पंद्रह-बीस मिनट की दूरी पर ही था। उछलते-कूदते कभी भी पहुँच जाते थे हम। अण्णा (नानाजी), माई (नानी), मामा, मामी और माउशी—सब बहुत प्यार करते थे।

माई

इकहरी देहयष्टि,

अपेक्षाकृत छोटा कद

गोरा रंग। नऊवारी मराठी धोती पहने कर्मठता, दृढ़ता, संवेदनशीलता, सरलता, सहनशीलता और मृदुभाषिता का पर्याय थी माई।

अण्णा

सुदर्शन व्यक्तित्व, लंबा कद, इकहरा बदन, अनुशासन प्रिय, कड़क स्वभाव, नियमित दिनचर्या, संवेदनशील, धार्मिकता की प्रतिमूर्ति।

मामा

ननिहाल की आत्मा, अत्यंत कर्मठ, हँसमुख, मिलनसार, संवेदनशील, बच्चे-बूढ़े, अड़ोसियों-पड़ोसियों-रिश्तेदारों—सबका बहुत ध्यान रखनेवाले, सबको सँभालकर साथ लेकर चलनेवाले।

मामी

मामी परिवार में तब नई-नई सम्मिलित हुई थीं। भरी-पूरी देहयष्टि, हँसमुख, मिलनसार।

संजु माउशी

चहल-पहल, खुशमिजाज, बिल्कुल सहेली जैसी। घर की रौनक।

हाँ, तो मैं बता रही थी, छोटी दीवाली मनाने हम धनतेरस की रात को मामा के घर जा धमकते थे। छोटे से लेकर बड़े तक को सूर्योदय से पहले नहा-धोकर तैयार होना होता था इस दिन। जो देर से नहाएगा, वो नरक में जाएगा, ऐसा कहा जाता था। माई (नानी) छोटी दीवाली की सुबह चूल्हा सुलगाकर देगची में पानी गरम करने रखकर तड़के चार बजे हमें जगा देती थी। हाँ, हमें जगाने से पहले कोयले की अँगीठी से कमरा गरम करना नहीं भूलती थी। एक कटोरी में गुनगुना तेल और दूसरी कटोरी में उबटन हमारी प्रतीक्षा करता हुआ मिलता था। नित्य कर्म से निवृत्त होकर माई के सामने रंगोली से सुसज्जित पटे पर नंबर बाई नंबर बैठना होता था।

माई वैसे तो देखने में दुबली-पतली थी, लेकिन मालिश करते समय पता नहीं कहाँ से बला की शक्ति उसकी उँगलियों में आ जाती थी। अँगूठे की हड्डी का जोर लगाकर जब वो हाथ-पैरों पर घिसती थी, तब जान निकल जाती थी। माई बहुत सारी अनुभवजनित बातें बताती जाती थी और घिस-घिसकर मालिश करती जाती थी। फिर बेसन हल्दी का उबटन मल-मलकर तन का सारा मैल निकाल देती थी। मन का मैल तो उसकी बातें सुनकर कब का निकल जाता था। कहती थी कि ये जो मैल निकल रहा है न, ये ही है नरक। सारी बीमारियो की जड़। माई के हाथ की मालिश से दर्द तो होता था, लेकिन ममतामयी स्पर्श और बातों के कोमल फाहे उस दर्द को भी दवा बना देते थे। है न चमत्कार?

उबटन लगवाने के बाद गरम पानी से नहाने का नंबर आता था। नहाते समय ससम्मान फुलझड़ी-पटाखे चलाए जाते थे। तब लगता था शहनशाहे हिंद की शहजादियाँ शाही हमाम फरमा रही हैं। हम तीनों बहनें नंबर-नंबर से पटाखों की सलामी के बीच नहा-धोकर नए कपड़े पहनकर तैयार हो जाती थीं। आई (माँ), मौसी, मामा, अण्णा—सभी को तेल-उबटन लगाती थी माई, लेकिन माई को कौन तेल-उबटन लगाता होगा, इस पर कभी ध्यान ही नहीं गया। वो तो हमेशा दूसरों का ध्यान रखती रही, उसका ध्यान कौन रखता था या रखता भी था कि नहीं, कभी सोचा ही नहीं।

हाँ, तो सूर्योदय से पहले-पहले पूरा घर नहा-धोकर तैयार। फिर बारी आती थी फराळ की। एक थाली में सारे व्यंजन परोसकर भगवान् को भोग लगाया जाता था, उसके बाद हमें मिलता था। आहा! क्या स्वाद आता था उस फराळ में। लंबी प्रतीक्षा की मिठी उत्कंठा जो शामिल थी उसमें। मामा की गली के सब बच्चे आ जाते थे। सब लोग साथ मिलकर एक-के-बाद एक के घर फराळ करने जाते थे। किसी औपचारिक निमंत्रण की आवश्यकता नहीं पड़ती थी। बस, साथ मिलकर धावा बोल देते थे। बहुत आनंद आता था उस अनौपचारिकता में। चाय के कप के साथ की छोटी-छोटी प्यालियों में बहुत सारा अपनापन परोसा जाता था करंजी, पापड़ी, अनारसों के साथ।

मामा की गली (भूरेबाबा की बस्ती) को अपनी मस्ती से मस्त कर हमारी सेना अपने घर की ओर कूच करती थी। बाई (दादी) की रसोई के आलों में सजे चमचमाते हुए पीतल के बड़े-बड़े डिब्बे हमारी प्रतीक्षा में पलक-पावड़े बिछाए हुए मिलते थे। घर पहुँचते ही हम आक्रमण की मुद्रा में होते थे और बाई आक्रमण को रोककर धीमा करने की मुद्रा में। आँगन में रखे पानी से भरे बाल्टी-लोटे से हाथ-पैर धोकर फिर दालान में बिछी दरी पर बैठना होता था। बाई डिब्बों में से सारे व्यंजन बड़ी सी थाली में निकालती थी। हम ललचाई दृष्टि से होंठों पर जीभ फेरते हुए टुकुर-टुकुर उनके सिस्टेमेटिक क्रियाकलाप देखते हुए प्रतीक्षा करते रहते थे। सबके आगे पहले खाली तश्तरियाँ सजाई जाती थीं। थोड़ी देर तश्तरियाँ देख-देखकर ही खुश होते थे हम, इस आशा में कि प्लेटें आई हैं तो पदार्थ भी आएँगे और पदार्थ आते थे। बाई बहुत प्यार से मुसकराते हुए सबकी प्लेटों में करंजी, पापड़ी, शंकरपाळे, अनारसे, चकली, लाडू रखती थी। हम फटाफट-फटाफट खाना शुरू कर देते थे। वो हम भूखे बंगालियों को खाते हुए देखती रहती थी और खूब खुश होती थी।

दीवाली की शाम को लक्ष्मी पूजन होता था। पटाखे चलाए जाते थे। सब लोग एक-दूसरे के घर जाते थे। गिफ्ट-विफ्ट देने का कोई प्रचलन नहीं था। सबकुछ निरापद, सहज, अनौपचारिक। दीपावली के अगले दिन सुबह आँगन में अधजले या बिना जले पटाखे इकट्ठे करते थे। उसमें भी आनंद था।

भाईदूज को बड़ा समारोह होता था। सारे रिश्तेदारों का खाना होता था घर पर। खाना बाई, आई, काकू, आत्या मिलकर बनाती थीं। कितना काम रहता था? सुबह से लेकर रात तक खाना, चाय, नाश्ता, फिर सब अपने-अपने भाइयों का औक्षण (आरती) करते थे। भरे-पूरे संयुक्त परिवार में रहते हुए कभी पता ही नहीं लगा कि सगा भाई नहीं है हमें। हम सभी को सगा मानते थे। आज भी बहुत दूर-दूर

के रिश्ते भी सगे ही लगते हैं। भले ही बरसों बरस मिलना न हो, लेकिन सब सगे लगते हैं। लेन-देन का चक्कर जो नहीं था पहले। इसलिए अपनापन था। सब रिश्ते बराबरी के थे। रिश्तों के बीच में अर्थ आते ही अनर्थ होने में देर नहीं लगती। अब तो लेन-देन, व्यवहार, गिफ्टों की अदला-बदली, भयंकर औपचारिकता ने रिश्तों की ऐसी-तैसी कर दी है।

पहले जब समय मटरगश्ती करता हुआ बेलौस चलता था, तब महीने भर की दीवाली होती थी। कभी किसी के घर, तो कभी किसी के घर खाने की दावतों का दौर चलता था। दशहरे से दीवाली तक की लंबी छुट्टियाँ जो रहती थीं। बच्चों की पढ़ाइयाँ कम थीं या पढ़ाइयों का ताम-झाम, दिखावा कम था, पता नहीं। सुबह सात से दोपहर बारह बजे तक का स्कूल था। सुबह साढ़े दस से शाम के पाँच बजे का समय बड़ों के ऑफिस का था। 'टाइम इज मनी' वाले फॉर्मूले के तहत सभी धनवान थे, क्योंकि सबके पास समय का भंडार भरपूर था। साझी खुशियाँ, साझे दुःख। संभवतः इसीलिए दीवाली के जगमगाते दीयों की जगर-मगर ज्योति के पवित्र आग्रह पर अमावस्या की घोर कालिमा को भी धवल पूर्णिमा में तब्दील होना पड़ता था तब।

□

12

ये आकाशवाणी है

मेरी आवाज रेडियो के डिब्बे से सुनाई देने लगी। सामने बैठकर स्वयं की ही आवाज सुनने का कितना रोमांचक अनुभव था, वह बता नहीं सकती। मेरी आवाज मुझे कितनी अलग लग रही थी। जिस रेडियो से अपनी आवाज सुनने के लिए पाँच दिन पाँच युगों की तरह बिताए, कितने लोगों को कितनी-कितनी बार याद दिलाया, वो मात्र तीन-चार मिनट में संपूर्णता को प्राप्त हो गई।

जिस तरह दर्पण में अपने आप को निहारना सभी को अच्छा लगता है, वैसे ही प्रसिद्ध होना, लोकप्रिय होना, चर्चित होना भी सामान्यत: सभी को अच्छा लगता है। आजकल सोशल मीडिया ने लोकप्रियता और प्रसिद्धि के द्वार सबके लिए खोल दिए हैं, लेकिन पहले ऐसा नहीं था। रेडियो पर प्रसारित होना और अखबार में छप जाना बहुत मायने रखता था। मेरे बालमन में ऐसी कल्पना थी कि रेडियो पर बोलने और अखबार में छपनेवाले बहुत ही बड़े लोग होते होंगे। हम जैसे सामान्य लोगों से इतने ऊपर कि लौकिक दृष्टि से उन्हें प्रत्यक्ष देख पाना बिल्कुल संभव नहीं होता होगा।

पाँचवीं या छठी कक्षा में थी, तब बाबा मुझे और मेरी बहन को रेडियो स्टेशन ले गए 'बालकुंज' कार्यक्रम के लिए। उस दिन मैं बहुत अच्छे से तैयार हुई। बालों में खूब सारा तेल डालकर, रिबिन लगाकर दो मोटी चोटियाँ कसकर बाँधीं। नया फ्रॉक, जूते-मोजे पहने। छोटेवाले शीशे में तीन-चार बार चेहरा घुमा-घुमाकर प्रत्येक कोण से देखा, दोनों फोल्ड की हुई चोटियों को ठीक किया और फाइनली

ओके कर दिया। आज बहुत विशेष दिन था। प्रत्येक दिन का प्रारंभ जिस आवाज से होता था—*"ये आकाशवाणी है, अब आप देवकीनंदन पांडे से समाचार सुनिए* या *प्रवाचिका: मगला कौठेकरा:,"* उन जैसे आकाशीय महानुभावों से भेंट जो होनी थी। अस्तु!

टिप-टॉप होकर मैं और मेरी बहन बाबा के साथ आकाशवाणी केंद्र, ग्वालियर पहुँचे। आजकल तो वो परिसर रवि नगर बहुत विकसित हो गया है, लेकिन तब लगभग जंगल ही था। आकाशवाणी केंद्र के प्रवेश द्वार पर पहुँचते ही हृदय जोर-जोर से धुकधुकाने लगा। लगा, जैसे एक नया संसार मेरे सामने खुलनेवाला है।

फिल्मों में जिस तरह स्वर्ग का दृश्य देखा था, उड़ते हुए सफेद झक्क बादल, नीला-नीला आकाश, देवता, अप्सराएँ—सबकुछ वैभवशाली। संभवत: वैसा ही कुछ देखने को मिलेगा, ऐसी कल्पना थी, लेकिन अंदर जाते ही जैसे सपना टूट गया। वहाँ तो हम जैसे ही लोग थे। बोल भी हम जैसा ही रहे थे। 'ये आकाशवाणी है', जैसी भारी-भरकम आवाज में नहीं बोल रहे थे। 'बालकुंज' कार्यक्रम की प्रस्तुतकर्ता हम जैसी ही एक बच्ची थी। उससे मिलकर खूब अच्छा लगा, क्योंकि 'बालकुंज' कार्यक्रम मैं नियमित सुनती थी। उस लड़की का नाम भी बिल्कुल यूनीक था—'मनीषा बेगम भार्गव जैन'। ऐसा नाम मैंने उसके अतिरिक्त और किसी का नहीं सुना। मैंने किसी पुस्तक में पढ़ा हुआ एक गीत सुनाया। रिकॉर्डिंग हुई थी। कार्यक्रम रविवार को सुबह 9 बजे प्रसारण होना था।

पाँच दिन बाकी थे। पाँच दिन पाँच युगों की तरह लग रहे थे। पूरे मुहल्ले भर

में, स्कूल में और भी सभी जाननेवालों में मैंने प्रसारण का दिन और समय कई-कई बार बता दिया था।

बड़ी लंबी प्रतीक्षा के बाद आया रविवार। सुबह-सुबह जब आकाशवाणी की चिरपरिचित ट्यून बजी तो दिल बल्लियों उछलने लगा। उस दिन सुबह से न तो स्वयं ने मिनट भर विश्राम लिया और न रेडियो को विश्राम लेने दिया। 8.30 बजते-बजते तो मेरी प्रतीक्षा चरम सीमा पर पहुँच चुकी थी। बाई (दादी), दादा, काका, काकू और पूरे घर भर को बैठा लिया था मैंने रेडियो के सामने। सदियों लंबी प्रतीक्षा के पश्चात् घड़ी में 9 बजे। रेडियो से उद्घोषणा हुई—'अब सुनिए बच्चों के लिए कार्यक्रम 'बालकुंज'।' फिर चिरपरिचित आवाज आई मनीषा बेगम भार्गव जैन की। एक, दो, तीन, चार बच्चे बोल गए—मेरा नंबर नहीं आया। मेरा तो दिल ही बैठने लगा। तभी उद्घोषिका ने मेरा नाम लिया और मेरी आवाज रेडियो के डिब्बे से सुनाई देने लगी। सामने बैठकर स्वयं की ही आवाज सुनने का कितना रोमांचक अनुभव था, वह बता नहीं सकती। मेरी आवाज मुझे कितनी अलग लग रही थी। जिस रेडियो से अपनी आवाज सुनने के लिए पाँच दिन पाँच युगों की तरह बिताए, कितने लोगों को कितनी-कितनी बार याद दिलाया, वो मात्र तीन-चार मिनट में संपूर्णता को प्राप्त हो गई।

मुझे लगा, सब लोग उछल-उछलकर मेरी प्रशंसा करेंगे। पूरे शहर ने रेडियो पर मेरी आवाज सुनी होगी। अब मैं कहीं भी जाऊँगी और कुछ बोलूँगी तो लोग मुझे पहचान लेंगे। झट से पूछेंगे कि आप वही हैं न, जिन्होंने 'बालकुंज' में बहुत सुरीला गीत गाया था। हो सकता है, एकाध कोई ऑटोग्राफ भी ले। अपनी कल्पना की सत्यता की जाँच करने के लिए मैं घर से बाहर निकली। पड़ोस की दुकान पर जाकर टॉफी खरीदी, लेकिन धत्त तेरे की! किसी ने भी नहीं पहचाना। अड़ोस-पड़ोस में भी किसी ने 'बालकुंज' का जिक्र तक नहीं किया। मेरे तो जैसे घड़ों पानी पड़ गया। क्या किसी ने भी 'बालकुंज' नहीं सुना?

एकाध से तो मैंने पूछ ही लिया कि आपने 'बालकुंज' तो सुना ही होगा, मैंने बताया था कि मेरा कार्यक्रम आनेवाला है। किसी ने कहा, "अरे, कहाँ सुन पाए? उसी समय नल आ गया।" किसी ने कुछ, किसी ने कुछ कह दिया। किसी ने तो यहाँ तक कह दिया, "अरे, भूल ही गए। तुमने बताया तो था, पर याद नहीं रहा।" इस घटना से मैं अत्यंत निराश हो गई। दिन भर छत पर अकेली गुमसुम बैठी रही, लेकिन यह घटना मुझे बहुत बड़ी सीख दे गई। जो घटना हमारे लिए अत्यंत महत्त्वपूर्ण है, वो हमारे परिचितों के लिए भी उतनी ही महत्त्वपूर्ण हों, ये कतई आवश्यक नहीं है।

इतना बड़ा ब्रह्मांड उसमें एक छोटी सी हमारी पृथ्वी, उस पर भी इतने सारे देश, उनमें एक भारत, भारत में मध्य प्रदेश, मध्य प्रदेश में ग्वालियर, ग्वालियर में इतने सारे लोग, उनमें से रेडियो सुननेवाले थोड़े से, उनमें भी 'बालकुंज' सुननेवाले तो बहुत ही कम, फिर 'बालकुंज' सुनकर उसे याद रखनेवाले तो और भी कम बल्कि न के बराबर। 'बालकुंज' के अनेक एपीसोड में से एक वो, जिसमें मेरा कार्यक्रम आया। जिसमें मेरा कार्यक्रम आया, उसमें भी दस लोगों में से एक मैं। कितनी छोटी सी सत्ता है मेरी और मैं समझ रही थी कि अब मैं फेमस हो गई। सब लोग मुझे जानने लगे। जहाँ भी जाऊँगी, सब लोग पहचान लेंगे। हा-हा-हा-हा-हा।

इस एक घटना ने मुझे आकाश-पाताल दिखाकर हमेशा के लिए जमीन पर ला दिया।

□

13

आनंद, अभय और मैं

लगभग पैंतालीस-छियालीस वर्ष पहले तिकड़ी थी हमारी। खेलना-कूदना, खाना—सब साथ-साथ। दो महीने की गरमी की छुट्टियों में हम तीनों की नित नई शरारतें, नित नई शिकायतें, नित नए आविष्कार। आनंद, अभय और मैं। आनंद मेरा चचेरा भाई, अभय मौसेरा भाई।

समय की उफनती नदी के साथ बहते-बहते कौन, कब, कैसे और कहाँ पहुँच जाता है, पता ही नहीं चलता। समय न किसी के लिए कभी रुका है, न रुकनेवाला है। अपनी गति से चलते हुए समय के एलीवेटर पर ठहरकर जब पीछे मुड़कर देखते हैं तो कई बार हम अपने ही बिंब को पहचान नहीं पाते। चौंक जाते हैं देखकर और अचंभित होकर बरबस कह उठते हैं, "अरे···ये हम हैं?"

लगभग पैंतालीस-छियालीस वर्ष पहले तिकड़ी थी हमारी। खेलना-कूदना, खाना—सब साथ-साथ। दो महीने की गरमी की छुट्टियों में हम तीनों की नित नई शरारतें, नित नई शिकायतें, नित नए आविष्कार। आनंद, अभय और मैं। आनंद मेरा चचेरा भाई, अभय मौसेरा भाई। आनंद मुझसे एक साल छोटा और अभय एक साल बड़ा। हमारी तिकड़ी जग जाहिर थी। जग था ही कितना बड़ा तब हमारे लिए? स्कूल और घर—बस ये ही जग था हमारा। गरमियों की दो महीने लंबी छुट्टियाँ हम तीनों की तिकड़ी के चलते बहुत जल्दी बीत जाती थीं। आनंद और मैं तो एक ही घर में रहते थे। अभय छुट्टियाँ लगते ही आ जाता था और हो जाती थी टीम पूरी।

आनंद शुरू से ही कलाप्रेमी था। गाना बहुत अच्छा गाता था। मुझे याद है, पाउडर वाले दूध के दो डिब्बे लेकर बैठ जाता था—बिल्कुल उस्ताद जाकिर हुसैन

की स्टाइल में। फिर डिब्बों को तबले डग्गे की तरह बजाता हुआ खूब सुर में धाराप्रवाह गाने लगता था। चार-पाँच साल का होगा आनंद, तब से मुझे याद है। बहुत मेधावी था। एक बार कुछ सुन लेता था तो फौरन याद कर लेता था। अमिताभ बच्चन को भगवान् की तरह मानता था। रेडियो पर फिल्मी गाने सुनने का बेहद शौकीन। अभय हम दोनों से बड़ा। शरारतों का पुलिंदा। भिंड निवासी। हद दरजे का दुस्साहसी। पढ़ाई में बहुत अच्छा और मैं तो थी ही।

आनंद अखबार और पत्र-पत्रिकाओं में से फिल्मी हीरो-हीरोइनों के फोटो काटकर इकट्ठे करता था। फिर उन्हें आटे की लेई से सीक्वेंस वाइज चिपकाकर फिल्म की रील बना लेता था। एक डंडी पर उस रील का एक सिरा चिपकाकर लपेट लेता था। रील का दूसरा सिरा दूसरी डंडी पर चिपकाकर जूते के डिब्बे में दोनों ओर छेद करके फिट कर देता था। डिब्बे के ढक्कन के बीचोबीच चित्र के आकार के हिसाब से चौकोर काटकर बिल्कुल फिल्म की स्क्रीन जैसा लुक डिजाइन करता था। बिल्कुल बाइस्कोप जैसा, फिर रील घुमाते हुए एक-एक चित्र पर ठहरकर बैकग्राउंड म्यूजिक के साथ फिल्म के डायलॉग बोलकर पूरा दृश्य उपस्थित कर देता था। आनंद सचमुच बहुत क्रिएटिव था।

हमारे घर में तीन जीने थे। एक रामभरोसे किराएदार के घर के लिए, दूसरा बड़े आँगन में, तीसरा छोटे आँगन में। छोटे आँगन वाले जीने के नीचे लकड़ी का बुरादा भरा रहता था। आनंद बुरादेवाले जीने के दोनों दरवाजों पर परदे लटकाकर अँधेरा कर देता था, बिल्कुल फिल्म के थिएटर जैसा। जीने की सीढ़ियों पर दरियों और चादरों की बिछायत करके घर के सब लोगों को टिकिट बाँटता था और आग्रह करता था दोपहर तीन बजे वाले फिल्मी शो में आने के लिए। सब लोग उसका शो देखने आते भी थे। जीने के दरवाजों पर लगाए गए परदों पर पानी छिड़कक एयर कूल्ड टॉकीज बना लेता था आनंद। फिर टॉर्च जलाकर प्रत्येक के टिकिट चैक करते थे हम। तत्पश्चात् शान से शुरू होती थी आनंद की फिल्म। सारे कलाकारों की आवाजें हू-ब-हू निकाल लेता था। लगभग आधा घंटे चलनेवाली फिल्म में बाकायदा पाँच मिनट का इंटरवेल भी होता था। उस आधे घंटे की फिल्म दिखाने के लिए दिन-रात मेहनत करता था आनंद। बहुत हँसमुख था। थोड़ा जिद्दी और नटखट भी।

अभय तो आला दरजे का शरारती था। चूहे, केंचुए और कीड़े-मकोड़े पकड़ना उसका शगल था। भागवत बाड़े में जीव-जंतुओं की भरमार भी बहुत थी। प्लास्टिक की डलिया में धागे की सहायता से रोटी लटकाकर डलिया को लकड़ी की छोटी खपच्ची के सहारे आड़ी करके उसमें लंबी रस्सी बाँधता था। रस्सी का दूसरा सिरा पकड़कर दूर जाकर चुपचाप बैठ जाता था। चूहा रोटी के लोभ में जैसे ही डलिया के घेरे में आता, अभय रस्सी खींच लेता था। लकड़ी की खपच्ची के साथ डलिया गिर जाती थी। चूहा डलिया में फँस जाता था। चूहे के फँसते ही भयंकर क्रिकेट प्रेमी अभय उछलकर जोरदार कॉमेंट्री करता था—"और बॉल बाउंड्री लाइन के पार। ये मारा सिक्सर।" फिर चूहे को उसकी पूँछ की तरफ से पकड़कर पूरे बाड़े में घुमाकर विजय जुलूस निकालता था। हर साल दो महीने की गरमियों की छुट्टियों में न जाने कितने चूहे पकड़े होंगे अभय ने, अब न तो उसे याद होगा, न ही चूहों को।

एक बार घर के आँगन में मधुमक्खियों ने छत्ता बना लिया था। अभय महाराज रोज दाँव लगाकर मधुमक्खियों को अपनी दोनों हथेलियों के बीच मसलकर मारते थे। एक दिन मधुमक्खियों का दाँव लग गया। अभय के हाथ पर मधुमक्खियों ने ऐसे डंक मारे कि पूरा हाथ सूजकर कुप्पा हो गया। तेज दर्द के मारे उसे नानी की भी नानी याद आ गई। लगभग पंद्रह दिन अभयानंदजी महाराज भयभीत रहे, लेकिन जैसे ही दर्द कम हुआ, फिर शरारतें चालू।

एक और बेवकूफी वाली शरारत करते थे आनंद और अभय। हमारे भागवत

बाड़े के आसपास मजदूर बस्ती थी। रात के अँधेरे में स्त्री-पुरुष सड़क के किनारे डिब्बों में पानी लेकर खुले में शौच करने बैठते थे। ये दोनों जाकर उनके डिब्बे लुढ़का आते थे। अँधेरा होने के कारण वे इन दोनों को पहचान नहीं पाते थे और उस अड़चन भरी स्थिति में इनके पीछे भागकर पकड़ने का तो प्रश्न ही नहीं था।

पेड़ों पर चढ़ना, उतरना, लटकना, उछलना-कूदना, गिरना, फिर अपने फ्रॉक से हाथ पर लगी मिट्टी पोंछते हुए उठना, सँभालना, फिर खेलने लगना और इन दोनों की खुराफातों में साथ देना मेरा काम था। कहानियाँ, किस्से और गाने बना-बनाकर सुनाती थी मैं।

आज हम क्या, हमारे बच्चे भी बड़े हो गए हैं। जब समय के एलिवेटर पर चलते हुए पीछे मुड़कर देखती हूँ, तब बरबस मुँह से निकलता है—'अरे, ये हम हैं!' अभय और मैं तो जैसे भी हैं यहीं हैं, लेकिन आनंद ने तिकड़ी तोड़ दी। वो असमय समय के एलिवेटर के पार बहुत दूर चला गया। शायद आसमान में आज भी बैकग्राउंड म्यूजिक के साथ भगवान् को फिल्म बनाकर दिखा रहा होगा···। □

14

आषाढ़ी एकादशी

बचपन यानि निर्मलता, मासूमियत, अल्हड़पन, मस्ती, धमा-चौकड़ी, संस्कारशाला। संपूर्ण जीवन की आधारशिला होता है—बचपन। बालमन की कच्ची मिट्टी पर पड़े संस्कारों की छाप से ही निर्मित होती है जीवन की सुंदर और मजबूत प्रतिमा।

आषाढ़ मास के शुक्ल पक्ष की एकादशी को 'आषाढ़ी एकादशी', 'देवशयनी एकादशी', 'हरि एकादशी' आदि कहा जाता है। आषाढ़ी एकादशी से ही चातुर्मास प्रारंभ होता है। शास्त्रों के अनुसार, कोई मांगलिक कार्य इन दिनों संपन्न नहीं होते।

आषाढ़ी एकादशी के निमित्त महाराष्ट्र के पंढरपुर में बड़ा उत्सव मनाया जाता है। जैसे उत्तर भारत में श्रावण मास में काँवड़ यात्रा होती है, वैसे ही महाराष्ट्र में पंढरपुर की सामूहिक यात्रा करने की परंपरा है। इस यात्रा को 'वारी' कहते हैं। यात्रा में सम्मिलित होनेवाले 'वारकरी' कहलाते हैं। जहाँ तक मेरी जानकारी है, पंढरपुर की वारी की परंपरा 800 वर्ष से भी पहले की है। संत ज्ञानेश्वरजी के परिवार में वारी की परंपरा थी। संत एकनाथ एवं संत तुकारामजी के परिवार में भी वारी की परंपरा थी। इनके पश्चात् संत तुकारामजी के सुपुत्र श्री नारायण महाराजजी ने संत ज्ञानेश्वरजी एवं संत तुकाराम महाराजजी की चरण पादुका पालकी में रखकर पालकी यात्रा प्रारंभ की। हैबतबाबा सातारा जिले के देशमुख थे। हैबतबाबा का संबंध शिंदे (सिंधिया) घराने से भी था। इन्होंने आषाढ़ी एकादशी की वारी में निकलनेवाली पालकी यात्रा को भव्यता प्रदान की। महाराष्ट्र के आळंदी से प्रारंभ

होकर ये वारी पुणे होते हुए चंद्रभागा नदी के तट पर बसे छोटे से कस्बे पंढरपुर पहुँचती है। पंढरपुर में श्री हरि विट्ठल रखुमाबाई का मंदिर है। देश-विदेश से अनेक श्रद्धालु यहाँ आते हैं। श्रीहरि विट्ठल भगवान् कृष्ण का ही रूप हैं तो रखुमाबाई रुक्मिणीजी का स्वरूप हैं।

वारी की प्रमुख विशेषता जात-पाँत का भेद भुलाकर भगवद्स्मरण करते हुए सामूहिक रूप से आनंद के साथ स्वत: अनुशासन की पालना करते हुए, नाचते-गाते चलते हुए परमात्म प्राप्ति की ओर अग्रसर होना है।

मेरा बचपन सांस्कृतिक-साहित्यिक दृष्टि से समृद्ध नगर ग्वालियर में बीता। दिल्ली की अतिशय गतिशील और आडंबरपूर्ण गतिविधियों के बीच रहते हुए भी मैं आज तक दिल्लीवाली नहीं हो सकी। नफे-नुकसान की भाषा आज तक मुझे समझ में नहीं आई और न ही मैं समझना चाहती हूँ।

बचपन यानि निर्मलता, मासूमियत, अल्हड़पन, मस्ती, धमा-चौकड़ी, संस्कारशाला। संपूर्ण जीवन की आधारशिला होता है—बचपन। बालमन की कच्ची मिट्टी पर पड़े संस्कारों की छाप से ही निर्मित होती है जीवन की सुंदर और मजबूत प्रतिमा।

उत्सव, मेले, त्योहार जीवन के खाली कैनवास में ताजगी भरे रंग भर देते हैं। आषाढ़ी एकादशी के दिन ग्वालियर के दर्जीओळी के विट्ठल मंदिर के प्रांगण में मेला

लगता था। संभवत: अब भी लगता हो। गजराराजा कन्या विद्यालय के पिछले द्वार से भी विट्ठल मंदिर जाने के लिए रास्ता था। हम इसी रास्ते से विट्ठल मंदिर जाया करते थे। ग्वालियर के महाराजा शिंदे (सिंधिया) सरकार द्वारा इस मंदिर की स्थापना की गई थी। विट्ठल रखुमाबाई के दर्शन करने के पश्चात् रहाटपायणे में झूला झूलना और पूरे रास्ते फूँक मारकर पीं-पीं बजानेवाली पींपाणी बजाते-बजाते शान से घर लौटने का एहसास आज भी हृदय में उल्लास भर देता है।

उस समय न ताम-झाम था, न पैसे थे, लेकिन फिर भी हम अपने आप को किसी महाराजा से कम नहीं समझते थे। रास्ते पर पड़े हुए छोटे से पत्थर को पैरों की ठोकर से ठेल-ठेलकर घर तक ले आने में ही ब्रह्मांड विजय-सा परम आनंद पा जाते थे।

आज दुनिया मुट्ठी में करने की जिद रखनेवाले अतिशय प्रेक्टिकल और गजब के इंटरनेटजीवी क्या जानें कि एकादशी के मेले से लौटते हुए बाबा के कंधे पर बैठकर जब हम हाथ ऊँचा करते थे, तब तीनों लोक नतमस्तक होकर हमारी मुट्ठी में स्वत: समा जाते थे।

□

15
किराए का वी.सी.आर.

एक फिल्म तो आराम से मजे लेकर देखी। पहली फिल्म की जब तक कैसेट बदली जा रही थी, तब तक सब नंबर बाई नंबर पेशाब-पानी हो आए। अब दूसरी फिल्म 'मुकद्दर का सिकंदर'। आँखों में नींद भरी हुई। बार-बार पलकें बंद होने को आतुर, लेकिन फिल्म तो देखनी है। आज वी.सी.आर. आया है किराए पर। बार-बार थोड़ी आएगा? उस पर अमिताभ बच्चन की फिल्म। देखनी तो है, पर नींद है कि कितना ही परे धकेलो, लोचट्ट की तरह बार-बार आए ही जा रही है। उठकर घड़े में से निकालकर पानी पिया। पानी के कुछ छींटे मुँह पर मारे, फिर आकर डट गए मैदान में।

घर की साफ-सफाई करते हुए धूल खाता हुआ पुराना वी.सी.आर. दिखा। कभी इस वी.सी.आर. के भी अच्छे दिन थे। सबके आकर्षण का केंद्र था। बाकायदा ससम्मान शटरवाले टी.वी. के कैबिनेट में स्थापित रहता था। दिन में कम-से-कम तीन बार कपड़े से पोंछकर साफ किया जाता था। मजाल है कि धूल का एक कण भी इसकी सतह से स्पर्श करते हुए निकल जाए। स्टेटस सिंबल था तब वी.सी.आर.। आकार-प्रकार में बड़ा था। इसमें इस्तेमाल होनेवाली कैसेट भी बहुत बड़ी थी। देखो न समय का चक्र कैसे घूमता है? तब का मुख्य आकर्षण आज का कबाड़ है। वी.सी.आर. पर जमी धूल को साफ करते-करते पुराने दिनों की रील खुली तो खुलती ही चली गई।

जब यह वी.सी.आर. खरीदा था, उससे भी बहुत पहले के दिन। बचपन

से किशोर होते हुए सपनों के दिन। मनोरंजन के साधन बहुत कम थे। सिनेमा ही मनोरंजन का सबसे सशक्त और सुलभ माध्यम था, लेकिन सिनेमा देखने से बच्चे बिगड़ जाते हैं, यह भी डर था दहशत की हद तक बुजुर्ग लोगों में। महीने-दो महीने में टॉकीज में सिनेमा देखने का कार्यक्रम बनता था। उसमें भी 'जय संतोषी माँ', जैसी धार्मिक फिल्म का ही चुनाव किया जाता था। 'लैला मजनू' टाइप की फिल्में देखना वर्जित था। ग्वालियर में सात-आठ ही टॉकीजें थीं—यादव टॉकीज, डिलाइट टॉकीज, चित्रा टॉकीज, रीगल टॉकीज, रॉक्सी टॉकीज, भारत टॉकीज। हरिनिर्मल टॉकीज ब्रांड न्यू बनी थी तब।

हाँ तो जब वी.सी.आर. नया-नया आया था, तब किसी विशेष अवसर पर किराए पर मँगवाया जाता था। वी.सी.आर. के साथ छोटी स्क्रीनवाला टी.वी. भी लाया जाता था। रात भर के लिए किराए पर लाते थे वी.सी.आर.। तीन फिल्मों के कैसेट के साथ। फिल्म देखो या मत देखो, किराया पूरा देना पड़ता था। किसी व्रत-उपवास के समय जब सामूहिक रात्रि जागरण करना होता था, तब वी.सी.आर. लेकर आते थे। हर तालिका तीज, मंगलागौर जैसे विशेष अवसरों पर तो वी.सी. आर. पर फिल्में देखते हुए जागरण करने का प्रचलन जोर पकड़ रहा था। परिवार बड़ा था, सारे रिश्तेदार भी ग्वालियर में ही थे, सो किसी-न-किसी के यहाँ कुछ-न-कुछ समारोह होता ही रहता था, जैसे—साखरपुड़ा, वचन सुपारी (रोकना, सगाई), शादी से लेकर डोहाळ जेवण (गोद भराई), बारस (बच्चे का नामकरण), जावळ (मुंडन), मुंज (यज्ञोपवीत), हळदी कुमकुम, गुलाबाई आदि-आदि-आदि।

बहुत पहले के बचपन की धुँधली-सी याद है। तब भजन-कीर्तन करते हुए रात्रि जागरण होता था। बाई (दादी) की सहेलियाँ झाँझ बजाते हुए समवेत स्वरों में

बिना रुके एक के बाद एक निर्बाध रूप से भजन गाती थीं। हम सब लोग तल्लीनता से सुनते थे। बिना किसी विशेष वाद्ययंत्र के केवल भक्तिमय स्वरों द्वारा ऐसा अलौकिक वातावरण निर्मित हो जाता था कि स्वर्ग से देवतागण भी पृथ्वी लोक पर उतरने के लिए बाध्य हो जाते होंगे। भजन के साथ-साथ महिलाओं की आपस में सात्विक हँसी-ठिठौली भी चलती थी। मुझे याद है कि कितनी ही देर भजन गाएँ बाई (दादी) की सहेलियाँ, लेकिन न तो बीच में पानी पीती थीं न मिश्री-विश्री ही खाती थीं। तड़के ब्रह्ममुहूर्त से लेकर रात तक पूरे दिन भर चक्की पीसने, पानी भरने से लेकर झाड़ू, लिपाई, चूल्हा-चौका आदि कार्यों में अथक परिश्रम करनेवाली इन महिलाओं में सखियों के साथ सामूहिक भजन गाने से नई ताजगी आ जाती थी। कुल मिलाकर परम आनंद बरसता था।

फिर आया वी.सी.आर. का चलन। रात भर के किराए पर तीन फिल्में देखने की बाध्यता, क्योंकि देखो या मत देखो, पैसे तो पूरे देने ही हैं। पैसे देने हैं तो पूरे वसूल करो।

आँगन में दरी और फर्श बिछाकर पहले से तैयारी की जाती थी। मुहल्ले भर को पता चल जाता था कि आज भागवत साहब के यहाँ वी.सी.आर. आनेवाला है। सो, सब लोग खा-पीकर भागवत साहब के बाड़े में बुलाए-बिना बुलाए हाजिर हो जाते थे। मान-अपमान तब अभी जैसा नहीं था। किसी ने कुछ कह भी दिया, कुछ पूछ भी लिया कि तुम यहाँ कैसे? तो बता दिया कि हम यहाँ ऐसे। टारगेट ओरिएंटेड थे पड़ोसी। वी.सी.आर. पर फिल्में देखनी हैं, ये टारगेट है तो फिर उसके लिए थोड़ी पूछताछ हो जाए तो कोई बात नहीं। सब अपने ही लोग हैं।

एक बार 'हरितालिका तीज' की रात में जागरण के निमित्त वी.सी.आर. लाया गया। तीन फिल्में थीं—'शोले', 'मुकद्दर का सिकंदर' और 'अमर प्रेम'। टी.वी. का डिब्बा एक ऊँचे टेबल पर सैट करके वी.सी.आर. का कनेक्शन लगाया गया। वी.सी.आर. में कैसेट उलट-पुलटकर डाली गई, लेकिन टी.वी. स्क्रीन पर झिलमिल-झिलमिल बिंदियाँ आती रहीं। सबने ट्राई किया, लेकिन स्क्रीन पर पिक्चर नहीं दिखी। रात के नौ से दस बज गए। कभी थोड़ी सी झलक दिखती थी, फिर बिंदियाँ नाचने लगती थीं। वी.सी.आर. मेरे फुफेरे भाई ने लाया था। सब उसपर बरसने लगे। उसकी ए-टू-जेड सारी कमियाँ गिना दी होंगी इस दौरान। वो बड़बड़ाता हुआ बाहर जाकर वी.सी.आर. वाले लड़के को लेकर आया। उस लड़के ने टी.वी. के पीले सफेद तार उलट-पुलटकर फिट किए और फिल्म चालू। इतनी प्रतीक्षा के उपरांत अमिताभ बच्चनजी महाराज की सूरत दिखाई दी तो ऐसा लगा कि

साक्षात् भगवान् के दर्शन हो गए हैं। सब लोग सतर्क होकर बैठ गए। वी.सी.आर. वाले लड़के ने फिल्म को रिवर्स किया तो सब जल्दी-जल्दी, उलटे-उलटे चलते हुए दिखे। घच्चपच्च-घच्चपच्च घुड़ुप-पुड़ुप, जैसी तेज-तेज आवाज के साथ उलटी फिल्म देखने में तो इतना मजा आया कि क्या बताऊँ? फिर शुरुआत से फिल्म चालू हुई, केंद्रीय फिल्म निर्माण बोर्ड और सेंसर बोर्ड के सर्टिफिकेट के साथ।

रात के दस बजे तक हम बच्चों को नींद आने लगी। छोटे बच्चे तो फर्श पर ही लुढ़क गए। बड़े थोड़ी देर बाद सुराही से पानी पीते हुए अंदर से तकिया और हाथ का पंखा ले आए। तकिए का सहारा लेकर अधलेटी मुद्रा में 'शोले' के ठाकुर, जय-बीरू के डायलॉग्स का आनंद लेते हुए बसंती की चटकीली अदाओं पर फिदा होते रहे। जब बीरू ने बसंती से कहा—*"बसंती, इन कुत्तों के सामने मत नाचना।"* और गब्बर ने काँच की बोतलें बसंती के पैरों के पास फेंकते हुए अपनी ठसक भरी आवाज में बोला—*"जब तक तेरे पैर चलेंगे, तब तक तेरे यार की साँस चलेगी,"* तब वी.सी.आर. पर फिल्म देखनेवालों का कलेजा धक्क रह गया। काँच के टुकड़ों पर बसंती ने नाचना क्या शुरू किया, सारे दर्शकों की साँसें हलक में अटक गईं। आँखों से बहती अश्रुधारा को महिलाएँ अपनी साड़ी के पल्लू से पोंछती हुई अपने आप में सिमट गईं। बीच-बीच में एकाध सिसकी भी संयम की दीवार को तोड़ती हुई सुनाई दे जाती थी। पुरुषों की स्थिति भी कमोवेश यही थी, लेकिन पुरुषों का रोना निषेध है हमारे समाज में, सो, सामाजिक मर्यादा का पुरुषोचित पालन करते हुए वो मन-ही-मन रोते हुए भी प्रत्यक्षतः हँस रहे थे। कितने कठिन नियम हैं न पुरुषों के लिए? रोना आए भी तो रो नहीं सकते। महिलाओं को अपने दुःख-दर्द पर रोने की छूट है, जबकि पुरुषों को सदा कठोर बने रहने की सजा। खैर...

"एक फिल्म तो आराम से मजे लेकर देखी। पहली फिल्म की जब तक कैसेट बदली जा रही थी, तब तक सब नंबर बाई नंबर पेशाब-पानी हो आए। अब दूसरी फिल्म 'मुकद्दर का सिकंदर'। आँखों में नींद भरी हुई। बार-बार पलकें बंद होने को आतुर, लेकिन फिल्म तो देखनी है। आज वी.सी.आर. लाया है किराए पर। बार-बार थोड़ी आएगा? उस पर अमिताभ बच्चन की फिल्म। देखनी तो है, पर नींद है कि कितना ही परे धकेलो, लोचट्ट की तरह बार-बार आए ही जा रही है। उठकर घड़े में से निकालकर पानी पिया। पानी के कुछ छींटे मुँह पर मारे, फिर आकर डट गए मैदान में।

'मुकद्दर का सिकंदर' नींद की झपकियों के साथ संघर्ष करते हुए कैसे तो भी देखते रहे। रेखा की अदायगी और अमिताभ की हृदयस्पर्शी आवाज का जादू नींद

के झोंकों के साथ घुलता-मिलता रहा। इस बीच इधर-उधर लुढ़के पड़े छोटे बच्चों को उठाकर अंदर चारपाई पर सुला दिया गया। एक-एक करके विकेट डाउन हो रहे थे, लेकिन अभी भी कुछ वी.सी.आर. प्रेमी सैनिक मोर्चे पर डटे हुए थे। दूसरी फिल्म कब समाप्त हुई और तीसरी कब लगी, पता नहीं चला। ऊँघते हुए राजेश खन्ना और शर्मीला टैगोर को दोने में से जलेबी खाते हुए और रात के अँधेरे में नाव की सवारी करते हुए देखा। *'चिनगारी कोई भड़के, तो सावन उसे बुझाए। सावन जो आग लगाए, उसे कौन बुझाए,'* ये गाना सुना तो शब्दों का कसाव महसूस कर दो क्षण के लिए नींद भाग गई।

पूर्व में सूर्य नारायण अपनी सुनहरी किरणें बिखेरते हुए उदित होने लगे, चिड़ियों ने चहचहाकर दिन के प्रारंभ होने का शंखनाद कर दिया, नल की टोंटी से पानी आने की फुरफुराहट के संकेत मिलने लगे, लेकिन 'अमर प्रेम' निरंतर जारी रहा। सामने बैठे सारे दर्शक ढेर हो चुके थे, मगर वी.सी.आर. चल रहा था। *'बड़ा नटखट है ये कृष्ण कन्हैया, का करे यशोदा मैया,'* ये गाना जैसे ही बजाया वी.सी. आर. ने वैसे ही बाई (दादी) नित्य नियमानुसार एक कटोरी में ताजी निकली हुई चीनी घुली मलाई लेकर आँगन में आईं और चिर-परिचित स्वर में गाने लगीं—

"द्या माझा रामा ला साखर साय
विनविते कौसल्या माय
द्या माझा रामा ला साखर साय।"

□

16

कैसे भूल सकती हूँ उन्हें

ग्वालियर में तब उच्चतर माध्यमिक विद्यालय सरकारी ही थे। एकाध प्राइवेट स्कूल थे, जैसे 'मिसहिल्स' या 'कार्मल कॉन्वेंट स्कूल'। दोनों को-एड थे। लड़कियों के दो बड़े सरकारी स्कूल थे। एक 'गजराराजा' और दूसरा 'पद्मा विद्यालय'। मैं, मेरी बहनें—ज्योति और भाग्यश्री गजराराजा कन्या उच्चतर माध्यमिक विद्यालय में पढ़े हैं। तब सरकारी स्कूल प्राइवेट स्कूलों की अपेक्षा अच्छे थे।

शिक्षकों ने मेरे व्यक्तित्व को गढ़ा है, जिसे दुनिया ने पढ़ा है।

आज प्राथमिक विद्यालय से लेकर माध्यमिक, उच्चतर माध्यमिक विद्यालय और कॉलेज के अनेक उन शिक्षकों के चेहरे हृदय पटल पर उभर आए हैं, जिन्होंने सायास या अनायास मेरे व्यक्तित्व को आकार दिया। कभी प्यार से, कभी मार से, कभी बहला-फुसलाकर तो कभी हताश मन को हौसला देकर। आज जो उपलब्धियाँ मेरे नाम के साथ पढ़ने में आती हैं, उनके अनुरूप मुझे गढ़ने में मेरे शिक्षकों का महत्त्वपूर्ण योगदान है। सर्वप्रथम मैं समस्त शिक्षकों के चरणों में प्रणाम करती हूँ। बच्चे शिक्षकों से पाठ्यक्रम के पाठ तो सीखते ही हैं, साथ ही शिक्षकों के व्यवहार एवं व्यक्तित्व से ऐसा बेहद महत्त्वपूर्ण बहुत कुछ सीखते हैं, जो पाठ्यक्रम से भी कहीं अधिक मूल्यवान होता है।

आधुनिक बाल मंदिर छत्री बाजार, लश्कर ग्वालियर, मध्य प्रदेश का ग्यारह कमरों का दिखने में छोटा, लेकिन बहुत बड़े मनवाला बड़ा स्कूल। पहली से लेकर आठवीं कक्षा तक रविवार और होली-दीवाली आदि छुट्टियों को छोड़कर हर दिन

का प्रारंभ उत्साहपूर्वक यहीं जाने की तैयारी से होता था। कभी हारी-बीमारी के अलावा स्कूल की छुट्टी करने का विचार भी मन में नहीं आया। प्रत्येक दिन स्कूल जाने का आनंद और उत्साह रहता था।

प्राथमिक विद्यालय की दो शिक्षिकाएँ मुझे अधिक याद हैं। पहली, कौशल मैडम, दूसरी, तारा मैडम। कौशल मैडम प्रधानाध्यापिका थीं। आयु में बड़ी थीं, लेकिन हमेशा अप टू डेट रहती थीं। रोज सलीके से पहनी हुई नई साड़ी, बालों में गुलाब का खिला हुआ फूल और वैसे ही होंठों पर खिली हुई वात्सल्यपूर्ण मुसकराहट उनके व्यक्तित्व को सहज आकर्षक बना देती थी। कौशल मैडम का एक अनूठा गुण, जिसके कारण वो मुझे तो क्या सारे बच्चों को अच्छी लगती थीं, ये कि वो कभी डाँटना तो छोड़िए, जोर से बोलती भी नहीं थीं। हमेशा प्यार से मुसकराकर समझाती थीं। उनकी बताई बात समझ में भी जल्दी आ जाती थी। रिसेस के समय बड़े से डिब्बे में तरह-तरह के मीठे-नमकीन बिस्कुट लेकर बैठती थीं। बच्चों को देती थी। उनके जैसे बिस्कुट बाजार में नहीं मिलते थे। बेकरीवाले तरह-तरह के आकार के बिस्कुट। तब तो 'पारले जी' और 'जे.बी. मंघाराम' के बिस्कुट ही बाजार में मिलते थे।

दूसरी, तारा मैडम। इनके पास दो या तीन ही साड़ियाँ थीं। बहुत सिंपल रहती थीं। गलती करने पर कभी-कभी डाँटती और मारती भी थीं, लेकिन बच्चों

में कभी भेदभाव नहीं करती थीं। पढ़ाई में कमजोर बच्चों को हमेशा प्रोत्साहित करती थीं। हिंदी की मात्राओं में मेरी बहुत गलतियाँ होती थीं। ये गलतियाँ मराठी भाषी होने के कारण भी थीं। तारा मैडम ने बार-बार सिखाया कि पहले हिंदी का उच्चारण ठीक करो, फिर जैसा बोलो, वैसा लिखो। क्लास में आगे खड़ा करके ऊँची आवाज में मुझसे लगभग रोज पुस्तक पढ़वाती थीं। आज जब भी मेरे शुद्ध और स्पष्ट उच्चारण की कोई प्रशंसा करता है तो तारा मैडम का मेरे प्रति किया गया अतिरिक्त श्रम सार्थक हुआ लगता है और उनके प्रति हृदय में श्रद्धा का सागर लहराने लगता है। हाँ, तारा मैडम एक साड़ी पहनती थीं, जिस पर बिस्कुट बने हुए थे। वो साड़ी मुझे बहुत अच्छी लगती थी। एक बार मैंने उनकी नजर बचाकर धीरे-से छूकर भी देखी थी।

मिडिल स्कूल में विळतकर मैडम, चौहान सर, आशा मैडम, लता मैडम, तुगनायक सर, अरजरिया सर, पाठक सर गीता मैडम—सभी अच्छे से याद हैं। पढ़ाई के साथ-साथ डांस, गाना, कविता, कहानी, भाषण, वाद-विवाद—सभी कुछ सिखाया इन शिक्षकों ने। स्काउट गाइड में ड्रिल, देशभक्ति गीत, आपदा प्रबंधन, बाँसुरी पर दो-चार गाने और न जाने कितनी एक्सट्रा केरिकुलर एक्टिविटीज। विळतकर मैडम ने वाद-विवाद प्रतियोगिता के लिए भाषण लिखकर दिया, याद करवाया और हाव-भाव के साथ रटे हुए भाषण को बोलने का प्रतिदिन इतना अभ्यास कराया कि मैं सोते-सोते नींद में भी भाषण बोलती थी। प्रतियोगिता वाले दिन खूब हौसला बढ़ाया। उसी का परिणाम हुआ कि मुझे प्रथम स्थान मिला और हमारे स्कूल को शील्ड मिली। स्कूल के ऑफिस की अलमारी में जब भी वो शील्ड मैं देखती थी, तब मेरा आत्मविश्वास कई गुना बढ़ जाता था। विळतकर मैडम के ही जोर देकर कहने पर मैंने स्काउट-गाइड में हिस्सा लिया, जिसके कारण समय-समय पर स्कूल से बाहर कैंप में जाने का अवसर मिला और मैं स्कूल से बाहर का अपेक्षाकृत बड़ा संसार देख सकी, जिससे अनुभव का दायरा बढ़ा।

ग्वालियर में तब उच्चतर माध्यमिक विद्यालय सरकारी ही थे। एकाध प्राइवेट स्कूल थे, जैसे 'मिसहिल्स' या 'कार्मल कॉन्वेंट स्कूल'। दोनों को-एड थे। लड़कियों के दो बड़े सरकारी स्कूल थे। एक 'गजराराजा' और दूसरा 'पद्मा विद्यालय'। मैं, मेरी बहनें—ज्योति और भाग्यश्री गजराराजा कन्या उच्चतर माध्यमिक विद्यालय में पढ़े हैं। तब सरकारी स्कूल प्राइवेट स्कूलों की अपेक्षा अच्छे थे। बड़ा स्कूल, बहुत सारी सहपाठी लड़कियाँ, टीचर्स की संख्या भी बहुत। मैंने साइंस बायोलॉजी लिया था। तब घर से स्कूल सब साथ मिलकर पैदल ही जाते

थे। स्कूल लगभग पाँच-छह किमी. दूर था, पर कभी दूर नहीं लगा। हँसते-खेलते-बतियाते पहुँच जाते थे। प्रिंसिपल प्रभा गुप्ता मैडम हिंदी पढ़ाती थीं। वशिष्ठ सर प्रार्थना करवाते थे, मथारू मैडम एलिमैंट्री गणित, कांति शुक्ला मैडम बायलॉजी, कार्लेकर मैडम और श्रीवास्तव सर फिजिक्स पढ़ाते थे। कैमिस्ट्री की भी मैडम थीं। बूँदीवाले मैडम खेल की थी, जो हमेशा सुस्त ही रहती थीं—नख-शिख आलस से सराबोर। वशिष्ठ सर प्रतिष्ठित रंगकर्मी थे। उन्होंने एक बार वार्षिक उत्सव में बहुत अच्छा नाटक करवाया था—'मध्यप्रदेशम् नमामि'। इस नाटक की प्रेक्टिस करते हुए मध्य प्रदेश के इतिहास के बारे में तो जाना ही, नाटक मंचन की बारीकियाँ भी समझीं, साथ ही उस कच्ची उम्र में और भी बहुत कुछ अनसिखाया सीखा, जिसकी चर्चा फिर कभी करूँगी।

इसके अतिरिक्त दो अन्य अध्यापिकाएँ—माधुरी शुक्ला मैडम, मालती अग्रवाल मैडम का भी नामोउल्लेख करना आवश्यक है। विशेष रूप से बताना चाहूँगी अस्थाना मैडम के बारे में। अस्थाना मैडम ने ही मेरे जीवन को दिशा दी। अस्थाना मैडम के प्रथम प्रोत्साहन के कारण मेरा लगाव कविता लिखने के प्रति हुआ। हुआ यूँ कि अस्थाना मैडम ने मुझे बिना बताए अंतरविद्यालयीन कविता प्रतियोगिता में मेरा नाम भेज दिया। उसी दिन सुबह मुझे बताया। पहले तो मैंने साफ मना कर दिया कि मुझे कविता लिखनी नहीं आती, मैं नहीं जाऊँगी।

अस्थाना मैडम ने कहा, "अभी दो घंटे का समय है, लिख लो। स्कूल की ओर से तुम्हारा नाम भेजा है। मुझे विश्वास है तुम लिख सकोगी।" विषय था—'संचयिका'। अस्थाना मैडम का मेरी क्षमता पर विश्वास प्रकट करने का ही परिणाम था कि मैंने कविता लिखी ही नहीं, बल्कि पूरे उत्साह से सुनाई और मुझे प्रथम पुरस्कार प्राप्त हुआ।

11वीं के बाद कॉलेज था—के.आर.जी. (कमलाराजा गर्ल्स कॉलेज)। यह स्कूल से बहुत ही बड़ा था। हमारे घर से अधिक दूर था। बाबा (पिताजी) ने कॉलेज जाने के लिए साइकिल दिलवा दी थी, जिससे रफ्तार को पंख लग गए थे। पाँच साल कॉलेज के। बी.एस.सी. फिर एम.ए. (हिंदी) कॉलेज के दिन तो सबसे हसीन थे ही। एम.ए. करते हुए लगा, अब जीवन को सही दिशा मिली है। राजरानी शर्मा मैडम, जॉली मैडम, जाटव सर, भाषा विज्ञान वाले सर, अग्रवाल मैडम। डॉ. राजरानी शर्मा मैडम अमृतलाल नागर कृत 'मानस का हंस' इतनी तल्लीनता से पढ़ाती थीं कि तुलसीदास और रत्नावली सपने में आने लगे। 'हिंदी दिवस' पर मैंने महादेवी वर्मा, प्रसाद, पंत, निराला की कविताओं को स्वरबद्ध करके उनकी संगीतमय प्रस्तुति दी

थी। एक बार 'निराला जयंती' पर निरालाजी के गीतों की धुन बनाकर साथ की सहपाठी छात्राओं को सिखाकर हमने समूह गान गाए थे, जिसकी खूब प्रशंसा हुई। कविताओं की मौलिक नई धुन बनाने का प्रारंभ यहीं से हुआ।

आज मेरे गीतों, छंदों और मुक्तकों की मेरी मौलिक धुनों की बहुतायत में वायरल कॉपी देखती-सुनती हूँ तो अपने शिक्षकों पर अभिमान होता है। उन्होंने मुझे नया, मौलिक सृजन करने की प्रेरणा दी—लेखन में भी, प्रस्तुति में भी। कभी कॉपी-पेस्ट करना नहीं सिखाया, सृजन करना सिखाया।

पी-एच.डी. की मेरी मार्गदर्शक मैडम डॉ. बृजकुमारी द्विवेदी बहुत सरल, शांत स्वभाव की विदुषी महिला हैं। उन्होंने स्पष्ट कह दिया था कि मैं तुम्हारी थीसिस लिखने में कोई सहायता नहीं करूँगी। हाँ, जहाँ हस्ताक्षर करने हैं, वहाँ बिना उलझाए हस्ताक्षर कर दूँगी। मुझे भी यही चाहिए था। मैंने पूरी लगन से, जिम्मेदारी के साथ शोध-कार्य किया। इसी का परिणाम है कि मैं मेरे विषय का बृहत् अध्ययन कर सकी। थीसिस दो साल में पूरी कर ली। 'हिंदी नवगीत' पर मेरा शोध-कार्य साहित्य में उल्लेखनीय माना जाता है।

मैं सभी शिक्षकों के प्रति कृतज्ञ हूँ। उनके ऋण से जीवनपर्यंत उऋण नहीं हो सकती। शिक्षकों ने मेरे व्यक्तित्व को गढ़ा है, जिसे दुनिया ने पढ़ा है।

□

17
आक् थू

लगभग चालीस-पैंतालीस वर्ष पूर्व ढलानवाले पुल से गुजरते हुए जब वो चीखें सुनी थीं, तब कलेजा मुँह को आ गया था। कई रातों तक नींद नहीं आई थी। सपने में भी वो कातर आँखें दिखाई देती थीं। वो कलेजे के आर-पार निकल जानेवाली चीखें सुनाई देती थीं। ऐसा लगता था, जैसे किसी ने खौलता हुआ गरमागरम तेल कानों में डाल दिया हो। आज भी वो दृश्य जब स्मृति पटल पर उभरता है, तब बदन पर शहारे आ जाते हैं, रोंगटे खड़े हो जाते हैं, रूह काँप जाती है।

कुछ घटनाएँ परिस्थितिजन्य होती हैं। साथ ही, कुछ परिस्थितियाँ स्थानजन्य होती हैं। चाहे-अनचाहे उनका सामना अनिवार्य रूप से करना ही पड़ता है। एक ऐसी ही स्थानजन्य परिस्थिति से उत्पन्न घटना के बारे में बताती हूँ आपको।

लश्कर ग्वालियर में हम जहाँ रहते थे, वहाँ से मुख्य शहर को जाने के लिए एक नाला पार करना पड़ता था। किसी भी रास्ते से जाएँ, नाला रास्ते में आता ही आता था। ढोलीबुआ का पुल, ढलानवाला पुल और कमानी पुल—नाले पर बने तीनों पुलों में से किसी एक को पार करके ही शहर के मुख्य भाग तक जाया जा सकता था। मजे की बात यह है कि उस नाले को स्वर्ण रेखा नदी कहा जाता है आज भी। बुजुर्ग लोग बताते हैं कि किसी जमाने में यहाँ नदी हुआ करती थी। समय के साथ-साथ शहर की गंदगी को ढोते-ढोते बेचारी स्वर्ण रेखा नदी गंदे-बदबूदार नाले में तब्दील हो गई। कल्पना कीजिए उस समय की, जिस समय एक स्वच्छ पानी से लबालब भरी कल-कल करती हुई नदी लश्कर ग्वालियर के बीच से होकर

बहती होगी। क्या सुंदरता रही होगी शहर की! कितना प्यारा मनभावन दृश्य होगा! कितना स्वच्छ वातावरण होगा! नदी के निर्मल जल में स्नान करके प्राणि मात्र की सारी मलिनता दूर हो जाती होगी। आज कल्पना मात्र से रोमांच हो उठता है। अस्तु…

मेरा स्कूल 'आधुनिक बाल मंदिर' छत्री बाजार में था। स्कूल तो आज भी वहीं है। हाँ, मैं वहाँ से दिल्ली आ गई हूँ। मामाजी भी भूरे बाबा की बस्ती छत्री बाजार में रहते थे। छत्री बाजार जाने के लिए ढलानवाले पुल से होते हुए निकलना पड़ता था। उस पुल से होकर गुजरते हुए जो कातर, हृदय विदारक चीखें सुनी हैं, वो आज भी मेरा पीछा करती हैं। मनुष्य के क्रूरतम रूप की याद आते ही संपूर्ण मनुष्य जाति से घृणा होने लगती है।

जब मैं और मेरी बहन अपनी सहेलियों के साथ स्कूल जाती थीं, तब ढलानवाला पुल पार करना पड़ता था। ढलानवाले पुल पर नाले के इस किनारे हरिजनों की कच्ची बस्ती थी। उनमें से अधिकतर लोग सड़कों पर झाड़ू लगाने और मैला ढोने का काम करते थे। बच्चे दिन-भर आवारा घूमते रहते थे। उसी बस्ती की एक प्रौढ़ा मेहतरानी तीज-त्योहारों पर हमारे घर नेग लेने आती थी। वो किसी भी कोण से हरिजन नहीं लगती थी। नेग लेने जब वो हमारे और अन्य घरों में जाती थी, तब धुली-धुलाई साफ सीधे पल्ले की साड़ी पहने होती थी। कद-काठी उसकी अच्छी थी। देह गठीली और चेहरे पर रुआब था।

लगभग चालीस-पैंतालीस वर्ष पूर्व ढलानवाले पुल से गुजरते हुए जब वो चीखें सुनी थीं, तब कलेजा मुँह को आ गया था। कई रातों तक नींद नहीं आई थी। सपने में भी वो कातर आँखें दिखाई देती थीं। वो कलेजे के आर-पार निकल जानेवाली चीखें सुनाई देती थीं। ऐसा लगता था, जैसे किसी ने खौलता हुआ गरमागरम तेल कानों में डाल दिया हो। आज भी वो दृश्य जब स्मृति पटल पर उभरता है, तब बदन पर शहारे आ जाते हैं, रोंगटे खड़े हो जाते हैं, रूह काँप जाती है।

होता यह था कि हरिजन बस्ती के लोग नाले में जाल फैलाकर सूअर पकड़ते थे। जाल में फँसे हुए छोटे-बड़े सूअर जाल से निकलने के लिए कशमकश करते रहते थे। जितना अधिक हाथ-पैर मारते, उतना अधिक फँसते जाते। हरिजन (मेहतर) जाल में फँसे हुए सूअरों को पकड़कर उनके चारों पैर रस्सी से कसकर बाँध देते थे। फिर उन सूअरों को घसीटते हुए नाले में से बाहर निकालकर ले जाते थे। सूअर छटपटाते थे। अपने को छुड़ाने की भरसक कोशिश करते थे, लेकिन उनकी सारी कोशिशें अधिकतर नाकाम हो जाती थीं। हम बच्चे इस पकड़-धकड़ को देखकर बहुत डर जाते थे। आँखें आधी बंद कर और दोनों हथेलियों से पूरी तरह कानों को भींचकर लगभग दौड़ते हुए नाला पार करते थे। हम भले ही वहाँ से चले जाते थे, लेकिन हृदय को हिला देनेवाला वो दृश्य हमारा पीछा करता रहता था। हाथ जोड़कर मन-ही-मन भगवान् से प्रार्थना करते थे कि हे भगवान्, स्कूल से वापस जाते समय ऐसा दृश्य दुबारा न देखना पड़े।

एक बार तो ऐसा क्रूरतम दृश्य देखा कि अपने मनुष्य होने पर घृणा होने लगी। मेहतरों ने नाले में जाल फैलाकर एक बहुत बड़ा सूअर पकड़ा। पकड़कर हमेशा की तरह उसके चारों पैर रस्सी से बाँधे और घसीटकर नाले से बाहर ले आए, फिर नाले के किनारे रखी बड़ी सी पटिया पर उस सूअर को पकड़कर लिटा दिया। सूअर चीखता रहा अपनी पूरी क्षमता के साथ। सात-आठ हट्टे-कट्टे मेहतरों ने उसे कसकर पटिया पर लिटाया, फिर दो मेहतरों ने खूब धार किया हुआ बड़ा-सा चाकू लिया और उस जिंदा सूअर की खाल छीलने लगे। वो निरीह पशु पीड़ा के मारे जोर-जोर से चीखता रहा। मेहतर ठहाके लगाते रहे, क्योंकि सूअर उनके लिए जीव नहीं जीविका था। मोटा माल मिलने की खुशी में सूअर की चीखें उन्हें सुनाई नहीं दे रही थीं। उन्हें तो दिख रही थी नोटों की गड्डियाँ, जो अगले कुछ दिनों तक उनके खाने और दारू का इंतजाम करनेवाली थीं। मूँछों पर ताव देते हुए सभी मेहतर उस निरीह सूअर के पैर और सिर कसकर पकड़े हुए थे। सूअर की चीखें जोर से जोरदार होती हुईं क्रमशः धीमी-से-धीमी होती गईं।

स्कूल से लौटते हुए देखा, ये क्रूरतम से भी क्रूरतम दृश्य मस्तिष्क के किसी कोने में इस कदर अंकित हो गया है कि इतने वर्षों बाद भी उसकी छाप धुँधली नहीं हुई, वरन् जब भी सामूहिक बलात्कार और नृशंस हत्या के समाचार सुनती हूँ या टी.वी. पर ऐसी किसी घटना की रिपोर्ट देखती हूँ, तब मेहतरों से घिरे उस निरीह प्राणी की खाल छीलने का भयानक दृश्य आँखों के सामने जीवंत हो जाता है। समस्त चराचर प्राणियों में श्रेष्ठ कहलाने वाले मनुष्य देहधारी होने जैसी बातें सरासर झूठी लगने लगती हैं। घृणा होने लगती है अपने आप से भी।

स्वच्छ, निर्मल स्वर्णरेखा नदी के गंदे-बदबूदार नाले में तब्दील होने की सतत् अधोन्मुखी यात्रा अपने पतन की विकसित अट्टालिका से भयानक अट्टहास करने लगती है।

मनुष्य के ऐसे घृणित विकास पर···आक् थू···।

□

18
लक्ष्मी

इतने समय में तो लक्ष्मी की कुशल शिल्पी उँगलियाँ चकले की बेली हुई रोटी तवे पर रखकर गुँधे हुए आटे से ठीक उतनी ही बड़ी लोई लेकर, दोनों हथेलियों की सहायता से पेड़ा बनाकर चकले पर रखकर बेलन से गोल-गोल घुमाकर रोटी बेल भी देतीं। इतनी जटिल प्रक्रिया को कितनी कुशलतापूर्वक बातों-बातों में निबटा लेती थी लक्ष्मी। अब ऐसा लगता है कि ईश्वर ने उसके मस्तिष्क रूपी कंप्यूटर की प्रोग्रामिंग ही ऐसी की थी कि बिना कुछ सोचे-विचारे उसके हाथ यंत्रचलित से सहजतापूर्वक सब करते जाते थे।

कौन, कब, किससे, कैसे और किन परिस्थितियों में क्या सीख ले इसका भान उसे भी नहीं होता। बस, निरीक्षणात्मक बुद्धि और जिज्ञासु प्रवृत्ति होना चाहिए।

जब तक कोई काम अपने हाथ से करके न देखा जाए, तब तक वो आता नहीं है। कोई काम देखने में जितना सरल लगता है, जब स्वयं करो तब पता चलता है कि वो उतना सरल है नहीं। दस-ग्यारह साल की चुलबुली, शरारतों की पिटारी, दुबली-पतली, लगभग साँवले रंग की नटखट कन्या थी मैं। चित्त कभी एक जगह ठहरता ही नहीं था। खेलना-कूदना, घूमना-फिरना—बस। तब समाज में बच्चों के लिए भय व्याप्त नहीं था। हम लड़कियाँ दूर-दूर तक भी अकेले निर्भयतापूर्वक घूमती थीं। बाई साहब की परेड से छत्री बाजार के लेडीज पार्क, व्यायामशाला, मोती की फैक्ट्री, सब्जी मंडी, चूड़ियों के टुकड़े

इकट्ठे करने, पता नहीं कहाँ-कहाँ हम बेखौफ चली जाती थीं। इस घूमने-फिरने में बहुत सारे कैरेक्टर मिलते थे। उनमें से एक थी लक्ष्मी। डॉ. कमल किशोर के अस्पताल के सामनेवाली सड़क के किनारे लक्ष्मी रोटी-सब्जी का ठेला लगाती थी। मेरी आत्या (बुआ) उसे अच्छी तरह जानती थी, शायद वो पास के सरकारी अस्पताल में भी समोसे-कचौड़ी पहुँचाती होगी, जहाँ मेरी आत्या काम करती थी।

उस समय ग्वालियर में बाहर का खाने का प्रचलन बहुत कम था। ठेले पर खड़े होकर चाट-पकौड़ी खानेवाले को अच्छा नहीं समझा जाता था। कभी-कभी मैं अपनी आत्या की लड़की (फुफेरी बहन) के साथ शाम को लक्ष्मी के ठेले पर समोसे लेने जाती थी। पाँच या दस पैसे का एक समोसा आता था। उछलते-कूदते, गाते-गुनगुनाते गली के नुक्कड़ तक पलक झपकते पहुँच जाते थे हम दोनों। वहीं चौराहे पर दाईं ओर लक्ष्मी का ठेला था और सड़क पार करके डॉ. कमल किशोर का अस्पताल।

लक्ष्मी हमें देखते ही पास पड़ी बैंच पर बैठने को कहती और बताती जाती अपनी दिन भर की कहानी। कैसे सुबह से शाम तक उसे दम मारने तक की फुरसत नहीं मिली, कैसे उसने पूरा दिन खड़े-खड़े गुजार दिया, सुबह के चार बजे से रात के सात बज गए, कैसे वो चकरी की तरह घूम रही है। साड़ी के पल्लू से माथे पर आए

पसीने को पोंछती, दूसरे हाथ से स्टोव में पंप मारती वो बोलती रहती। समोसे केवल ऑर्डर पर ही बनाती थी। वैसे वो रोटी-सब्जी ही बनाती थी। डॉ. कमल किशोर के अस्पताल में पास के गाँवों से बहुत मरीज आते थे। वो लक्ष्मी के ठेले की रोटी खाते होंगे शायद। वो बोलती जाती थी और चकले पर बेलन से गोल-गोल रोटी बेलती जाती थी। रोटियाँ हो जाने पर वो हमारे लिए समोसे बनाएगी, यह तय था। उतना समय हमें वहाँ बैठना ही होता था। मेरी फुफेरी बहन उसकी बातों पर 'हाँ', 'हूँ' करती रहती थी और मैं उसके हाथों को देखती रहती थी।

कैसे एक सधे हुए कलाकार की तरह पहले एक टिन के पुराने खस्ताहाल कनस्तर से सूखा आटा बाबा आदम के जमाने की टेढ़ी-मेढ़ी परात में उसनती, पीतल के गिलास से भगोने में से पानी लेती और सूखे आटे में धीरे-धीरे डालती जाती। दूसरे हाथ की उँगलियों से आटे में पानी मिलाकर उसका बड़ा सा गोला बना लेती। मुट्ठी बाँधकर आटे के गोले को अच्छी तरह दबाती और थोड़ा सा पानी डालकर एकसार बिल्कुल चिकना गोला बना लेती। साथ में बातें भी करती जाती और आटा भी गूँधती जाती। यह तय करना बहुत कठिन था कि उसकी जीभ अधिक चपल थी या आटा गूँधती हुई उँगलियाँ? बिना कोई विचार किए जैसे उसकी दुनिया-जहान की बातें चलती थीं, वैसे ही स्वत: स्फूर्त स्वचालित तरीके से उसकी उँगलियाँ आटे को गूँधती जाती थीं। आटे में कभी पानी अधिक या कम नहीं होता था। मैं बहुत ध्यान से देखती रहती थी। वह क्या-क्या बड़बड़ाती थी, मुझे ध्यान नहीं क्योंकि मेरा पूरा ध्यान तो सूखे आटे से लेकर रोटी बेलने और तवे पर सिककर फूलने तक की संपूर्ण प्रक्रिया का गंभीर निरीक्षण करने में लगा रहता। स्टोव पर लोहे का तवा रखकर गूँधे हुए आटे से छोटी सी लोई लेती और उसका गोल पेड़ा बनाकर चकले पर रखकर, उँगलियों से हलका सा दबाकर बेलन से गोल-गोल रोटी बेलती जाती, फिर तवे को उँगली से छूकर देखती कि ठीक से गरम हुआ है या नहीं। फिर चकले की बेली हुई रोटी उँगलियों से उठाकर एक हथेली पर रखकर तवे पर डाल देती। दूसरी लोई लेती, गोल पेड़ा बनाकर चकले पर रखकर बेलन से घुमा-घुमाकर बिल्कुल पहली रोटी जितनी ही गोल और बड़ी रोटी बेल लेती। इसी बीच तवे पर सिंकती रोटी को चिमटे से पकड़कर पलट भी देती। फिर दूसरी बार तवे की रोटी को चिमटे से उठाकर देखती और फिर सँड़सी से पकड़कर तवा नीचे उतारकर चिमटे से पकड़ी रोटी सीधे आग पर रख देती। रोटी खुशी-खुशी फूल कर कुप्पा हो जाती। रोटी के फूलने के साथ-साथ मेरा बालमन भी बल्लियों उछलने लगता।

इतने समय में तो लक्ष्मी की कुशल शिल्पी उँगलियाँ चकले की बेली हुई रोटी तवे पर रखकर गूँधे हुए आटे से ठीक उतनी ही बड़ी लोई लेकर, दोनों हथेलियों की सहायता से पेड़ा बनाकर चकले पर रखकर बेलन से गोल-गोल घुमाकर रोटी बेल भी देतीं। इतनी जटिल प्रक्रिया को कितनी कुशलतापूर्वक बातों-बातों में निबटा लेती थी लक्ष्मी। अब ऐसा लगता है कि ईश्वर ने उसके मस्तिष्क रूपी कंप्यूटर की प्रोग्रामिंग ही ऐसी की थी कि बिना कुछ सोचे-विचारे उसके हाथ यंत्रचलित से सहजतापूर्वक सब करते जाते थे। रोटियों पर घी चुपड़कर पीतल के गोल डिब्बे में रखकर, ढक्कन लगाकर एक तरफ सरका देती। फिर आता हमारे समोसों का नंबर। समोसे लेकर हम फिर उछलते-कूदते घर की ओर चल देते। कितनी ही बार लक्ष्मी के हाथों की कुशल जादूगरी देखकर लगने लगा कि रोटी बनाना तो मुझे आ गया है बल्कि रोटी बनाना तो मेरे बाएँ हाथ का खेल है। मैं रोटी बनाने में एक्सपर्ट हो गई हूँ।

एक बार आई और सब लोग मामाजी के घर थे, मैं और बाबा अपने घर थे। तब मैंने पहली बार बहुत आत्मविश्वास के साथ रोटी बनाना ट्राई किया। बड़े डिब्बे में से कटोरी भर आटा परात में उसना। बिल्कुल लक्ष्मी की पूरी प्रक्रिया को अपने मस्तिष्क में बिठाकर आटे में गिलास से पानी डालना प्रारंभ किया, लेकिन यह क्या? आटा तो बहुत गीला हो गया। अब? अपनी बुद्धि लड़ाकर गीले आटे में थोड़ा सूखा आटा मिलाया, फिर भी लक्ष्मी जैसा चिकना आटा नहीं गूँधा गया। परात और हथेली पर आटा चिपक गया, जबकि लक्ष्मी के तो ऐसा नहीं होता था। मैं आटा गूँधने में ही बहुत थक गई, लेकिन हिम्मत करके गैस जलाई और तवा चढ़ा दिया। अब आई रोटी बेलने की बारी।

गूँधे हुए आटे की लोई ली तो वो हथेली को चिपकने लगी। सूखा आटा लगाकर किसी तरह उसे बेलने लायक बनाया। चकले पर रखा और बेलन को लक्ष्मी जैसा गोल-गोल घुमाने लगी, लेकिन न तो बेलन घूमा न रोटी घूमी। गैस पर रखे तवे से धुआँ निकलने लगा। माथे पर पसीने की बूँदें छलछला आईं। दो घंटे हो गए, एक भी रोटी नहीं बनी। पेट में चूहे कूद रहे थे। परात में ढेर सारा बेतरतीबी से गूँधा हुआ आटा रखा था। गैस पर तवा जल रहा था और पेट में आग भड़क रही थी। नाकामी की पीड़ा से आँखों में आँसू आ गए। जिस काम को इतना सरल समझा था, वो इतना कठिन निकला। गरमी और पश्चात्ताप से चेहरा लाल हो गया। तभी बाबा आ गए और ये सब खटराग देखकर दंग रह गए। पहले तो उन्होंने गैस का नॉब बंद किया, फिर मेरी तरफ और फैले हुए आटे, परात और बरतनों की ओर

देखा, फिर उनका हाथ उठा और जोरदार चाँटा चटाक् से मेरे गाल पर रसीद हो गया। मैं फफककर रो पड़ी। चाँटे के कारण कम, अपनी नाकामी के कारण अधिक जोर से भोकाड़ पसार दिया।

आज जब भी बिना सोचे-समझे रोटी बेलती जाती हूँ, तब लक्ष्मी के चकले पर बेलन से गोल-गोल घूमती और तवे पर सिंककर सीधे आग पर फूलकर कुप्पा होती रोटी खूब याद आती है।

□

19

एक था शेरू

भूरे रंग और ऊँचे कदवाला रुआबदार था शेरू—अधिकतर घर के मुख्य द्वार पर पहरेदार की तरह बैठा रहता था। हर आने-जानेवाले पर भौंकना, उसको सूँघ-सूँघकर पूरी तरह जाँच-पड़ताल करना वो अपना कुत्तत्वसिद्ध अधिकार मानता था। आधे लोग तो उसके भौंकने से डरकर भाग जाते थे। वो जब तक रहा, तब तक मुख्य द्वार पर कभी ताला लगाने की नौबत नहीं आई।

'हम दो, हमारा एक' वाले अत्याधुनिक समय में दूसरे बच्चे की कल्पना मात्र से जहाँ बड़ी-बड़ी तनख्वाह पानेवालों के भी पसीने छूटने लगते हैं, वहीं पहले बहुत छोटी सी आमदनी वालों के बड़े-बड़े परिवार भी मय पशु-पक्षियों के आनंदपूर्वक गुजर-बसर कर लेते थे। है न आश्चर्य की बात?

बात तब की है, जब मैं छोटी थी, यही कोई नौ-दस साल की। बीस-पच्चीस लोगों के बड़े से संयुक्त परिवार में नवजात शिशुओं से लेकर बुजुर्गों तक हर आयु वर्ग के लोग थे। लोगों के साथ-साथ कई प्राणी तो अनायास ही पारिवारिक हो गए, जैसे तोते, चिड़ियाँ, बिल्लियाँ, कुत्ते आदि। तोतों को नियमित हरी मिर्च दाना-पानी मिलता था, इसलिए वो पल गए। बाई (दादी) रोज सुबह चिड़ियाओं के लिए दाना पसारती थीं, इसलिए वो पल गईं। किसी दिन थोड़ी भी देर हो जाती थी तो चिड़ियाँ चीं-चीं-चीं-चीं चहचहाती हुई शोर मचा देती थीं। ऐसे ही बिल्लियाँ भी पल गई थीं। इन सबका सरदार था शेरू। कहने को तो वो एक साधारण सा देसी कुत्ता था, लेकिन उसने कभी स्वयं को किसी डॉबरमेन से कम नहीं समझा। शेरू की माँ थी चंपी। चंपी के दस-बारह बच्चों में से कुछ तो स्वर्ग सिधार गए, कुछ बड़े होने पर

इधर-उधर चले गए। उनमें से एक हमारे यहाँ ही रहा, जिसे हम सब 'शेरू' बुलाने लगे। आत्या (बुआ) के बड़े बेटे राजू को पशु-पक्षियों से विशेष लगाव था। वो ही शेरू का सबसे अधिक ध्यान रखता था।

भूरे रंग और ऊँचे कदवाला रुआबदार था शेरू। अधिकतर घर के मुख्य द्वार पर पहरेदार की तरह बैठा रहता था। हर आने-जानेवाले पर भौंकना, उसको सूँघ-सूँघकर पूरी तरह जाँच-पड़ताल करना वो अपना कुत्तत्वसिद्ध अधिकार मानता था। आधे लोग तो उसके भौंकने से डरकर भाग जाते थे। वो जब तक रहा, तब तक मुख्य द्वार पर कभी ताला लगाने की नौबत नहीं आई।

शेरू जितना रौबीला था, उतना ही संवेदनशील भी था। किसी की तबीयत खराब हो या कोई उदास हो तो पता नहीं कैसे वो जान जाता था। बीमार या उदास व्यक्ति के चारों ओर पूँछ हिला-हिलाकर चक्कर लगाने लगता था। परिवार में गमी होने पर भी वो समझ जाता था। मुझे याद है, जब मेरी छोटी बहन की तबीयत बिगड़ गई थी, तब शेरू ने दो दिन तक कुछ भी नहीं खाया था। बार-बार उसके पलंग के पास आकर सूँघने लगता था और जब दुर्भाग्य से बहन की मृत्यु हो गई तो शेरू की आँखों से आँसुओं की धारा फूट पड़ी थी। वो मूक प्राणी, जिसे पाला नहीं था, जो अनायास ही पल गया था, हमारे परिवार का सदस्य बन गया था, वो सबकुछ जानता-समझता था, जो बड़े-बड़े पढ़े-लिखे लोग नहीं समझ पाते।

एक बार की मजेदार घटना बताती हूँ। गरमियों के दिन थे। मैं छत पर सबके साथ सोई हुई थी। गरमियों में हम सब लोग छत पर ही सोते थे। शाम को छतों पर

पानी का छिड़काव करते थे। थोड़ी देर में छत सूख जाती थी, फिर लाइन से गद्दे बिछाए जाते थे। खाना-वाना खाकर सब लोग छत पर आ जाते थे। पहले अंत्याक्षरी के दौर चलते थे। खूब गपशप होती थी। नई फिल्म की स्टोरी मय बैकग्राउंड म्यूजिक के सुनाई जाती थी, फिर एक-एक करके सब सो जाते थे।

एक रात मैं अपनी दोनों चोटियों को ऊपर की ओर फैलाकर निश्चिंत-सी छत पर सोई हुई थी। रात में पता नहीं कब सिर की तरफ शेरू आकर सो गया। तब नींद कुंभकरण से भी गहरी आती थी। रात में शेरू ने मेरी एक चोटी कुतर-कुतरकर काट दी। सुबह जब मैं उठी और दोनों चोटियों को हाथ से पकड़कर आगे किया तो एक चोटी निकलकर मेरे हाथ में आ गई, फिर क्या था! मैंने शेरू को खूब मार लगाई।

शेरू देसी था। बीमार पड़ने पर अपना इलाज देसी स्टाइल से स्वयं कर लेता था। पेट गड़बड़ होने पर घास-फूस खाकर उल्टी कर लेता था। पेट भरा होने पर कभी रोटी नहीं खाता था। सुना है कि कुत्ते और बिल्ली में जनम-जनम का बैर होता है, लेकिन शेरू बिल्लियों के साथ खूब मजे से खेलता था।

एक बार शेरू ने किसी को काट लिया था। सारे लोग शेरू पर खूब गुस्सा हुए। शायद उसे डंडे से मारा भी। उसे बहुत दूर शहर से बाहर छोड़कर भी आ गए, लेकिन अगले दिन शेरू महाराज पूँछ हिलाते हुए हाजिर हो गए।

एक बार नगर पालिका के लोग उसे पकड़कर ले गए। वहाँ से भी वो साहब भागकर वापस आ गए। शेरू के लिए न तो कभी दवाई लाने की नौबत आई, न किसी पशु चिकित्सक को दिखाने की जरूरत महसूस हुई। जो खाना सबके लिए घर में बनता था, वो ही हमारे साथ शेरू भी खाता था। पेडीग्री टाइप के नखरे नहीं थे उस समय के शेरुओं के।

वफादार चौकीदार, संवेदनशील मित्र, रात-दिन मदद को तैयार चतुर, चपल हर हाल में प्रसन्न रहनेवाला शेरू। हमने उसे छोड़ने की बहुत कोशिश की, लेकिन उसने हमें नहीं छोड़ा। ऐसा था वन एंड ओनली हमारा शेरू।

□

20
स्वीट सिक्सटीन

पूरे देश-भर से कैडेट्स चंडीगढ़ में इकट्ठा हुए। वहाँ सबका आपस में परिचय करवाया गया। चंडीगढ़ से आगे एन.सी.सी. के ट्रकों द्वारा यात्रा करनी थी। चंडीगढ़ के बाद मनाली में कैंप लगा। पहाड़ों पर चढ़ने-उतरने और कई किमी. पैदल चलने की प्रैक्टिस कराई जाती थी। बहुत आनंद आता था। कैंप में स्कूल और कॉलेज के लड़के-लड़कियाँ दोनों थे। मजे की बात यह है कि किसी-किसी का आपस में चक्कर भी शुरू हो गया था।

आज तक जो बात किसी से नहीं कही, वो आज आपसे कहती हूँ। बचपन की खिड़की पर जब कैशोर्य की थाप पड़ती है न, तब अनायास उछलते-कूदते पैरों में मानभरी लयात्मकता आने लगती है। फूलों के रंग चटकीले हो जाते हैं। उनकी सुगंध मादकता देने लगती है। कल्पनाओं में जीना अच्छा लगने लगता है। दर्पण निहारते हुए पलकें झुकने लगती हैं। मन की भावनाएँ विस्तृत होकर समूची सृष्टि को अपनी बाँहों में समेटने को आतुर हो उठती हैं। बाहर की दुनिया से अधिक भीतर की दुनिया बड़ी हो जाती है। मन के इस परिवर्तन को संभवत: कोई नहीं जान पाता। स्वयं वो भी नहीं।

बात उन दिनों की है जब मैं दसवीं कक्षा में थी। पंद्रह-सोलह वर्ष की रही हूँगी। वॉलीबाल प्लेयर थी। एन.सी.सी. की बेस्ट कैडेट थी। भाषण, वाद-विवाद प्रतियोगिताओं में अव्वल आती थी। हाँ, पढ़ाई में मन थोड़ा कम लगता था। ऐसा नहीं कि पढ़ती नहीं थी या पढ़ना नहीं चाहती थी। पढ़ती भी थी, पढ़ना भी चाहती थी, बस मन नहीं लगता था। कविता जैसी तुकबंदी करने लगी थी। कॉपी में लिख-

लिखकर रख लेती थी। किसी को दिखाती नहीं थी। सहेलियों में से किसी को कविताओं में रुचि नहीं थी और घर में कविता के नाम पर सबको जम्हाइयाँ आने लगती थीं। सामाजिक विषयों पर, व्यवस्था के विरोध में ही अधिक लिखती थी तब मैं। बड़ों की टोका-टाकी के कारण उत्पन्न रोष को शांत करने का एकमात्र माध्यम थी कविता। एक पंक्ति जाने कैसे अचानक मन में कौंध जाती थी। फिर उस पंक्ति के जोड़ की दूसरी, तीसरी पंक्तियाँ और उनके तुकांत खोजती रहती थी। हृदय के आलोढ़न-विलोढ़न को पूरी तरह शब्दों में कैसे अभिव्यक्त करूँ, बस इसी उधेड़बुन में लगी रहती थी।

एक बार एन.सी.सी. की ओर से ट्रैकिंग कैंप के लिए सिलेक्शन होना था। मेरे स्कूल की ओर से प्रतियोगिता में मुझे भेजा गया। पाँच किमी. क्रॉसकंट्री दौड़ का कॉम्पीटिशन था। ग्वालियर के एस.ए.एफ. ग्राउंड के पीछेवाले रास्ते पर प्रतियोगिता होनी थी। उस रास्ते में छोटा सा पहाड़ भी आता था। प्रतियोगिता कठिन थी।

पूरे मध्य प्रदेश से चार कैडेट्स चुने जाने थे। आपको जानकर प्रसन्नता होगी कि मैं पाँच किमी. क्रॉसकंट्री दौड़ में फर्स्ट आई। कैंप के लिए मेरा सिलेक्शन हुआ और मैं कैंप अटैंड करने कुल्लू-मनाली के लिए रवाना हो गई।

यहाँ तक सब पहले जैसा ही था। पूरे देश-भर से कैडेट्स चंडीगढ़ में इकट्ठा हुए। वहाँ सबका आपस में परिचय करवाया गया। चंडीगढ़ से आगे एन.सी.सी. के ट्रकों द्वारा यात्रा करनी थी। चंडीगढ़ के बाद मनाली में कैंप लगा। पहाड़ों पर चढ़ने-उतरने और कई किमी. पैदल चलने की प्रैक्टिस कराई जाती थी। बहुत आनंद आता था। कैंप में स्कूल और कॉलेज के लड़के-लड़कियाँ दोनों थे। मजे की बात यह है कि किसी-किसी का आपस में चक्कर भी शुरू हो गया था। मेरे लिए एक सर्वथा नई दुनिया के द्वार खुल रहे थे। मनाली के बाद हमें रोहतांग दर्रा जाना था, पैदल। कँपकँपाती सर्दी थी। मनाली में बर्फबारी हो रही थी। बताया गया था कि रोहतांग में तो कई गुना अधिक सर्दी होगी। सुबह-सुबह स्क्वार्डन मिशन-रोहतांग के लिए तैयार हो गया। मनाली से रोहतांग के बीच पूरे रास्ते में बर्फ थी। एक ओर बर्फ के ऊँचे-ऊँचे पहाड़ तो दूसरी ओर गहरी खाई। जरा सी लापरवाही डायरेक्ट भगवान् से मिलाने के लिए काफी थी। चार-पाँच घंटे में हम रोहतांग दर्रा पहुँचे।

आहा, क्या दृश्य था! पूरा पहाड़ बर्फ की सफेद झकाझक शॉल में लिपटा हो जैसे या सफेद रंग का खरगोश अपने रेशमी बालों पर इतराते हुए खड़ा हो जैसे। बुढ़िया के बालों का बड़ा सा गोला उड़कर पहाड़ पर आ गया हो जैसे। सफेद रंग की वेनीला आईसक्रीम पूरे पहाड़ पर बिखर गई हो जैसे। हाड़ कँपा देनेवाली

सर्दी में कुछ नवविवाहित जोड़े किलोल कर रहे थे। लकड़ी की एक गाड़ी में बैठकर एक-दूसरे की बाँहों में बाँहें डाले बर्फ पर फिसल रहे थे। उन जोड़ों का बेलौस हँसना और हँसते-हँसते एक-दूजे में गुम हो जाना बहुत अच्छा लगा पहली बार। पहली बार ऐसा लगा कि अगर आपको समझनेवाला साथी हो तो जीवन कितना आनंददायक हो जाता है? एक से दो और फिर दो से एक होने में अलौकिक आकर्षण का अनुभव हुआ पहली बार और मन की सिलवटों की भीतरी से भी भीतरी परत पर एक इच्छा उभरने लगी। उन हँसते-खेलते, किलोल करते जोड़ों में मुझे अपना और अपने भावी साथी का अदृश्य चेहरा दिखाई देने लगा। बाहर सबकुछ सामान्य था, लेकिन भीतर एक रेशमी स्वप्न धीरे-धीरे आकार ले रहा था...।

□

21

फ्रॉक से सलवार-कुरता

मैं आई की विवशता और सूझ-बूझ देखकर दंग रह गई और मन-ही-मन अपनी क्षुद्र बुद्धि को कोसने लगी, जिसने केवल अपने ही पक्ष को जाना, समझा। आई के पक्ष से कभी सोचा ही नहीं, लेकिन मेरी भी क्या गलती? आई ने भी तो मुझे बताया नहीं। बता देती तो क्यों मैं उन्हें गलत समझती? क्यों अंदर-ही-अंदर कुढ़ती? क्यों जीवन को व्यर्थ मानकर मरने तक की सोचती?

किसी घटना की पूर्वपीठिका न जानने के कारण हम अनेक बार अकारण घटना के पात्रों पर दोषारोपण करते हैं। यदि खुलकर आक्रोश प्रकट नहीं कर पाते तो भीतर ही भीतर कुढ़ते रहते हैं। अपने आत्मीय जनों के प्रति वैचारिक विद्वेष की अग्नि में झुलसते रहते हैं। समय के साथ-साथ जब परदा उठता है और सच्चाई सामने आती है, तब विद्वेष की आग तो बुझ जाती है, लेकिन झुलसने के दाग तो मन की कोमल त्वचा पर पड़ ही जाते हैं।

आज जब मैं स्वयं एक बेटी की माँ हूँ, तब अपनी माँ की डाँट में छिपी विवशता, चिंता, ममत्व, वात्सल्य और आशंका को अनुभव कर सकती हूँ।

बात तब की है जब मैं कक्षा सात में पढ़ती थी। बारह-तेरह वर्ष की आयु खेलने-कूदनेवाली, बेफिक्री वाली होती है। स्कूल, घर—सब जगह बेलौस घूमना, साइकिल चलाना, कुएँ से ठंडा-ठंडा पानी भरकर लाना, पेड़ों पर चढ़ना, डालियों पर लटकना, खाना-पीना। मस्ती-मस्ती और मस्ती। नो फिकर एट ऑल। पढ़ाई भी ज्यादा नहीं थी। होमवर्क क्या होता है, पता ही

नहीं था। स्कूल का हिसाब स्कूल में पूरा। सबकुछ तुरत-फुरत, अट्टम-पट्टम।

सर्दियों में हर बार की तरह उस बार भी आई (माँ) ने हम दोनों बहनों के लिए स्कूल यूनिफॉर्म के लिए सलवार-कुरता सिला। हम दोनों बहुत खुश। आई हमारा कितना ध्यान रखती है। सारी लड़कियाँ स्कर्ट-ब्लाउज पहनकर सर्दी में सिकुड़ती रहती हैं। हमारी आई सर्दियों के लिए लगभग हर साल नए सलवार-कुरता सिलती हैं, हम दोनों बहनों के लिए। आई ने सिलाई मशीन से अंतिम सिलाई लगाकर कुरते की फिटिंग देखने को कहा। मैं खुशी-खुशी अंदर जाकर कुरता पहनकर आ गई और इतराती हुई गोल-गोल घूमने लगी। आगे-पीछे दोनों तरफ से आई ने देखा और संतुष्ट होती हुई धागे की रील पर धागा लपेटकर मशीन से उठ गई। एक गहरा उच्छ्वास भरकर बोलीं—"चलो, इस बार का काम तो हो गया।" हम दोनों बहनें भी नई यूनिफॉर्म पहनकर अपने को किसी अप्सरा से कम नहीं आँक रही थीं। हमने यूनीफॉर्म बदलकर अच्छे से तह लगाकर गद्दे के नीचे रख दी, जिससे सुबह तक प्रेस हो जाए। अगले दिन स्कूल में पहनकर जो जानी थी। पूरी सर्दी-भर हमने स्कूल में सलवार-कुरता ही पहना। आई ने फिर हम दोनों

के लिए एक-एक जोड़ी प्रिंटेड सलवार-कुरता सिला। हमने स्कूल के अलावा फ्रॉक ही पहनी थीं अभी तक, लेकिन इस बार आई ने बाहर और घर में पहनने के लिए भी सलवार-कुरता सिला। मुझे कुछ अच्छा नहीं लगा, क्योंकि सर्दियों में स्कूल यूनिफॉर्म तक तो स्कर्ट की जगह सलवार-कुरता पहनने का लॉजिक समझ में आता था, लेकिन अब तो हर मौसम और हर जगह सलवार-कुरता! आई ने आगे से हर बार कभी सलवार कभी चूड़ीदार पायजामा और कुरता ही सिला हम दोनों बहनों के लिए।

सारी सहेलियाँ फ्रॉक और मिडी पहनती थीं और हम बड़ी लड़कियों की तरह सलवार-कुरता। मुझे बहुत गुस्सा आता था आई पर। कई बार मैंने अपना गुस्सा दरशाया भी। कई बार लाड़ से भी कहा आई से कि हर बार सलवार-कुरता ही क्यों सिलती हो? फुग्गे आस्तीन वाला घेरदार फ्रॉक बहुत अच्छा लगता है मुझे। इस बार सिल दो न। आई एक नहीं और दो नहीं। सलवार-कुरता तो सलवार-कुरता। मन-ही-मन मैं आई को अपना दुश्मन समझने लगी। खूब हाय-तौबा मचाने लगी। मुझे ऐसा लगने लगा कि हमारी आई बहुत पुराणपंथी है। हमें आगे नहीं बढ़ने देना चाहती। मुझे कुछ भी अच्छा नहीं लगता था। कहीं का गुस्सा कहीं निकलता था। सब काम उलटा-पुल्टा हो जाता था। मैं आई की कोई बात नहीं सुनती थी, इसीलिए खूब डाँट खाती थी। एक बार मैंने आई से खुलकर पूछ ही लिया कि हमें अभी से सलवार-कुरते की बेड़ियों में क्यों जकड़ा जा रहा है? मुझे नहीं अच्छा लगता बड़ी लड़कियों की तरह रहना। खूब जुबान लड़ाई मैंने। आई को भी गुस्सा आ गया और एक जबरदस्त चाँटा मेरे गाल पर रसीद कर दिया। फिर खुद ही रोने लगी। रोते-रोते बोली, "तुमसे छोटी थी, तब से साड़ी पहन रही हूँ। शुक्र मनाओ कि तुम्हें अभी तक फ्रॉक पहनाया है। अब जाकर सलवार-कुरता पहनने को कहा है। इतनी हाय-तौबा मचाने की क्या आवश्यकता है? बड़ी बहन से कुछ सीखो। वो भी तो सलवार-कुरता पहन रही है। वो तो कुछ नहीं कह रही। एक तुमने ही जीना हराम कर रखा है। अब कोई फ्रॉक-वॉक नहीं सिला जाएगा और ज्यादा तू-तड़ाक करने की आवश्यकता नहीं है। समझीं?" मैं पैर पटकती हुई, भुनभुन करती अंदर चली गई।

आई को एक नंबर की दुश्मन मानने लगी। उनकी पिछड़ी सोच से घृणा करने लगी और मन-ही-मन भगवान् से प्रार्थना करने लगी कि हे भगवान्, मुझे जल्दी से इतना बड़ा कर दो कि मैं अपने निर्णय स्वयं ले सकूँ। आई की बातों

की गुलामी न करनी पड़े मुझे। जब मैं आई बनूँगी, तब अपने बच्चों को खुलकर जीने दूँगी। जो मर्जी आए, पहनने दूँगी। दुनिया कहाँ-से-कहाँ पहुँच गई है और आई है कि अभी भी वहीं की वहीं हैं। हुँह! सब बकवास है। आचार्य रामचंद्र शुक्लजी का निबंध था, तब हमारी हिंदी की पुस्तक 'बाल भारती' में, जिसका प्रारंभ इस पंक्ति से होता था कि 'बैर क्रोध का अचार या मुरब्बा है'। मेरा क्रोध धीरे-धीरे बैर में बदलने लगा। ऊपर से उतना नहीं दिखता था, जितना भीतर ही भीतर सुलग रहा था। मैंने पहले कुछ दिन हाय-तौबा मचाई, फिर गुमसुम हो गई। आई को लगा होगा कि मैं मान गई हूँ, लेकिन सच तो यह था कि मेरा दिल और दिमाग सुप्त ज्वालामुखी में परिवर्तित हो चुका था, जो कभी भी फटकर सबकुछ तहस-नहस कर सकता था। सच बताऊँ, एकाध बार तो ऐसा विचार भी आया मस्तिष्क में कि ऐसे घुट-घुटकर जीने से तो अच्छा है कि मर जाऊँ। तब आई को पता चलेगा कि लड़कियों को दबाकर रखने का परिणाम क्या होता है, लेकिन यह विचार अधिक देर तक नहीं ठहर पाता, तुरत दूसरा विचार आता—"मरने से क्या होगा? बात तो तब है जब जीवन में कुछ ऐसा करूँ कि दुनिया मेरी बात माने। मुझे किसी की बात जबरदस्ती से नहीं माननी पड़े।" खैर, इसी कशमकश में तनातनी करते हुए दिन बीतते गए। मेरी शांति देखकर आई को तो यह लगा होगा कि मैंने उनकी बात समझकर स्वीकार कर ली है, जबकि यहाँ खेल ही कुछ और चल रहा था।

एक दिन अचानक मैंने आई और माउशी (मौसी) की बातचीत सुनी, जिसे सुनकर बोध हुआ कि बड़ी होती हुई लड़कियों की आई होना कितना दुष्कर होता है। आई माउशी से कह रही थी, मैं दरवाजे के पीछे खड़ी सुन रही थी। आई ने कहा, "एक दिन हम यानी मैं, मेरी दोनों बेटियाँ, बाई (दादीजी), दादाजी के साथ पास के वाईकर मठ में कथा सुनने गए थे। हम महिलाओं के पाले में बैठे थे और दादाजी पुरुषों के पाले में बैठे थे। अचानक दादाजी पुरुषों के पाले से उठकर आए और उन्होंने भाग्यश्री (मेरी बड़ी बहन) के पैरों पर अपनी शॉल ओढ़ा दी। तब से मैंने दोनों बच्चियों के लिए सलवार-कुरता पहनना कंपल्सरी कर दिया। बच्चियों को अच्छा नहीं लगता। मुझे भी बहुत ठीक नहीं लगता, लेकिन घर के बड़ों का इशारा समझते हुए उनका मान रखना पड़ता है।"

मैं आई की विवशता और सूझ-बूझ देखकर दंग रह गई और मन-ही-मन अपनी क्षुद्र बुद्धि को कोसने लगी, जिसने केवल अपने ही पक्ष को जाना-समझा। आई के पक्ष से कभी सोचा ही नहीं, लेकिन मेरी भी क्या गलती? आई ने भी तो

मुझे बताया नहीं। बता देती तो क्यों मैं उन्हें गलत समझती? क्यों अंदर-ही-अंदर कुढ़ती? क्यों जीवन को व्यर्थ मानकर मरने तक की सोचती?

कल जब मैंने अपनी बेटी को उसकी डी.पी. बदलने के लिए कहा और उसने तुनककर जवाब दिया कि इसमें क्या खराबी है? कितना अच्छा तो फोटो है। तब मुझे शिद्दत के साथ महसूस हुआ कि बड़ी होती हुई लड़की की आई होना आज भी कितना दुष्कर है? अब मैं उसे कैसे समझाऊँ कि फोटो तो बहुत अच्छा है, लेकिन दुनिया की निगाहें बड़ी होती हुई लड़कियों के लिए अच्छी नहीं हैं, मेरी बेटू।

□

22

दे दनादन

उस दिन हम दोनों बहनें सचमुच बहुत डर गई थीं। गली के बाद लगभग भागती हुई घर पहुँचीं। आई (माँ) ने हम दोनों की हालत देखकर कारण पूछा तो हमारी रुलाई फूट पड़ी। हमने सारा घटनाक्रम जैसे का तैसा एक साँस में बता दिया। हमने आई से कहा, "कल आप हमारे साथ चलना। हम दोनों अकेली नहीं जाएँगी।"

लड़कियों के सामने हर उम्र में चुनौतियाँ ही चुनौतियाँ हैं। आज टी.वी. और अखबारों में लड़कियों के साथ बदतमीजी की खबरें देखकर-पढ़कर कुछ लोग ये कहते पाए जाते हैं कि क्या जमाना आ गया है ? पहले ऐसा नहीं था, लेकिन मैं अपने अनुभवों के आधार पर पूरी जिम्मेदारी के साथ कह रही हूँ कि भारत में रहनेवाली सभी लड़कियों को कमोबेश ऐसी घटनाओं का सामना करना पड़ता है, वो भी एक बार नहीं, अनेक बार। ये सब पहले भी था, पहले से पहले भी था और उससे पहले भी था।

अपने साथ घटी एक घटना बताती हूँ। मैं छठी कक्षा में थी और मेरी बहन सातवीं में। मैं और मेरी बहन पैदल-पैदल स्कूल जाती थीं। तब गाड़ी घोड़े इतने नहीं थे। अधिकतर सभी बच्चे पैदल ही जाते थे। कुछ दिनों से एक बहुत गंदा-सा लड़का हमारा रास्ता रोकने लगा। पहले दिन जब वो रास्ते में मिला तो हम कैसे भी करके बच-बचाकर निकल गईं। स्कूल पहुँचकर भूल भी गईं। वापस लौटते में हम अपनी मस्ती में प्रतिदिन की तरह ही हँसतीं-खेलतीं बातों में मशगूल चली जा रही थीं कि अचानक वो सामने आ गया। बिल्कुल सट-सटकर चलने लगा। भद्दी-सी बातें फुसफुसाने

लगा। हम दोनों डर गईं। दोपहर के समय गली एकदम सुनसान रहती थी। हमें कुछ भी नहीं सूझा कि क्या करें? गली के मोड़ तक साथ-साथ चलता रहा। मेन रोड पर थोड़ी चहल-पहल देखकर अश्लील-सा इशारा करके वो चला गया। हम दोनों बहनें जल्दी-जल्दी चलती हुई जैसे-तैसे घर पहुँचीं। घर पहुँचकर फिर रोजमर्रा के कामों में इस घटना को भूल गईं, लेकिन यह तो हर रोज का क्रम बन गया।

स्कूल जाते और स्कूल से लौटते हुए नियत स्थान पर वो किसी मायावी राक्षस की भाँति अपनी गंदी और भयानक-सी शक्ल लेकर अचानक से प्रकट हो जाता। कुछ देर साथ-साथ चलता। मेन रोड आते ही गायब हो जाता। अब हमें स्कूल जाने में डर लगने लगा। स्कूल जाते और आते समय गली तक पहुँचते ही हमारी जान सूख जाती। उस राक्षस से बचने के लिए हमने तय किया कि हम दौड़कर जल्दी से गली पार कर लेंगी। उस दिन हमने अपनी योजना के मुताबिक यही किया। गली के प्रारंभिक छोर पर पहुँचकर पहले इधर-उधर देखा। वो दिखाई नहीं दिया। हम यह समझकर आश्वस्त हो गईं कि आज नहीं आया वो। चलो, आज बच गए। हम दोनों बहनें निश्चिंत होकर अपनी रफ्तार से आगे बढ़ रही थीं कि पता नहीं अचानक

जाने कहाँ से वो टपक पड़ा। हम हिरनियों की भाँति भयभीत होकर काँपने लगीं। वो अपनी जीत पर भद्दा-सा अट्टहास करने लगा। हम जल्दी-जल्दी चलने लगीं। उस दिन वो छोटी सी गली मीलों लंबी लग रही थी। ऐसा लग रहा था कि कब मेन रोड आए और कब इस गलिच्छ से छुटकारा मिले।

उस दिन हम दोनों बहनें सचमुच बहुत डर गई थीं। गली के बाद लगभग भागती हुई घर पहुँचीं। आई (माँ) ने हम दोनों की हालत देखकर कारण पूछा तो हमारी रुलाई फूट पड़ी। हमने सारा घटनाक्रम जैसे का तैसा एक साँस में बता दिया। हमने आई से कहा, "कल आप हमारे साथ चलना। हम दोनों अकेली नहीं जाएँगी।"

इतना सुनते ही आई बोलीं, "तुम तो दोनों हो। अकेली कहाँ हो? अकेला तो वो है। वो एक है और तुम दो हो, फिर भी उससे डरती हो? मैं एक दिन साथ जा सकती हूँ, दो दिन साथ जा सकती हूँ। कब तक साथ में जाऊँगी? आगे तो तुम्हें ही जाना पड़ेगा। तुम दोनों बहुत बहादुर हो। ऐसे गलिच्छ लोग बहुत डरपोक और खोखले होते हैं। तुम दोनों मिलकर उसका पक्का इलाज कर दो।" आई का ऐसा कहने पर हमें थोड़ी हिम्मत मिली। हाथ-मुँह धोकर हम आराम से खाना खाने बैठ गईं।

अगले दिन हमारे इरादे पक्के थे। सुबह नहा-धोकर, यूनीफॉर्म पहनकर, कसकर चोटियाँ बाँधीं। स्कूल का बस्ता कंधों पर लटकाया और निकल पड़ीं अपने मिशन पर। नजर सीधी, पक्का इरादा, स्क्वार्डन तैयार। मेन रोड से गली में घुसते ही महाशय ड्यूटी पर तैनात मिले। वही रोज की भद्दी-सी बुद-बुद-बुद-बुद, लेकिन आज हम तैयार थीं और वो लापरवाह। दोनों बहनों ने एक-दूसरे की आँखों में देखा। एक...दो...तीन...।

और एक साथ टूट पड़ीं उस राक्षस पर। अचानक हुए भारी हमले से वो सँभल नहीं सका। हमने दे दनादन, दे दनादन लातों-घूसों की बरसात कर दी। वो हमसे काफी बड़ा था। हम उसे शक्तिशाली समझते थे, लेकिन वो तो वाकई बहुत डरपोक और खोखला निकला। आई की बात बिल्कुल सच साबित हुई। उस दिन के बाद वो हमें कभी दिखाई नहीं दिया।

□

23

मेरी पहली विदेश यात्रा

उन्होंने एक चांस लिया और कहा कि वे बहुत दूर दूसरे देश में जा रहे हैं। इसलिए मुझे नहीं ले जा सकते। जब वहाँ से लौटेंगे, तब जरूर कहीं ले चलेंगे, लेकिन मुझे तो आज ही जाना था। मैं फिर उनके पीछे-पीछे चल दी। आखिरकार बाल हठ जीत गया। बाबा मुझे साथ में ले जाने के लिए राजी हो गए। हम ग्वालियर रेलवे स्टेशन आए ट्रेन में बैठे। ट्रेन में बैठकर बाबा ने बताया कि हम नेपाल जा रहे हैं।

बात तब की है जब मैं पाँचवीं या छठी कक्षा में रही हूँगी। छुट्टियों में आई (माँ) के साथ हम तीनों बहनें मामाजी के घर कुछ दिन रहने गई हुई थीं। मामाजी के घर रहना मुझे बहुत अच्छा लगता था। नानीजी, मौसी, और मामा—तीनों ही खूब लाड़ लड़ाते थे। हाँ, नानाजी का कड़क अनुशासन जरूर थोड़ा डरा देता था, लेकिन फिर भी बहुत मजा आता था। मामाजी ग्वालियर के भूरे बाबा की बस्ती, छत्री बाजार में रहते थे और हम भागवत साहब का बाड़ा, बाई साहब की परेड, लक्ष्मी गंज में। बिल्कुल पैदल का रास्ता था। वैसे भी तब पाँच-सात किमी. पैदल का रास्ता ही माना जाता था।

हम छुट्टियों में मामाजी के घर छुट्टियाँ बिताने आए हुए थे। एक दिन पता चला कि मामाजी अपने दोस्तों के साथ पिकनिक पर जा रहे हैं। मैं मामाजी के पीछे लग गई, "मुझे भी ले चलो, मुझे भी ले चलो। सब लोग कहीं-न-कहीं जा रहे हैं। बस मैं ही कहीं नहीं जा रही। आप भी पिकनिक मनाने जा रहे हो। मैं तो आपके साथ चलूँगी।" मामाजी मेरी जिद करने से परेशान हो गए। जिद्दी तो मैं शुरू से थी। जो

बात ठान लेती थी, फिर वो करके ही मानती थी। मेरे हठ की वजह से उन्हें निकलने में देर हो रही थी। उन्होंने बहुत समझाया कि वहाँ हम सब लड़के-लड़के जा रहे हैं। कोई बच्चा नहीं जा रहा। तुम क्या करोगी वहाँ? लेकिन मैं मानने को तैयार ही नहीं थी। तब मामाजी ने कहा कि तुम्हारे बाबा भी आज बाहर जानेवाले हैं। तुम उनके साथ चली जाओ। मुझे तो बाहर जाने से मतलब था। मैंने अपने दो फ्रॉक छोटे से झोले में ठूँसे और चल पड़ी बाई साहब की परेड लक्ष्मी गंज। उस समय पैरों की फुर्ती पी.टी. उषा को भी मात दे रही थी। कहीं ऐसा न हो कि मेरे पहुँचने से पहले बाबा चले जाएँ। इस आशंका ने तो पैरों में पर लगा दिए। एक गली, फिर भैंसवाला मोड़, फिर नाले का पुल, फिर चढ़ाव, फिर शिवजी का मंदिर, फिर संकरी गली, फिर चौड़ी सड़क और फिर फाइनली बाई साहब की परेड और भागवत साहब का बाड़ा आ ही गया। भागते-भागते पहुँच ही गई। हाँफने तक का समय नहीं था। बाड़े में आते ही बाईं ओर अपने घर में धड़धड़ाते हुई घुस गई। बाबा मुझे और मेरे इस अवतार में देखकर पहले तो आशंकित हुए। फिर कड़ककर पूछा, "तुम यहाँ कैसे? सब ठीक तो है न?"

मैंने सारी कहानी बिना साँस लिए जल्दी-जल्दी सुना दी और यह भी घोषणा कर दी कि मैं आपके साथ चलूँगी। बाबा ने कहा कि वे शहर से बाहर जा रहे हैं, इसलिए मुझे साथ में नहीं ले जा सकते। मुझे वापस मामाजी के यहाँ जाना होगा, लेकिन मैं कब माननेवाली थी? मैं तो अड़ ही गई। बाबा ने बहुत तरह से समझाया, लेकिन मुझे नहीं समझना था, सो नहीं समझी। बाबा ने अपने ब्रीफकेस में चार-पाँच जोड़ी कपड़े जमाए। मेरे साथ बाहर आए। दरवाजे को ताला लगाया। चाभी बाई (दादी) को दी और मुझे सख्ती से बोले कि अब तुम मामा के घर जाओ। मैंने रुँआसे मुँह से सिर हिला दिया। बाबा और मैं साथ-साथ मेन गेट से बाहर निकले। बाबा दाहिनी ओर डॉ. कमल किशोर के अस्पताल वाले रास्ते पर चल पड़े। मुझे मामाजी के घर के लिए बाईं ओर जाना था, लेकिन मैं बाबा के पीछे-पीछे चलती गई। हाथ में छोटा सा झोला और झोले में दो फ्रॉक, बस। बाबा बहुत जल्दी-जल्दी चल रहे थे और मैं उनके पीछे बिना आवाज किए लगभग दौड़ते हुए चली जा रही थी। बस, एक ही जिद थी कि आज कहीं न कहीं जाना है। मामाजी नहीं ले गए और बाबा भी नहीं ले जा रहे। नुक्कड़ पर बाबा की नजर थोड़ी पीछे घूमी तो मुझे देखकर आश्चर्यचकित हो गए। थोड़ा कड़ककर बोले कि वापस जाओ। पीछे-पीछे क्यों आ रही हो? जाओ वापस। मैं वापस जाने के लिए घूम गई, लेकिन जैसे ही बाबा आगे बढ़े, मैं फिर से उनके पीछे-पीछे चलने लगी। थोड़ी दूर कमानी पुल पर

फिर बाबा ने घूमकर पीछे देखा तो मैं पीछे-पीछे आती दिखी। अब वो समझ गए कि मैं वापस नहीं जानेवाली। तब भी उन्होंने एक चांस लिया और कहा कि वे बहुत दूर दूसरे देश में जा रहे हैं। इसलिए मुझे नहीं ले जा सकते। जब वहाँ से लौटेंगे, तब जरूर कहीं ले चलेंगे, लेकिन मुझे तो आज ही जाना था। मैं फिर उनके पीछे-पीछे चल दी। आखिरकार बाल हठ जीत गया। बाबा मुझे साथ में ले जाने के लिए राजी हो गए। हम ग्वालियर रेलवे स्टेशन आए ट्रेन में बैठे। ट्रेन में बैठकर बाबा ने बताया कि हम नेपाल जा रहे हैं। ट्रेन से पहले गोरखपुर जाएँगे, फिर वहाँ से नेपाल। मुझे इससे कोई मतलब नहीं था कि बाबा कहाँ जा रहे हैं। मुझे तो बस आज के दिन कहीं जाना था। ट्रेन में बैठे-बैठे मन-ही-मन मैं मामाजी को चिढ़ा रही थी कि तुम नहीं ले गए तो क्या हुआ, मैं अपने बाबा के साथ आ गई। टिल्ली लिल्ली, टिल्ली लिल्ली।

ट्रेन से अगले दिन शाम को हम गोरखपुर पहुँचे। वहाँ रात्रि विश्राम किया। सुबह गोरखनाथ जी का मठ देखा। बाई (दादी) से मछेंद्रनाथ और गोरखनाथजी की कहानी कई बार सुनी थी। इसलिए गोरखनाथजी का मठ घूमने में मजा आया। ढोलीबुआ महाराज से भी इनकी कथा सविस्तार सुन रखी थी।

अगले दिन एक बस में बैठकर नेपाल के लिए रवाना हुए। भारत-नेपाल बॉर्डर पर चैकिंग हुई। सारे यात्रियों को पहली बस में से उतारकर दूसरी बस में बिठाया गया, फिर पहाड़ी घुमावदार रास्ते से होते हुए बस पोखरा पहुँची। पोखरा में दाँत किटकिटा देनेवाली सर्दी थी और मेरे पास तो कोई ऊनी कपड़ा या स्वेटर भी नहीं था। जहाँ हम ठहरे थे, वहाँ से माउंट एवरेस्ट दिखाई दे रही थी। माउंट एवरेस्ट दुनिया की सबसे ऊँची चोटी है। इसके बारे में मैंने 'बाल भारती' के पाठ में पढ़ा था। मेरे उत्साह का ठिकाना नहीं था। जो पुस्तक में पढ़ा, उसे मैं देख रही हूँ। मुझे तो ये सब किसी 'खुल जा सिम-सिम' से कम नहीं लग रहा था। पहले गोरखनाथ मठ, फिर माउंट एवरेस्ट। बाबा भी अब मेरे जबरन साथ में आ जाने से गुस्सा नहीं थे। अगले दिन सुबह पोखरा से काठमांडू जाने के लिए बस में बैठे, फिर गोल-गोल घुमावदार रास्ते पर बस चल पड़ी। नेपाल में पहली बार मैंने छोटे-छोटे बच्चों को सिगरेट पीते हुए देखा। बहुत गरीब लोग देखे पोखरा से काठमांडू के रास्ते में। सारे लोग बदबू मारते हुए। कई-कई दिनों नहाना तो क्या, नहाने के बारे में सोचा तक नहीं हों जैसे। इतनी गरीबी मैंने पहली बार देखी। मन में लगा कि मैं बड़ी होकर कुछ ऐसा करूँगी कि कोई गरीब नहीं रहे। मैं प्रधानमंत्री बन जाऊँगी, क्योंकि प्रधानमंत्री सबकुछ कर सकता है। ठीक है, मैं प्रधानमंत्री ही बनूँगी।

अगले दिन हम काठमांडू पहुँचे। काठमांडू साफ-सुथरा शहर दिखा। यहाँ लोग भी उतने गरीब नहीं थे। बाबा और मैं बाबा के एक दोस्त के घर गए। वहीं ठहरे। दरअसल, मेरे बाबा डाक टिकट संग्रह का काम करते थे और इसी सिलसिले में नेपाल आए थे। पशुपति नाथजी के दर्शन किए। काठमांडू घूमा। चार-पाँच दिन काठमांडू रुके फिर वापस पोखरा, गोरखपुर होते हुए ग्वालियर आ गए। मुझे तो सबसे जल्दी थी मामाजी को आमने-सामने जीभ निकालकर चिढ़ाते हुए टिल्ली लिल्ली दिखाने की।

□

24
फरफंदो

अब तो वो मेरा पक्का भाई बन चुका था। अधिकारपूर्वक मेरे पीछे-पीछे नहीं, मेरे साथ-साथ चलने और मेरे कंधे पर हाथ रखने का उसे लाइसेंस मिल गया था जैसे। उसका हाथ कंधे पर आते ही ऐसा लगता था, जैसे किसी ने जिंदा छिपकली रख दी हो कंधे पर। मेरे चचेरे भाई भी तो थे, जिनके साथ मैं खूब खेलती थी। उन भाइयों के स्पर्श और इस नए बने भाई के स्पर्श में कोई साम्य नहीं था।

लड़की के बारह-तेरह वर्ष की आयु सीमा में प्रवेश करते ही भारतीय संस्कारवान समाज की आँखें गिद्ध हो जाती हैं। उसके नाखून चील की तरह पैने होकर अबोध नव-कलिका को नोंचते के लिए आतुर होने लगते हैं। घर और बाहर का कोई भेद नहीं रहता। घर के रिश्तेदारों में से भी कइयों की नजरों में चाशनी-सी घुलने लगती है और रिश्ते के पावित्र सागर में से शैतान सिर उठाने लगता है। बचपन की देहरी पर खड़ी होकर किशोरावस्था के खुले आँगन को देखकर अचंभित होती हुई वह अल्हड़ शीतल, मंद, सुगंधित हवा की ताजगी के स्पर्श से आनंदित होने को होती है कि तभी कोई लिजलिजा, लार टपकाता हुआ स्पर्श उसे भीतर तक सिहरा देता है। दुनिया का बिल्कुल नया और भयानक चेहरा धीरे-धीरे बेनकाब होने लगता है। वह किंकर्तव्यविमूढ़-सी सबकुछ देखती रहती है। महसूस करती रहती है, लेकिन किसी से कुछ भी नहीं कह पाती।

कक्षा आठ में थी तब मामा की गली में रहनेवाला एक लड़का किसी-न-किसी बहाने घर आने लगा। उसका आना पता नहीं क्यों मुझे कुछ अच्छा नहीं लगता

था, लेकिन आई-बाबा को उसने अपनी बातों से सम्मोहित-सा कर लिया था। मैं स्कूल जाती थी तो वो मेरे पीछे-पीछे आता था। इधर-उधर की बातें करता रहता था। उसका रोज-रोज पीछे-पीछे आना और बेमतलब बातें करना कुछ अजीब सा लगने लगा था। आई-बाबा के सामने तो संस्कारितों की तरह रहता था, लेकिन मेरे पीछे-पीछे आते हुए उसकी हरकतें कुछ अजीब सी होने लगती थीं। मैं मन-ही-मन स्कूल जाने से घबराने लगी, पर स्कूल तो जाना ही होता था। छत्री मैदान आते ही मेरे पैरों की गति बढ़ जाती थी। ऐसा लगता था कि जल्दी से स्कूल के गेट के अंदर चली जाऊँ और आज उसकी घिनौनी शक्ल देखने से बच जाऊँ, लेकिन अचानक पता नहीं कहाँ से वो राक्षस की तरह आ ही जाता था और मैं धस्स-सी रह जाती थी, फिर वही लिजलिजाहट भरी बातें। शी···

एक दिन मैंने हिम्मत करके पूछ ही लिया, "क्यों आते हो रोज मेरे पीछे-पीछे? मैं आई को बता दूँगी।"

वो बहुत रुँआसा होकर बोला, "क्या बताओगी? मेरी कोई बहन नहीं है। मैं तुम्हें अपनी बहन मानता हूँ। बहन के साथ-साथ चलना क्या बुरा है? रक्षाबंधन आनेवाला है। तुम मुझे राखी बाँधना, फिर हम पक्के बहन-भाई बन जाएँगे।" मैं भाई-बहन के इस अजीब रिश्ते को समझ नहीं पाई। उसने घर आकर आई-बाबा के सामने ऐसा इमोशनल ड्रामा किया कि रक्षाबंधन वाले दिन आई मुझे उसके घर उसे राखी बाँधने के लिए ले गई। दरअसल, उसके पूरे परिवार से हम सभी लोग परिचित थे। उसकी आई ने भी मेरी आई से राखी बाँधने के बारे में कहा था। हो सकता है, उसने उसके घर भी इमोशनल ड्रामा किया हो।

मेरा तो दिमाग सुन्न हो गया था। वैसे भी दिमाग था ही कितना? जितना भी था, वो अभी बच्चा ही तो था आखिर। खैर, राखी बाँध दी। अब तो वो मेरा पक्का भाई बन चुका था। अब तो अधिकारपूर्वक मेरे पीछे-पीछे नहीं, मेरे साथ-साथ चलने और मेरे कंधे पर हाथ रखने का उसे लाइसेंस मिल गया था जैसे। उसका हाथ कंधे पर आते ही ऐसा लगता था, जैसे किसी ने जिंदा छिपकली रख दी हो कंधे पर। मेरे

चचेरे भाई भी तो थे, जिनके साथ मैं खूब खेलती थी। उन भाइयों के स्पर्श और इस नए बने भाई के स्पर्श में कोई साम्य नहीं था। इस जबरन बने भाई का छूना तो सौ बिच्छुओं के डंक मारने जैसा विषैला लगता था, लेकिन कहती तो किससे कहती? बाबा तो मुझे वैसे भी 'फरफंदो' कहते थे। कुछ-न-कुछ फसाद जो करती रहती थी और आई स्वयं राखी बँधवाने के लिए लेकर गई थी। उसके आई-बाबा और भाई सब अच्छे थे, लेकिन ये? मुझे स्कूल जाने के नाम पर बुखार आने लगा। कभी पेट दर्द होने लगा, कभी सिरदर्द, लेकिन ये बहाने कब तक चलते?

एक बार शाम को मैं सहेलियों के साथ लेडीज पार्क के पास बनी व्यायामशाला में खेलने जा रही थी। तभी रास्ते में वो राक्षस आ गया। आज तो हद हो गई। उसने मेरा हाथ जोर से पकड़ा और बाकी लड़कियों को कड़ककर कहा, "तुम लोग जाओ। ये आज मेरे साथ जाएगी।"

उसके ऐसा कहते ही मेरी तो ऊपर की साँस ऊपर और नीचे की साँस नीचे। सकपकाहट का बड़ा सा गोला गले में अटक गया जैसे। मैं पूरी ताकत से चीखना चाहती थी, लेकिन कंठ से आवाज ही न निकले। हाथ-पाँव और दिमाग सुन्न हो गए। तभी अप्रत्याशित रूप से न जाने क्यों मेरी सारी सहेलियाँ एकदम उस पर टूट पड़ीं। किसी ने उसके बाल पकड़कर खींचे, किसी ने हाथ पकड़कर मरोड़ा, किसी ने शर्ट फाड़ दी। अचानक हुए इस आक्रमण से वह घबरा गया। किसी तरह पिट-पिटाकर भाग गया। मेरी सहेलियों ने बताया कि वो उन्हें भी बहुत परेशान करता था। मामा के घर जाकर ये पूरी घटना मैंने मामा को बताई। मामा ने उसके आई-बाबा को कड़ाईपूर्वक हड़काया और उसे मुझसे दूर रहने की हिदायत दी। मुहल्ले भर के लोग इकट्ठे हो गए। खूब हंगामा हुआ।

ये सब कांड चल ही रहा था, तभी घर से बाबा भी आ गए। आते ही मुझे देखकर बोले, "फरफंदो…।"

□

25
संजू मौसी की शादी

संजू मौसी की शादी में पंद्रह दिन पहले से सारी मौसियाँ और उनके बच्चे मामा के घर इकट्ठे हो गए थे। उस दौरान सब बच्चों की गरमियों की छुट्टियाँ थीं। वैसे भी तब पढ़ाई का कोई खास टेंशन नहीं रहता था। दिन में दो घंटे पढ़ो और सारा दिन खेलो। उस पर तब तो छुट्टियाँ चल रही थीं, फिर क्या कहना। सुबह से रात तक धमाल, धमाल सिर्फ धमाल।

संजू मौसी की शादी हमारे लिए नए मॉडर्न युग का आगाज थी। आई (माँ) की चारों बहनों में सबसे छोटी और सबकी लाड़ली है संजू मौसी। छोटी इतनी कि सबसे बड़ी मौसी और दूसरे नंबर की मौसी की पहली संतानों से एकाध साल ही बड़ी है, यानी मौसी और भानजी बराबर। उस समय यह अजूबा नहीं था। कई परिवारों में तो मामा आयु में भानजे से छोटा होता था। माँ-बेटी साथ-साथ गर्भ संस्कार का अनुभव लेती थीं। क्या करतीं बेचारी? गर्भनिरोध के साधन जो नहीं थे। छोटी उम्र में शादी हो जाती थी। शादी के बाद बच्चे पैदा करने की फैक्टरी चालू। हर साल नया मेहमान पालने में झूलने को तैयार। खैर!

संजू मौसी की शादी धनवान मॉडर्न परिवार में तय हुई थी। होनेवाले मौसाजी मायानगरी मुंबई में जॉब करते थे। यूँ तो पूरा परिवार नाग मंदिर के पास छत्री बाजार में ही रहता था, लेकिन हमारे लिए नए संसार के द्वार खोलता था। नए परिवार से रिश्ता जुड़ा तो नई रीति-नीति के साथ नए आधुनिक शब्दों से भी परिचय हुआ। ये 'जॉब' शब्द भी हमारे लिए नया था। अभी तक जितने भी परिचित लोग थे, वो सभी नौकरी करते थे, सरकारी नौकरी। कोई स्कूल में अध्यापक था तो कोई सरकारी

कार्यालय में लिपिक और अधिकारी। पहली बार प्राइवेट जॉब का कांसेप्ट पता चला। 'सॉरी', 'थैंक्यू', 'एक्सक्यूज मी', जैसे शब्द तो बिल्कुल ही नए थे हमारे लिए। हम तो किसी को पटक देने पर भी सॉरी नहीं बोलते थे और ये नए मौसाजी के परिवारवाले छींकने पर 'सॉरी', खाँसने पर 'सॉरी', जरा जोर से बोल दिया तो 'सॉरी'। पानी का गिलास हाथ में पकड़ाया तो 'थैंक्यू'। इसके-उसके सबके लिए 'थैंक्यू'। 'एक्सक्यूज मी' तो जैसे उन सबको कंठसिद्ध था। बैठे तो 'एक्सक्यूज मी', खड़े हुए तो 'एक्सक्यूज मी'। हमारे लिए सबकुछ नया और अजूबा था। बंबई हमारे लिए फिल्मवालों तक ही सीमित थी। ऐसा लगता था, कोई बंबई में रहता है तो वो रोज अमिताभ बच्चन, धर्मेंद्र से मिलता होगा। रेखा और हेमा मालिनी तो ऑफिस आते-जाते में टकरा जाती होंगी। नए मौसाजी सारे हीरो-हीरोइनों को जानते होंगे, बल्कि सारे हीरो-हीरोइन तक नए मौसाजी से परिचित होंगे। वैसे, नए मौसाजी भी किसी हीरो से कम नहीं थे हमारे लिए।

संजू मौसी की शादी में पंद्रह दिन पहले से सारी मौसियाँ और उनके बच्चे मामा के घर इकट्ठे हो गए थे। उस दौरान सब बच्चों की गरमियों की छुट्टियाँ थीं। वैसे भी तब पढ़ाई का कोई खास टेंशन नहीं रहता था। दिन में दो घंटे पढ़ो और सारा दिन खेलो। उस पर तब तो छुट्टियाँ चल रही थीं, फिर क्या कहना? सुबह से रात तक धमाल, धमाल सिर्फ धमाल। ताश, किल-किल काँटे, छिया छौत, पकड़म-पकड़ाई, गिप्पा, सितौलिया, चोर-सिपाही, अष्टा चंगा पै। रात में अंत्याक्षरी चलती थी। हँसी-ठट्ठा, लड़ाई-झगड़ा, खेल-तमाशा, रूठना-मनाना—फुल मस्ती।

शादी यूँ तो पारंपरिक रीति से ही हुई, लेकिन इसी शादी में शादी की फिल्म बनते हुए पहली बार देखी। मौसाजी के बड़े भाई साहब एक बड़ा सा वीडियो कैमरा लिए हुए पूरी शादी रिकॉर्ड कर रहे थे। हम बच्चे कौतुहलवश फिल्म में अपना चेहरा देखने के लालच में बार-बार उनके सामने आ जाते थे। शादी सादे तरीके से ही हुई। हम मौसाजी के एक-एक व्यवहार का माइन्यूट ऑब्जर्वेशन करते रहे। मौसाजी के प्रत्येक क्रियाकलाप में एक अलग अदा थी। बहुत धीरे बोलना, मुँह बंद करके खाना, धीरे से छींकना, धीरे से खाँसना, बात-बात पर 'सॉरी', 'थैंक्यू', 'एक्सक्यूज मी' जैसे एटीकेट्स भरे शब्दों का प्रयोग करना आदि। संजू मौसी तो बहुत खुश थी। वैसे भी संजू मौसी सबकी लाड़ली थी और अब तो उनकी शादी भी धनिक आधुनिक परिवार में हो रही थी, फिर तो बल्ले-बल्ले।

शादी के दस-बारह दिनों बाद नए मौसाजी के घर सबको शादी की फिल्म देखने के लिए आमंत्रित किया गया। हम अच्छे से तैयार होकर नाग मंदिर छत्री

बाजार स्थित उनके घर पहुँचे। घर से चलते समय पक्का तय करके गए थे कि वहाँ न जोर से बोलना है, न आवाज करके चलना है। यहाँ तक कि कुछ खाने-पीने को दिया जाए तो मुँह खोलकर न खाना है, न पीना है। छींक आए तो रोक लेना, खाँसी आए तो चबा जाना। उनके तौर-तरीकों के अनुसार रहना। सच कहती हूँ, जितनी देर हम वहाँ रहे, हमारा दम घुटता रहा। ऐसा लगा, जैसे किसी ने सोने के पिंजरे में कैद कर दिया हो। एक बात बहुत अच्छी थी कि उन सबका व्यवहार बड़ों-छोटों सभी से बहुत अपनत्वभरा था। यह बात और थी कि हमें उतने अच्छे व्यवहार की आदत नहीं थी।

नए मौसाजी के घर बहुत सी चीजें पहली बार देखीं, मसलन फ्रिज। जब पानी से भरे गिलासों में छोटे-छोटे चौकोर टुकड़ों में नाचती-कूदती बर्फ देखी तो आश्चर्य का ठिकाना नहीं रहा। हमारे यहाँ तो किसी विशेष मेहमान के आने पर चोखट्टे से सिल्लीवाली बर्फ मँगवाई जाती थी। उस बर्फ को जूट की बोरी में भरकर बेलन या सिल से कूटकर छोटे-छोटे टुकड़े किए जाते, लेकिन वो टुकड़े टेढ़े-मेढ़े होते थे, एकसार चौकोर नहीं। काँच के सुंदर गिलासों में ठंडे पानी पर तैरती छोटी-छोटी चौकोर बर्फ ऐसे लग रही थी, जैसे छोटी-छोटी बच्चियाँ लय-ताल के साथ रंगमंच पर कत्थक नृत्य कर रही हों। यहाँ सबकुछ सिस्टेमेटिक था। दरवाजों पर परदे लगे थे, परदों में छोटे-छोटे घुँघरू लटके थे। हवा से परदे हिलने पर घुँघरुओं की मधुर ध्वनि गूँजती थी। हमारे यहाँ तब तक परदों का रिवाज नहीं था। खुल्ला खेल फर्रुखाबादी था अपना।

घर में भी चप्पल पहनते थे नए मौसाजी के घर के लोग। बाहर के जूते अलग, बाहर की चप्पल अलग, घर की हवाई चप्पल अलग, शौचालय की चप्पल अलग। बाप रे! कितना ताम-झाम था? 'कंप्यूटर' शब्द से भी पहली बार परिचय हुआ उस दौरान। नए मौसाजी सॉफ्टवेयर इंजीनियर जो थे। कंप्यूटर कभी देखा नहीं था हमने। तरह-तरह की कल्पनाएँ थीं। कंप्यूटर सारे काम झट-पट कर देता है। बूढ़े को जवान और जवान को बूढ़ा बना देता है। कंप्यूटर के सामने खड़े होकर जो माँगो, वो तुरंत प्राप्त हो जाता है। कंप्यूटर मन की बात जान लेता है आदि-आदि।

आज हम सब बड़े हो गए हैं। हम क्या हमारे बच्चे भी बड़े हो गए हैं, लेकिन अब भी सब लोग जब किसी समारोह में मिलते हैं तो संजू मौसी की शादी की चर्चा करना नहीं भूलते। यह अलग बात है कि तब नए मौसाजी उत्सुकता का विषय थे और अब वो भी हमारी टोली में शामिल हो गए हैं।

□

26
सिनेमा दर्शन

अगले दिन सुबह से ही तैयारी रहती। उत्साह, उमंग, जोश जोरों पर। प्रत्येक कार्य जल्दी-जल्दी स्फूर्ति से होता। सिनेमा के पाँच शो चलते थे तब—नौ से बारह, बारह से तीन, तीन से छह, छह से नौ और नौ से बारह। हम ज्यादातर तीन से छह वाले शो में जाते थे। सुबह नाश्ता करने का प्रचलन नहीं था। ग्यारह-बारह बजे तक डायरेक्ट खाना ही खाया जाता था। जिस दिन पिक्चर देखने जाना होता, उस दिन तो दस बजे ही खाना खा लेते थे कि कहीं खाने के चक्कर में देर न हो जाए।

बात बचपन की है। आज की तरह मनोरंजन के साधन नहीं थे तब। आपस में बातें करना, शाम को किस्से-कहानियाँ सुनना-सुनाना सबसे प्रचलित मनोरंजन था। इसमें हींग लगे न फिटकरी और रंग चोखा। जब-तब लड़ाई-झगड़ा करते रहना भी मनोरंजन की श्रेणी में आता था। अड़ोस-पड़ोस से लेकर मुहल्ले भर की खोज-खबर रखना भी अनेक लोगों के मनोरंजन का प्रमुख साधन था। इसमें एक भी दमड़ी खर्च नहीं होती थी। हाँ, समय लगता था और समय सबके पास भरपूर मात्रा में था ही। मनोरंजन करने की अधिक ही हुड़क उठी तो साल-छह महीने में एक पिक्चर (फिल्म) देख ली। सात-आठ सिनेमा हॉल थे ग्वालियर में। कुछ साधारण और कुछ एयर कूल्ड। साधारण सिनेमाघरों में बिजली के पंखे थे, जिनमें से आधे चलते थे, आधे प्रदर्शन की वस्तु होते थे। बंद पंखों को कम्पंसेट करने के लिए मच्छर और खटमलों की अतिरिक्त व्यवस्था रहती थी। एयर कूल्ड सिनेमाघरों में बड़े-बड़े कूलर लगे होते थे। सिनेमाघरों की बैठक व्यवस्था के पाँच

क्लास थे—फर्स्ट क्लास, सेकंड क्लास, थर्ड क्लास, बालकनी और बॉक्स। हॉल में सबसे पीछे की सीटें फर्स्ट क्लास, उसके पहले की सेकंड क्लास, सेकंड क्लास से पहलेवाली स्क्रीन के बिल्कुल पासवाली थर्ड क्लास। फर्स्ट क्लास का टिकिट एक रुपया साठ पैसे का आता था। हम फर्स्ट क्लास में बैठते थे। तब के लोग इंवेस्टमेंट की पाई- पाई वसूलने में माहिर थे। आप पूछेंगे कैसे ? मैं बताती हूँ—ऐसे।

किसी शाम पहले पिक्चर देखने जाने का प्रोग्राम बनाया जाता था। हम बच्चे बाबा से चेंट जाते थे और बताते थे कि कितनी अच्छी पिक्चर लगी है। बाबा पहले न सुनने का अभिनय करते, लेकिन हम भी टारगेट ओरिएंटेड बच्चे थे। अपनी बात मनवाने के लिए तरह-तरह के तर्क देते, जैसे सारे पड़ोसियों ने देख ली ये पिक्चर। सारी सहेलियों ने भी देख ली। पूरे मुहल्ले ने देख ली। केवल हमने ही नहीं देखी। बाबा कहते, "नहीं देखी तो क्या ? परीक्षा शुरू होनेवाली है। पढ़ाई पर ध्यान दो।" हम बच्चे अपना-अपना बस्ता लाकर बाबा को सारी कॉपी पुस्तकें दिखाते और एक-एक कॉपी खोलकर बताते कि सारा काम पूरा है। आगे भी काम पूरा मिलेगा। अब तो ले चलो पिक्चर देखने। बाबा गंभीर मुख मुद्रा बनाकर चुप हो जाते। हम उनके चेहरे की ओर टकटकी लगाए ऐसे देखते, जैसे कोई भिखारी भीख माँगते समय अपने टारगेट को आशाभरी दृष्टि से देखता है। हम ललचाई नजरों से बाबा की ओर देखते रहते और बाबा गंभीर बने रहते। जब पाँच-दस मिनट बाबा कुछ नहीं बोलते, तब हमारे धैर्य का बाँध टूटने लगता। हम उनको जोर-जोर से हिलाते, चेहरे पर अतिरिक्त मासूमियत लाकर उनसे अनुनय-विनय करते। तब कहीं जाकर बाबा होंठ खोलते और बोलते, "अच्छा ठीक है। तुम लोग कह रहे हो तो चलेंगे।" बाबा के हामी भरने पर तो हमारी खुशी का ठिकाना नहीं रहता। फिर तो बाबा जो भी कहते, हम करने को तत्पर रहते। कुछ बातें तो उनके कहे बिना उत्साहातिरेक में कर देते। मसलन, पिक्चर देखने जाने की हामी भरते ही कोई बाबा के लिए नए मटके का ठंडा पानी लाता, तो कोई उनके पैर दबाने लगता, कोई जल्दी-जल्दी बस्ता

समेटता, जैसे अभी तत्काल ही सिनेमा घर की ओर प्रस्थान करना है। बाबा मंद-मंद मुसकराते हुए सारे कौतुक देखते रहते, फिर कहते, "अखबार लाओ। पहले अखबार में पिक्चर की समीक्षा पढ़ेंगे, फिर तय करेंगे कि कौन सी पिक्चर देखनी है?" उनके इस अड़ंगे से हमें बाजी खिसकती हुई लगती, लेकिन हम चुपचाप उन्हें अखबार लाकर दे देते। वो धीरे-धीरे अखबार खोलते। पहला पेज पढ़ते, धीरे से पेज पलटते, फिर दूसरे पेज के समाचार पढ़ने लगते। तब तक हमारा धैर्य जवाब दे जाता। व्याकुलता चरम पर पहुँच जाती, लेकिन बाबा का चेहरा देखते हुए चुपचाप बैठे रहने के अतिरिक्त अन्य कोई विकल्प भी नहीं होता। सो, उद्विग्नमन अपनी उत्सुकता को काबू कर बाबा के सामने उनका मुँह ताकते बैठे रहते। बाबा अखबार का एक पेज और पलटते। पेज पलटते ही हमारा धैर्य जवाब दे जाता। कोई-न-कोई कह ही देता, "बाबा, जल्दी देखो न, अखबार में पिक्चर के बारे में क्या लिखा है?" बाबा नाक के नीचे खिसक आए चश्मे में से आँखें ऊपर करके ऐसे कड़क नजरों से देखते कि हमारी सिट्टी-पिट्टी गुम हो जाती। हम मुँह पर उँगली रखकर 'शूँ-शूँ' करते हुए चुप हो जाते। 'सॉरी' आदि कहने का तब रिवाज नहीं था, इसलिए औपचारिक रूप से 'सॉरी' तो नहीं बोलते थे, लेकिन हमारे हाव-भाव से कितनी ही सॉरियाँ टपककर बाबा के आसपास हाथ जोड़कर घूमने लगतीं। बरसों की प्रतीक्षा के पश्चात् वो घड़ी आती, जिसके लिए अनेकानेक ऋषि-मुनियों ने घनघोर तपस्या की होगी। बाबा अखबार समेटकर रखते हुए कहते, "ठीक है, परसों चलेंगे।" हम बच्चे सकते में आ जाते, "परसों? परसों तक ये फिल्म चलती रहेगी, इसका क्या भरोसा?" हम जिद करते—"बाबा, कल ही चलो-कल चलो। परसों कहीं देर न हो जाए।" हमसे मान-मनौव्वल करवाकर बाबा कल चलने के लिए मान जाते और हम बच्चे पहली रात से ही पिक्चर देखने जाने का कार्यक्रम तय होने की खुशी में फूले नहीं समाते। ये थी एक रुपया साठ पैसे फर्स्ट क्लास टिकट की पैसे वसूली की पहली किस्त।

अगले दिन सुबह से ही तैयारी रहती। उत्साह, उमंग, जोश जोरों पर। प्रत्येक कार्य जल्दी-जल्दी स्फूर्ति से होता। सिनेमा के पाँच शो चलते थे तब—नौ से बारह, बारह से तीन, तीन से छह, छह से नौ और नौ से बारह। हम ज्यादातर तीन से छह वाले शो में जाते थे। सुबह नाश्ता करने का प्रचलन नहीं था। ग्यारह-बारह बजे तक डायरेक्ट खाना ही खाया जाता था। जिस दिन पिक्चर देखने जाना होता, उस दिन तो दस बजे ही खाना खा लेते थे कि कहीं खाने के चक्कर में देर न हो जाए। बारह-साढ़े बारह तक तो कपड़े बदलकर जूते-मोजे ठाँसकर एकदम रेडी रहते थे। तीन बजे के शो के लिए दो बजे घर से निकलना होता था। ऑनलाइन टिकट बुकिंग भविष्य

का फंडा था। तब तो बाकायदा लाइन में लगकर टिकिट लिए जाते थे। बाबा दोपहर का खाना खाकर सो जाते थे और हमारे प्राण कंठ में अटक जाते थे। एक से सवा बजा, सवा से डेढ़, डेढ़ से पौने दो। पौने दो बजने पर तो हम आकुल-व्याकुल हो उठते थे। कोई एक बच्चा बड़ी हिम्मत करके धीरे से बाबा को जगाता। बाबा आँखें खोलते और अनभिज्ञ से पूछते, "क्या हुआ?" हम धीरे से बताते, "पौने दो बज गए हैं। पिक्चर देखने जाना है न आज?" वे उठते और कहते, "पहले क्यों नहीं जगाया। अब तो देर हो गई। कार्यक्रम कैंसिल।" 'कैंसिल' सुनते ही हम सब पिक्चर पिपासू बालक भोकाड़ा पसार देते। ये क्या बात हुई? हमारा भोकाड़ा सुनकर बाबा कहते, "अच्छा चुप हो जाओ, चलते हैं, लेकिन टिकट नहीं मिले तो रोना मत।" हम झटपट आँसू पोंछकर घर के दरवाजे पर पहुँच जाते। ये होती एक रुपए साठ पैसे की दूसरी किस्त वसूली।

रिक्शा, साइकिल, स्कूटर की कोई आवश्यकता नहीं होती थी तब। पिक्चर देखने जानेवालों के पैरों में गजब की फुर्ती आ जाती थी। उनकी चाल हवा से बातें करने लगती थी और उमंग आसमान पर होती थी। ग्यारह नंबर की गाड़ी इतनी तेज चलती कि बड़ी-बड़ी सुपरफास्ट ट्रेनें भी उनके मुकाबले पीछे रह जाएँ । तीन-चार किमी. 30 मिनट में पार हो जाता था। सिनेमाघर पहुँचते ही सबसे पहले लाइन में आगे-आगे लगने की होड़ लग जाती थी। लाइन लंबी होती थी, लेकिन लंबी लाइन के बीच में घुसकर कैसे जल्दी टिकट लिया जाए, इसकी प्रैक्टिस थी हमें। बच्चे जो ठहरे। बड़ों के बीच में से निकलकर ऐन खिड़की पर खड़े हो जाते थे और फटाफट टिकट ले लेते थे। टिकट मिलते ही ऐसा लगता था, जैसे रावण पर विजय प्राप्त कर सोने की लंका कब्जा ली हो। घर से लेकर सिनेमा हॉल तक देखी जानेवाली पिक्चर की बातें करते हुए तेज-तेज चलते लाइन के बीच में घुसकर टिकट प्राप्त करने तक एक रुपए साठ पैसे की तीसरी किस्त वसूल हो जाती थी।

तब कुरसियों पर सीट नंबर नहीं होते थे। चौथी किस्त के लिए सिनेमा हॉल में फर्स्ट क्लास सीटों पर अच्छी वाली सीट ढूँढ़कर बैठने और पूरी फिल्म देखने तक की होती। फिल्म के बीच में एक-दो बार लाइट जाना आम बात थी। लाइट जाते ही सीटियाँ बजने लगतीं। यह उस समय सिनेमा प्रपंच का कंपलसरी फीचर था। इसमें फिल्म देखने से कम आनंद नहीं आता था। परदे पर जब हीरोइन नाचती थी, तब थर्ड क्लास में बैठे हुए दर्शक अपनी खुशी जाहिर करने के लिए सिक्के फेंकते थे। फिल्म देखने के बाद सिनेमा घर से बाहर निकलकर घर पहुँचने तक देखी हुई फिल्म की बातें होती थी। वैसे, बातें तो महीने भर तक होती थीं। एक रुपए साठ पैसे

में सिनेमा हॉल में फिल्म देखते थे। रात को बिस्तर में पहुँचकर नींद की आगोश में कई–कई दिनों तक फिल्म की रील ज्यों-की-त्यों चलती रहती थी। एक बार एक रुपए साठ पैसे खर्च कर अनेक बार फिल्म देखने का आनंद लेते हुए पता नहीं कितनी किस्तें वसूल हो जाती थीं।

बात यहीं तक नहीं रहती थी। अगले दिन शान से फिल्म की स्टोरी विद म्यूजिक सुनाई जाती थी। एक-एक डायलॉग मय आरोह-अवरोह के ऐसे सुनाया जाता कि सुननेवाले और सुनानेवाले, दोनों की आँखों के सामने दृश्य साकार हो उठते। जब रेडियो सीलोन पर 'बिनाका गीतमाला' में देखी हुई फिल्म का गाना किसी पायदान पर आता तब गाने का सीन जीवंत हो जाता। एक फिल्म में इतनी सारी फिल्में देखने का रोमांच छिपा होता था तब। आज की मल्टीप्लेक्सजीवी पीढ़ी क्या जाने? एक रुपए साठ पैसे में खरीदे गए आनंद की एक-एक बूँद को निचोड़कर उसे अमृत बनाना जानते थे हम।

□

27

कलई खुल गई

पहले स्टील के बरतन नहीं थे। लोहे, पीतल, ताँबे और काँसे के बरतन थे। खाना मिट्टी के चूल्हे पर बनता था। ईंधन के रूप में लकड़ी और गोबर के कंडों का इस्तेमाल अधिक होता था। चूल्हे पर बरतन काले हो जाते थे। जूट के मूँझे से राख द्वारा बरतन माँझे जाते। वैसे, हमारे घर के सारे बरतन सदैव चमचमाते रहते थे, फिर भी दो-तीन महीने में कलईवाले को बुलाया जाता। कलईवाला आँगन में अपनी फैक्टरी-सी लगा लेता। मैं कलईवाले के प्रत्येक क्रियाकलाप को सूक्ष्मदर्शी दृष्टि द्वारा देखती थी।

चमचमाते हुए स्टील के बरतनों को टोकरी से उठाकर रैक में रख रही थी—भगौने, कटोरियाँ, गिलास, चम्मचें। लकदक करती बड़ी प्लेट में अपना प्रतिबिंब देखा तो देखती ही चली गई। प्रतिबिंब जूम और जूम और जूम होता चला गया। जूम के अंतिम स्तर पर उभरा भागवत साहब का बाड़ा, बाई साहब की परेड, लश्कर ग्वालियर का घर-आँगन। आँगन में कलईवाला बैठा सुलगे हुए कोयलों को पंप के द्वारा धधकाने का उपक्रम कर रहा था। आई, काकू, बाई, आत्या—सब पीतल के बड़े-बड़े भगौनों, कढ़ाइयों, कटोरियों, गिलासों आदि को रसोई घर के पाटोर से निकालकर कलईवाले के सामने रख रही थीं। बड़े लोगों के साथ कुछ छोटे बच्चे भी थे, जो छोटे-छोटे बरतन लाकर रखने का काम उत्साहपूर्वक कर रहे थे। दृश्य को और जूम करके देखा तो हैरान रह गई! उन बच्चों की टोली में एक साँवली-सी, चुलबुली-सी, फूलों

के प्रिंटवाला फ्रॉक पहने लड़की भाग-भागकर रसोई से बरतन ला-लाकर कलईवाले के सामने रख रही थी। जरा और ध्यान से देखा तो आश्चर्य का ठिकाना नहीं रहा। अरे! यह तो मैं थी!

पहले स्टील के बरतन नहीं थे। लोहे, पीतल, ताँबे और काँसे के बरतन थे। खाना मिट्टी के चूल्हे पर बनता था। ईंधन के रूप में लकड़ी और गोबर के कंडों का इस्तेमाल अधिक होता था। चूल्हे पर बरतन काले हो जाते थे। जूट के मूँझे से राख द्वारा बरतन माँझे जाते। वैसे, हमारे घर के सारे बरतन सदैव चमचमाते रहते थे, फिर भी दो-तीन महीने में कलईवाले को बुलाया जाता। कलईवाला आँगन में अपनी फैक्टरी-सी लगा लेता। मैं कलई वाले के प्रत्येक क्रियाकलाप को सूक्ष्मदर्शी दृष्टि द्वारा देखती थी।

कलईवाला सर्वप्रथम अपने झोले में से धौंकनीवाला पंप निकालकर समतल स्थान पर जमा देता। पंप के एक सिरे पर पाइप और दूसरे सिरे पर पंखा होता। पंखे को हाथ के हैंडिल से घुमाया जाता। कलईवाला पंप के पाइपवाले सिरे पर झोली में से निकालकर दस-बारह कोयले रख देता। अखबार के पेज को मोड़-तोड़कर इकट्ठा करके पुंगी-सी बना लेता, फिर माचिस की डिब्बी में से दियासलाई निकालता। दियासलाई के मसाला लगे हुए काले हिस्से को डिब्बी के ढक्कन पर जोर से घिसता और दियासलाई जल जाती। जली हुई दियासलाई से अखबार की पुंगी में आग लगाकर एक हाथ से पुंगी को पंप के पाइप के ऊपर जमे हुए कोयलों के नीचे रखकर कोयले सुलगाने का उपक्रम करता और दूसरे हाथ से पंप के पंखेवाले सिरे पर लगे हैंडिल को तेजी से गोल-गोल घुमाकर कोयलों पर हवा फेंकता। कोयलों को धधकाने के लिए उसके दोनों हाथों के संचालन का फुर्तीला

सामंजस्य इतना तल्लीनता भरा होता, जितना चाँद की रोशनी में सूई में धागा पिरोते समय किसी का होता है। थोड़ी ही देर के प्रयत्न से अंगारे धधकने लगते। धधके हुए अंगारे मुझे चढ़ते और डूबते सूरज जैसे लगते। बिल्कुल वो ही रंग लाल-पीला-केसरिया-सा।

कलईवाला अपने काम में इतना मगन रहता कि उस समय उसे न गरमी लगती, न प्यास। बस, एक हाथ से कोयले उलटता-पलटता जाता और दूसरे हाथ से पंप के हैंडल को तेजी से गोल-गोल घुमाकर कोयलों पर हवा फेंकता रहता। जब कोयले पूरी तरह धधकने लगते, तब अपनी झोली में से चाँदी-सा चमचमाता एक चपटा-पतला तार निकालकर पास में रख लेता। बड़ी सी सँड़सी से एक बड़ा भगौना उठाता और उलटा करके इस तरह धधकते अंगारों पर रखता कि भगौने का गहराईवाला हिस्सा अंगारों की ओर रहे। एक हाथ में सँड़सी से भगौना पकड़े रहता और दूसरे हाथ से पंप का हैंडल घुमाता रहता। जब भगौना तपकर बिल्कुल लाल हो जाता, तब भगौने के अंदर के गहराईवाले हिस्से पर चाँदी जैसे चमकते चपटे तार को फेरता। तार फटाफट पिघल जाता, फिर कपड़े की छोटी सी पोटली को अपनी मुट्ठी में पकड़कर पिघले हुए तार की चाँदी भगौने के भीतर पूरी तरह फैलाकर एकसार कर देता। भगौना बिल्कुल चाँदी-चाँदी हो जाता और मैं तालियाँ बजाती हुई नाचने-कूदने लगती। कलईवाला ऐसे ही थालियाँ, कटोरियाँ, गिलास अंदर से चाँदी-से चमका देता।

दो-ढाई घंटे का समय कलईवाले को सारे बरतनों को कलई करने में लग जाते। इन दो-ढाई घंटों में वो दीन-दुनिया से बेखबर केवल और केवल बरतन, पंप और अंगारे ही देखता। जब सारे बरतन कलई हो जाते, तब एक बार अवश्य पूछ लेता कि कोई बरतन रह तो नहीं गया? रह गया हो तो अभी दे दो। एक बार मैं उठ गया, तो दुबारा नहीं बैठूँगा। हम दुबारा रसोई और दालान में देख आते। कभी एकाध बरतन निकलता, कभी नहीं। सारा काम हो जाने की आश्वस्ति पाकर वो अपने सिर पर बँधे अँगोछे को खोलकर माथे का पसीना पोंछते हुए उठ जाता। उठकर अपना पंप सरकाकर एक तरफ करता। तब तक एक बाल्टी पानी और लोटा उसके सामने रख दिया जाता। लोटे में पानी भरकर कलईवाला हाथ, पाँव, मुँह अच्छे से धोकर, अंगोछे से पोंछ कर बीड़ी सुलगाकर मजे से उकड़ूँ बैठकर बीड़ी पीने लगता। उतनी देर में चीनी मिट्टी के कप-प्लेट में चाय उस तक पहुँचाई जाती। अंतिम कश तक बीड़ी का धुआँ खींचकर वो जल्दी-जल्दी चाय सुड़कने लगता। चाय पीकर अपना तय मेहनताना लेकर ताम-झाम समेटकर दुआएँ देता और चल देता।

एक बार गरमियों की दोपहरी में खस की टट्टी पर पानी छिड़ककर टेबल फेन के सामने बिछी दरियों पर लेटकर सब आराम कर रहे थे। सामने की दीवार में बनी खुली अलमारी में सोने जैसे दमकते हुए पीतल के बड़े-बड़े डिब्बे लाइन से रखे थे। डिब्बों को देखकर मैंने पास में लेटे काका (चाचा) से पूछा, "क्या ये डिब्बे सोने के हैं?"

काका ने गंभीरतापूर्वक कहा, "हाँ," बात को आगे बढ़ाते हुए काका बोले, "ये डिब्बे ही क्या, हमारे घर के सारे डिब्बे, पतीले, भगौने, गिलास, कटोरियाँ—सब सोने के हैं।"

मैंने पूछा, "सोना तो बहुत महँगा होता है न?"

काका बोले, "हाँ। सोना सबसे महँगा होता है।"

मेरी जिज्ञासु बाल बुद्धि में खलबली-सी मच गई। उस खलबली में से उपजा आश्चर्य भरा प्रश्न मैंने काका से पूछ लिया, "तो हमारे पास सोने के बरतन हैं? वो भी इतने सारे?"

"हाँ," काका ने और अधिक गंभीर मुखमुद्रा बनाकर कहा।

सच बताऊँ, तब से मुझे यही लगता था कि हमारे घर जो पीले-पीले दमकते हुए बरतन हैं, वो सोने के हैं। सोने के इतने सारे बरतन! सोने के बरतन तो राजा-महाराजाओं के महल में होते हैं, यानी हम भी किसी राजा-महाराजा से कम नहीं हैं। हम भी बहुत अमीर हैं। कई दिनों तक मैं अमीरी की खुमारी में रही। अपने आप को राजकुमारी समझती रही। बहुत अच्छा-अच्छा सा फील हुआ उन दिनों। बाई (दादी) जब रात को राजकुमारी की कहानी सुनाती थीं तो ऐसा लगता था, जैसे मेरी ही कहानी सुनाई जा रही है। वो तो आई (माँ) ने एक दिन बताया कि दो-तीन महीनों में पीतल के बरतनों की कलई खुल जाती है और बिना कलई के बरतनों में खाना खराब हो जाता है। इसलिए तीन-चार महीने बाद बरतनों पर कलई करवानी पड़ती है।

जब आई ने ये बताया तब काका भी पास में खड़े थे। बरतनों का राज पता चलते ही मैंने काका की ओर प्रश्नवाचक दृष्टि से देखा। काका होंठों पर शरारती मुसकान लिये वहाँ से खिसक गए। खिसकना ही था। उनकी कलई जो खुल चुकी थी।

□

28

बचा लिया भगवान् ने

कुछ सूझ नहीं रहा था क्या करूँ? कैसे अपने कदम रोकूँ? पहाड़ी की तलहटी में बहुत सारे नुकीले पत्थर पड़े थे। बेतहाशा भागते-भागते एकबारगी मुझे लगा—'कीर्ति, अब तो तू गई।' डर के मारे दूसरे ही पल मन में 'राम-राम राम-राम' कहना प्रारंभ कर दिया। मौत तो तय है। इतनी स्पीड से नुकीले पत्थरों पर नीचे गिरूँगी तो क्या जिंदा बचूँगी? कचूमर निकल जाएगा।

बाबा मुझे 'फरफंदो' कहते थे। फरफंदो, यानी फसाद करनेवाली। मैं फसाद नहीं करती थी, बल्कि फसाद हो जाते थे। बड़े-बड़े फसाद हुए मेरे साथ, लेकिन मैं हर फसाद में से सही-सलामत बचकर निकल आई। मुझे हमेशा महसूस होता है कि कदम-कदम पर भगवान् मेरे साथ होते हैं। प्रत्येक फसाद में से मुझे भगवान् ही बचाते हैं। बिल्कुल नवजात शिशु थी तब भी, थोड़ी बड़ी हुई तब भी और अब भी।

इतनी नटखट थी मैं कि माँ के गर्भ में पूरे नौ महीने नहीं टिक पाई। शैतानी करने पर आई बात-बात में यही कहती थी—"एक जगह टिककर नहीं बैठ सकती। पैदा होने में भी जल्दी। सातवें महीने में ही टपक पड़ी।" अब इसमें मेरी क्या गलती? लेकिन बन गई 'फरफंदो'।

सात महीने की जन्मी छोटी, यानी इतनी छोटी और नाजुक थी कि अस्पताल में किसी को विश्वास नहीं था कि मैं जिंदा बचूँगी। आई बताती है कि नर्स बार-बार आकर देखती थी और आश्चर्य से पूछती थी—"अभी है?" नर्स के ऐसा पूछने पर आई बहुत डर जाती थी। आई को लगता था कि कहीं नींद में गलती से मेरे ऊपर

हाथ रखा गया और मैं 'टें…' बोल गई तो ? बाई (दादी) ने मेरे लिए रुई के कपड़े बनाए थे, क्योंकि कपड़े के कपड़ों का वजन मैं सहन नहीं कर सकती थी। रुई के फाहे से ही मुझे दूध पिलाया जाता।

नन्ही-मुन्नी थी। महीने भर से भी कम हुआ होगा संसार में आए हुए। ठीक से आँखें भी नहीं खुली होंगी। सर्दियों की पैदाइश है मेरी। उस जमाने में सवा महीने तक जच्चा-बच्चा को अलग कमरे में रखा जाता था। मूंजे की रस्सी वाली खाट हुआ करती थी। गरमाहट के लिए खाट के नीचे जलती हुई सिगड़ी रख दी जाती थी। आई बताती है कि एक दिन मुझे सुलाकर दालान में बैठकर वो दोपहर का भोजन कर रही थी। तभी जच्चा-बच्चा कमरे से धुआँ निकलता दिखा। सब लोग भागे-भागे आए। मेरी चीखने की आवाजें आ रही थीं। कमरे के पास पहुँचे तो देखकर दंग रह गए। पूरा कमरा धुएँ से भरा था। सबको लगा अब तो गई लड़की, लेकिन जाको राखे साईंयाँ, मार सके ना कोई।

हुआ ये था कि सर्दी न लगे, इसलिए एहतियातन सुलगी हुई अँगीठी खाट के नीचे रखकर मुझे अच्छे से सुलाकर आई खाना खाने चली गई। आई के जाते ही अँगीठी से कोई चिनगारी खाट पर बिछे गद्दे पर पड़ी और गद्दे ने आग पकड़ ली। मैं तब चीखी जब आग गद्दे को जलाकर मुझ तक आ गई। मेरी चीख सुनकर और कमरे से उठता हुआ धुआँ देखकर सब लोग भागे-भागे आए और मुझे उठा लिया। यदि पाँच-सात मिनट भी देर हो जाती तो मैं भस्म हो जाती। सिर के पिछले हिस्से में

जले का काला निशान आज भी इस दुर्घटना में से सही-सलामत जीवित निकल आने का साक्षी है। ऐसी अनेक दुर्घटनाएँ हुईं जब मरते-मरते बची मैं। मर कैसे सकती थी? बचानेवाले भगवान् जो थे मेरे साथ।

आधुनिक बालमंदिर से आठवीं पास करके 'गजराराजा कन्या उच्चतर माध्यमिक विद्यालय' में नवीं कक्षा में एडमिशन लिया। बड़ा स्कूल, बहुत अधिक संख्या में शिक्षकगण और छात्राएँ। मेरा मन पढ़ाई से अधिक एक्स्ट्रा कैरीकुलर एक्टिविटीज में लगता था—नृत्य, गायन, भाषण, वाद-विवाद। खेल में वॉलीवॉल। एन.सी.सी. भी ज्वाइन की थी मैंने और मेरी बहन ने। एन.सी.सी. में बहुत मजा आता था। एक तो यूनीफॉर्म बहुत आकर्षक लगती थी, फिर ड्रिल और दौड़। ड्रिल के बाद मिलनेवाले समोसे और गुलाबजामुन का तो जवाब ही नहीं था। एन.सी.सी. के कैंप में जाना तो गजब का अनुभव था। चूँकि मैं दौड़ में बहुत अच्छी थी, इसलिए हर कैंप के लिए मेरा सिलेक्शन हो जाता था। एक बार तो पूरे प्रदेश में प्रथम आई थी दौड़ में ये फरफंदो।

कुल्लू-मनाली में ऑल इंडिया ट्रैकिंग कैंप होना था। उसके लिए पूरे मध्य प्रदेश से जूनियर और सीनियर कैडेट्स को चुना जाना था। दौड़ ही चुनाव का क्राइटेरिया थी। रोज सुबह पाँच बजे एस.ए.ए.एफ. ग्राउंड के पास दौड़ की प्रैक्टिस के लिए ग्वालियर से चुने हुए कैडेट्स जाते थे। मैं भी उनमें से एक थी। एस.ए.ए.एफ. ग्राउंड के पीछे एक पहाड़ी थी। ग्राउंड से लेकर पहाड़ी चढ़ना-उतरना, फिर पहाड़ी चढ़कर-उतरना और ग्राउंड तक आना। लगभग पाँच किमी. की दौड़ की प्रैक्टिस होती थी। हमें इंस्ट्रक्शंस दिए गए थे कि पहाड़ी उतरते समय विशेष सावधानी रखनी है। धीरे-धीरे पैर जमा-जमाकर उतरना है। एक स्टैप भी जल्दी लेने का मतलब है संतुलन खोना और बेकाबू होना। जीतने के लिए हमें संतुलन भी बनाए रखना था और स्पीड भी बनाए रखनी थी। लगभग पंद्रह दिन की प्रैक्टिस के बाद स्टेट लेवल का कॉम्पीटिशन होना था। प्रतिदिन मैं सुबह चार बजे घर से निकलकर लगभग छह-सात किमी. पैदल चलकर एस.ए.ए.एफ. ग्राउंड पहुँचती थी। वहाँ पाँच किमी. की पहाड़ी वाली दौड़ लगाकर वापस छह-सात किमी. चलकर घर वापस लौटती थी। लौटकर नाश्ता करके बस्ता लेकर स्कूल के लिए चल देती थी। बहुत मजा आता था इस दिनचर्या में।

हर दिन की तरह उस दिन भी मैं दौड़ की प्रैक्टिस के लिए एस.ए.ए.एफ. ग्राउंड पहुँची। इंस्ट्रक्टर सर ने घड़ी में समय देखकर व्हिसिल बजाई और एन.सी.सी. की सभी चुनी हुई कैडेट्स ने फर्राटे से दौड़ना प्रारंभ किया। मैं भी जी-जान

लगाकर दौड़ने लगी। पिछले दिन से अगले दिन रेस पूरी करने में कम समय लगना चाहिए, यह मेरा टारगेट रहता था। हर दिन की तरह आज भी मैं सबसे आगे थी। ग्राउंड पार करके पहाड़ी चढ़ी, फिर सँभल-सँभलकर सधी हुई चाल से पहाड़ी उतरी। पहाड़ी उतरते ही थोड़ी दूरी पर एक सर खड़े थे। उनके हाथ में टोकन थे। सर के हाथ से एक टोकन लेकर मैं वापस मुड़ी। अभी भी मैं सबसे आगे थी। दौड़कर पहाड़ी चढ़ी, फिर रोज की तरह सँभल-सँभलकर उतरने लगी, लेकिन अचानक जाने क्या हुआ कि मेरे कदम बेकाबू हो गए और मैं बेतहाशा भागने लगी। बहुत कोशिश की, परंतु मेरी चाल मेरे नियंत्रण से बाहर हो चुकी थी। रोके से नहीं रुक रही थी। भागने की गति निरंतर बढ़ती ही जा रही थी। कुछ सूझ नहीं रहा था कि क्या करूँ? कैसे अपने कदम रोकूँ? पहाड़ी की तलहटी में बहुत सारे नुकीले पत्थर पड़े थे। बेतहाशा भागते-भागते एकबारगी मुझे लगा—'कीर्ति, अब तो तू गई'। डर के मारे दूसरे ही पल मन में 'राम-राम राम-राम' कहना प्रारंभ कर दिया। मौत तो तय है। इतनी स्पीड से नुकीले पत्थरों पर नीचे गिरूँगी तो क्या जिंदा बचूँगी? कचूमर निकल जाएगा। एक सेकंड में हजारों खयाल दिमाग में चक्कर लगा रहे थे और मन 'राम-राम राम-राम' जप रहा था। बंजर-सी पहाड़ी के उतार पर बेलगाम भागते-भागते अचानक एक कँटीली झाड़ी मेरे रास्ते में आई और मैंने अपनी दोनों बाँहों से झाड़ी को कसकर पकड़ लिया। सौभाग्य से झाड़ी मजबूत निकली। कच्ची होती तो झाड़ी समेत मैं उखड़कर गुलांटी खाती हुई नीचे बिखरे नुकीले पत्थरों पर गिरती।

शरीर में जगह-जगह नुकीले काँटे धँस गए थे। हाथ-पाँव से खून निकलने लगा था। कँटीली झाड़ी को गले जो लगाया था। इतना तो होना ही था। ग्राउंड पर आकर मैंने हाथ-पैर धोए। मुँह साफ किया और होंठों पर इसलिए मुसकराहट सजा ली कि कहीं चोट की गंभीरता देखकर मुझे प्रतियोगिता से बाहर न कर दिया जाए।

इस घटना के बारे में सबसे पहले आपको ही बता रही हूँ। किसी को इस संबंध में भनक भी नहीं लगने दी। पता चलता तो हो सकता था कि आपकी इस फरफंदो को आगे नहीं जाने दिया जाता। आगे नहीं जाने दिया जाता तो दौड़ में मेरा मध्य प्रदेश में पहला नंबर कैसे आता और ट्रैकिंग कैंप के लिए सिलेक्शन कैसे होता? आज तक किसी को कुछ पता नहीं चला। मैंने कहा न कि मुझे हर पल महसूस होता है कि भगवान् मेरे साथ हैं।

इस बार भी सचमुच बचा लिया भगवान् ने।

□

29

तब जाना क्या होता है मायका

मंगल कार्यालय से जब मैं गाड़ी में बैठकर अपने ससुराल वाले घर जाने को रवाना हुई, तब जिस कातर दृष्टि से मेरे बाबा ने मुझे देखा, उस दृष्टि में घुला वात्सल्य, करुणा, आशंका, असहायता, विश्वास और संतोष को मैं कभी नहीं भूल सकती।

माँ पर कवियों, शायरों ने बहुत कविताएँ रची हैं, लेकिन पिता के हृदय में चलती उथल-पुथल को, उनके दायित्व बोध को, तटस्थता में छिपे हुए आवेग को अपेक्षाकृत कम अभिव्यक्ति मिली है। स्वयं पिता भी तो अपने आप को कम अभिव्यक्त करते हैं। सारी आशंकाएँ, सारी परेशानियाँ, सारे विरोधी स्वरों को अपने आप में समेट लेते हैं और देते हैं पूरे परिवार को एक निश्चिंत आश्वस्ति।

विवाह को एक महीना ही हुआ होगा। नया घर, नए लोग, नया वातावरण, नई दिनचर्या, नया परिवेश, नई जिम्मेदारियाँ—सबकुछ नया। उस पर वैवाहिक रीति-रिवाजों को निभाने में ही अभी तक का समय गया। जब नए घर में प्रवेश किया, तब उत्सव का, आनंद का वातावरण था। मैं भी उस उत्सव आनंद में रमी हुई थी। ऐसा लग रहा था, जैसे सब यंत्रचलित-सा घटित होता जा रहा है। कोई कहता, यहाँ बैठो, मैं बैठ जाती। कोई कहता, अब ये रस्म करनी है, मैं तत्काल तैयार हो जाती। धीरे-धीरे रिश्तेदार विदा होने लगे। सच बताऊँ मुझे मेरी शादी एक इवेंट जैसी लग रही थी अभी तक। पहले शादी की तैयारियाँ, फिर दो दिन शादी के। विदा भी वहीं-के-वहीं हो गई तो वो बिदाई वाली फीलिंग ही नहीं आई, लेकिन अगले दिन मंगल

कार्यालय से जब मैं गाड़ी में बैठकर अपने ससुराल वाले घर जाने को रवाना हुई, तब जिस कातर दृष्टि से मेरे बाबा ने मुझे देखा, उस दृष्टि में घुला वात्सल्य, करुणा, आशंका, असहायता, विश्वास और संतोष को मैं कभी नहीं भूल सकती। बाबा ने मुँह से कुछ नहीं कहा। होंठों पर चिर-परिचित मुसकराहट थी, लेकिन उनकी आँखों ने एक निमिष मात्र में सबकुछ कह दिया। बाबा निश्चल से वहीं खड़े रहे। मैं गाड़ी में बैठकर अपना भारी-भरकम साज-सिंगार सँभालने में उलझ गई। सबकुछ इतनी जल्दी-जल्दी हो रहा था कि रुककर, ठहरकर कुछ भी महसूस करने का अवकाश ही नहीं था, लेकिन बाबा की वो भावुक आँखें मेरे चित्त पर ज्यों-की-त्यों अंकित हो गईं, जो अब मेरी विदाई के साथ ही विदा होंगी।

जब एक-एक करके सभी रिश्तेदार जाने लगे, तब मुझे लगा कि अब मैं भी वापस जाऊँगी। हो गई पिकनिक, खेल तमाशा खत्म। अब वापस घर।

लेकिन शादी कोई खेल-तमाशा थोड़ी है ? बिल्कुल सच कहूँ, तब तक मुझे ये सारा इवेंट एक अच्छी, मजेदार पिकनिक-सा या किसी रंगीन स्वप्न-सा ही लग रहा था। अब जब बोध हुआ कि मुझे तो यहीं रहना है हमेशा-हमेशा के लिए, तब जी

मुरझा-सा गया। एक-एक पल काटना भारी पड़ने लगा। किसी काम में मन ही नहीं लगता। बस, ऐसा लगता था कि मैं कैसे भी करके ग्वालियर पहुँच जाऊँ। तब फोन भी नहीं था कि कम-से-कम फोन पर बात करके ही हृदय में उठती भावनाओं के ज्वार-भाटे को शांत कर पाती, लेकिन यहाँ किसी ने मुझे तसल्ली नहीं दी। सब अपने में व्यस्त और मस्त। इसी उधेड़बुन के घर्षण से मुझे बुखार आ गया। आँखें जलने लगीं। सिर भारी हो गया। हाथ-पाँव जवाब देने लगे। सुबह से शाम हो गई। किसी को पता ही नहीं चला कि मेरी तबियत गड़बड़ है। शाम को पी.सी.ओ. से ग्वालियर घर पर फोन किया। मेरे 'हैलो' बोलते ही आई (माँ) ने छूटते ही पहला वाक्य कहा, "क्या हुआ ? आवाज कैसी हो रही है ? तबियत ठीक नहीं है क्या ?" मैंने कितनी मुश्किल से अपनी रुलाई रोकी, उस क्षण को बस मैं ही जानती हूँ। इस एक घटना ने मुझे समझा दिया कि कितना ही अच्छा हो, कितना ही सुसंस्कृत हो, कितना ही अपनत्व भरा हो, लेकिन ससुराल ससुराल ही होता है, मायका मायका ही होता है। □

30
शरीफों की शराफत

मैं तो अपनी ही मौज में थी। ऐसा लग रहा था कि कब घर पहुँचूँ और कब अपनी उपलब्धि दिखाऊँ? कोई बच्चा प्रतियोगिता में जीता हुआ मैडल जिस खुशी और जोश के साथ दिखाता है न अपने मम्मी-पापा को, बस वही खुशी और जोश था मुझ में उस समय। मोपेड के हैंडिल पर और मेरे दुपट्टे में बँधे हुए शरीफों ने मेरी उमंग और उत्साह को कई हजार गुना बढ़ा दिया था। घर के बाहर बना कॉलेज का मैदान बहुत बड़ा लगा?

कितनी सारी चीजें इकट्ठा करते हैं हम? कभी काम आएँगी, ये सोचकर पुरानी होने पर भी फेंकते नहीं हैं। सालोंसाल अपने पास रखते हैं। कितने सारे संबंध बनते हैं जीवन-यात्रा के दौरान? बहुत सँभालकर, पक्की गाँठ बाँधकर रखते हैं उन्हें। जी भरकर सहेजते हैं सभी को और ये सोच-सोचकर आश्वस्त होते रहते हैं कि ये अमूल्य निधियाँ हमारे पास, बिल्कुल पास हैं। कभी-कभी ये निधियाँ अनायास जीवन की ऊँची-नीची डगर पर धीरे-धीरे हमसे छूटकर छिटकती रहती हैं और हम जान भी नहीं पाते। बाद में बचता है खाली दुपट्टा और खाली रूमाल। उस रूमाल से आँसू पोंछनेवाला और विश्वास के साथ दुपट्टा ओढ़ानेवाला साथी हो तो मन अगले पल फिर से झोला भरने को कमर कसकर तैयार हो जाता है।

बात तब की है, जब नई-नई शादी हुई थी। इंद्रधनुषी सपने सातवें आसमान पर थे। कल्पनाएँ सागर की उत्ताल तरंगों पर उन्मुक्त होकर नृत्य कर रही थीं। सृष्टि की समूची विभूतियाँ अनायास आँचल में सिमट आई थीं। पूरा ब्रह्मांड बाँहों के घेरे में बँध गया था। लू के थपेड़े भी शीतल, मंद, सुगंधित समीरण में परिवर्तित हो गए

थे। ऐसा लगने लगा था कि अभी तक जो जिया वो निरर्थक जिया, जीवन तो शुरू हुआ है अब।

मेरी ससुराल शुजालपुर। मध्य प्रदेश के मालवा अंचल का छोटा सा, किंतु शांत, साफ-सुथरा, गमकदार कस्बा। अनाज की बड़ी मंडी। सीधे-सरल लोग, सादा रहन-सहन, मीठी मालवी बोली, सादगी भरा जीवन। पंद्रह मिनट में पूरे कस्बे का चक्कर लगाकर वापस आ जाएँ, इतना बड़ा। मायका ग्वालियर। कस्बाई मानसिकता से शहरी आडंबर की ओर कदम बढ़ाता हुआ अपेक्षाकृत बड़ा शहर। विवाह के उपरांत स्थायी रूप से रहना था दिल्ली। देश की राजधानी। पावर हब। 'कर लो दुनिया मुट्ठी में' की धमक में रहनेवाली। दिखावा, भीड़-भाड़, भागमभाग। नजर चुकी और माल पराया। हर पल सतर्क, चौबीसों घंटे चौकन्नी।

हुआ यूँ कि शादी के बाद शुजालपुर में थी। शाम को कहाँ घूमने जाएँ? घर के सामने बने कॉलेज के बड़े से मैदान का चक्कर लगा लें। छत पर टहल लें। अधिक हुआ तो बस स्टैंड तक जाकर गन्ने का रस पीकर आ जाएँ। सबकुछ ठहरा-ठहरा, शांत। एक दिन श्रीकांतजी और मैं टी.वी.एस. मोपेड पर बैठकर थोड़ा दूर तक गए। दूर, यानी दो तीन किलोमीटर। इतने में तो कस्बे से बाहर निकल आए। सबकुछ अच्छा लग रहा था। मोपेड भी किसी ऑडी से कम नहीं लग रही थी, बल्कि ये ध्यान ही नहीं था कि मैं हूँ कहाँ? धरती पर रहकर भी आसमान को हाथ बढ़ाकर छूने

का सामर्थ्य आ गया था तब। वैसे भी ये दुनियावी ताम-झाम मेरे लिए कभी मानी नहीं रहा। आज भी नहीं है। 'मन चंगा तो कठौती में गंगा' वाला हिसाब-किताब है अपना तो।

हाँ तो हम नवयुगल कस्बे से बाहर निकल आए। रास्ते भर श्रीकांतजी अपनी कहानी सुनाते रहे। दिखाते जा रहे थे अपना कॉलेज, दोस्तों और परिचितों के घर। कस्बे से बाहर एक नदी थी। वही हमारा आज का गंतव्य था। मालवा की शाम तो वैसे भी बहुत सुहावनी होती है और तब तो क्या कहने? नहर के पास बैठकर पता नहीं क्या-क्या और कितनी देर बतियाए होंगे हम। आज जब सोचती हूँ तो आश्चर्य होता है कि इतनी देर बिना टॉपिक के इतनी ढेर सारी क्या बातें करते थे एक-दूसरे से? घंटों गुजर जाते थे, लेकिन बातें समाप्त नहीं होती थीं। नहर के पास बहुत सारे पेड़ थे अमरूद और सीताफल के। सीताफल यानी शरीफा। ग्वालियर में शरीफे तब अत्यंत अल्प दृष्टिगोचर होते थे। यदा-कदा किसी महँगे फलवाले ठेले पर अलग से राज सिंहासन पर पूरी ठसक के साथ विराजमान। यहाँ तो पूरा बाग है। एक-एक पेड़ पर हजार-हजार शरीफे। मैं तो जैसे बौरा गई। क्या करूँ? कैसे अधिक-से-अधिक समेटूँ? समेटूँ भी तो रखूँ कहाँ? मेरे पास तो कुछ भी नहीं है। पहले पता होता तो दो-चार झोले लेकर आती। देखो, इतने सारे शरीफे हैं और मेरे पास रखने के लिए कुछ भी नहीं। फिर भी कुछ नीचे पड़े हुए इकट्ठे किए, कुछ पेड़ से तोड़े। शरीफों का ढेर लगा लिया, लेकिन समस्या थी, इन्हें ले कैसे जाऊँ? मैंने श्रीकांतजी को उलाहना भी दिया कि पहले बताना चाहिए था कि जहाँ हम जा रहे हैं, वहाँ शरीफे के बाग हैं। हूँ¨। शरीफों के ढेर के पास हताश-सी बैठ गई मैं और ये मुझे देख-देखकर मुसकराते रहे। मैंने जुगत लगाई। दस-बारह शरीफे अपने दुपट्टे में रखकर जोर से पक्की गाँठ बाँध ली। इनकी जेब से रूमाल निकाला और तीन-चार शरीफे रूमाल में बाँध लिए। मैं मन-ही-मन सोच रही थी कि आज के लिए इतने ही सही, पर कल झोला लेकर आऊँगी। शरीफों वाला रूमाल मोपेड के हैंडिल पर गाँठ बाँधकर लटका दिया। दुपट्टा मैंने पकड़ लिया और चल दिए। उत्साह इस बात का भी था कि घर जाकर दिखाऊँगी कि मैंने इतने सारे शरीफे इकट्ठे किए। मुझ बुद्धू को तब ये नहीं पता था कि मेरे लिए जो अनमोल निधि है औरों के लिए वो बहुत सामान्य वस्तु हो सकती है, लेकिन मैं तो अपनी ही मौज में थी। ऐसा लग रहा था कि कब घर पहुँचूँ और कब अपनी उपलब्धि दिखाऊँ। कोई बच्चा प्रतियोगिता में जीता हुआ मेडल जिस खुशी और जोश के साथ दिखाता है न अपने मम्मी-पापा को, बस वही खुशी और जोश था मुझ में उस समय। मोपेड के हैंडिल पर और मेरे

दुपट्टे में बँधे हुए शरीफों ने मेरी उमंग और उत्साह को कई हजार गुना बढ़ा दिया था। घर के बाहर बना कॉलेज का मैदान बहुत बड़ा लगा उस दिन। मैदान पार करने में समय भी अधिक लग रहा था। ऐसा लग रहा था कि पता नहीं क्यों मोपेड इतनी धीरे चल रही है। घर पहुँचकर शरीफे जो दिखाने थे। अंततोगत्वा मैदान पार कर हम घर पहुँचे। बाहर से ही चिल्लाकर बताने का मन हुआ, लेकिन तत्क्षण स्मरण आया कि ये मायका नहीं, ससुराल है। मैंने जैसे-तैसे अपने हृदय की चढ़ती नदी को काबू किया और मोपेड से उतरी, लेकिन ये क्या ? मेरा दुपट्टा खाली। मोपेड के हैंडल से बँधा रूमाल देखा तो वो भी खाली। रुलाई फूट पड़ी मेरी तो। इतने जतन से इकट्ठे किए। दुपट्टे और रूमाल में कसकर गाँठ लगाकर बाँधे, लेकिन रास्ते में एक-एक करके गिरते रहे शरीफे और मुझे पता भी नहीं चला। सारा उत्साह हवा हो गया। सारी उमंगें ध्वस्त हो गईं। रह गया तो खाली रूमाल और रीता दुपट्टा। शरीफों ने अपनी शराफत अच्छी तरह दिखा दी उस दिन। आँसू थे कि चाहते हुए भी रुकने का नाम नहीं ले रहे थे। श्रीकांतजी ने बहुत प्यार से उसी रूमाल से मेरे आँसू पोंछे। दुपट्टा मेरे दोनों कंधों पर डाला और आश्वस्ति के साथ मुसकराते हुए बोले, "अरे, कोई बात नहीं। कल झोला लेकर चलेंगे।" उनके साथ मैं भी मुसकरा दी।

□

31
मेरी पहली हवाई यात्रा

सबसे बड़ा डर यह था कि कहीं अहमदाबाद की जगह अंडमान के हवाई जहाज में न बैठ जाऊँ। 'जाना था जापान पहुँच गए चीन' वाली कहानी न हो जाए कहीं। 'राम-राम-राम-राम' करते हुए मैंने एयरपोर्ट के सारे चोंचले पूरे किए और सुट्ट होकर बैठ गई हवाई जहाज में। सात घंटे एयरपोर्ट पर हवाई जहाज की प्रतीक्षा की और मात्र डेढ़ घंटे में अहमदाबाद आ भी गया। वाह"। ट्रेन से दिल्ली से अहमदाबाद के तब कम-से-कम तीस घंटे लगते थे।

शादी होकर मैं ग्वालियर से दिल्ली बिल्कुल नई-नई आई थी। देश की राजधानी के हस्तसाल एल.आई.जी. फ्लैट से जीवन की नई शुरुआत हुई। नई गृहस्थी थी। ए.बी.सी.डी. से प्रारंभ करना था। उस समय तक मोबाइल फोन नहीं आए थे और तब हमारे यहाँ चोंगेवाला लैंड लाइन फोन भी नहीं था। पास ही में मेरी मौसेरी बहन रहती थी। अर्जेंट बात करने के लिए उन्हीं का पी.पी. नंबर कुछ लोगों को दे रखा था।

एक शाम मैं और श्रीकांतजी बहन के घर पर ही थे कि तभी ब्यावर से श्री सुरेंद्र दुबेजी का फोन आया। मेरे फोन उठाते ही उन्होंने पूछा, "कल आप अहमदाबाद कवि सम्मेलन में कैसे पहुँच रही हैं?"

मैंने कहा, "मैं तो नहीं आ रही। मैंने आपको मना कर दिया था।"

वे बोले, "आपने कब मना किया? आपका नाम कार्ड पर छपा है। आपको तो आना ही है।"

मैंने कहा, "लेकिन अब मैं कैसे आऊँगी ? अब तो कोई ट्रेन ही नहीं है।"

उन्होंने कहा, "कल सुबह साढ़े पाँच बजे दिल्ली से अहमदाबाद की फ्लाइट है। आप फ्लाइट से आइए। लौटने की टिकट हम करा देंगे।" उस समय फ्लाइट के बारे में तो कभी दिमाग में ही नहीं आता था, तब तो बस या ट्रेन। ये ही दो साधन पता थे।

मैंने दुबेजी से कहा, "देखती हूँ।"

वे कड़ककर बोले, "देखना नहीं है, आपको कल आना ही है। अहमदाबाद एयरपोर्ट पर आपको फलाने-फलाने जी रिसीव कर लेंगे।"

मैंने सारी बात श्रीकांतजी को बताई। श्रीकांतजी को भी दिल्ली आए साल भर ही हुआ था।

मैंने पूछा, "कैसे करेंगे ?"

वे बोले, "ट्राई करते हैं।"

उन दिनों एयरपोर्ट पर जाकर ही टिकट लेना होता था। इ-बुकिंग सिस्टम नहीं था। कड़कड़ाती घने कोहरे भरी दिल्ली की जनवरी। सुबह साढ़े पाँच की फ्लाइट के लिए कम-से-कम चार बजे एयरपोर्ट पहुँचना। चार बजे एयरपोर्ट पहुँचने के लिए कम-से-कम तीन बजे घर से निकलना। उस समय ओला, ऊबर टैक्सी की सुविधा नहीं थी और तब हमारे पास अपनी कार भी नहीं थी। इतने तड़के ठिठुरती हुईं घने कोहरे भरी ठंड में एयरपोर्ट पहुँचना प्लासी की लड़ाई लड़ने से कम नहीं था। मैंने दो साड़ियाँ छोटे से सूटकेस में जमाईं और घबराई हुई-सी रात भर जागती रही। हवाई जहाज क्या, मैं तो कभी ट्रेन में भी अकेले कहीं नहीं गईं थी। शादी से पहले मेरे बाबा (पिताजी) मेरे साथ जाते थे। मैं निश्चिंत रहती थी। वो ही बताते थे अब स्टेशन आनेवाला है। अब हमें

उतरना है। आदि आदि···। आज पहली बार अकेले जाना है और वो भी हवाई जहाज में।

भोर तीन बजे श्रीकांतजी पता नहीं कहाँ से ऑटो ढूँढ़कर लाए। हम ऑटो में बैठ तो गए, लेकिन कोहरा इतना गजब का था कि कुछ भी दिखाई नहीं दे रहा था। इंच प्रति घंटे के हिसाब से ऑटो सड़क पर सरक रहा था। ऑटोवाला बार-बार नीचे उतरकर रास्ता देखता था, फिर ड्राइविंग सीट पर बैठकर एकाध इंच ऑटो आगे खिसका पा रहा था। हस्तसाल से पालम एयरपोर्ट मुश्किल से आधे घंटे का रास्ता है, लेकिन उस दिन डेढ़ घंटा लग गया। एयरपोर्ट पर पहुँचकर टिकिट लिया। बहुत महँगा टिकिट आया और वो भी वेटिंग। ट्रेन का टिकिट वेटिंग होता है, ये तो पता था, लेकिन फ्लाइट का टिकिट भी वेटिंग? एयरपोर्ट पर अंग्रेजी में एनाउंसमेंट हो रही थी। सारी फ्लाइटें कोहरे के कारण डिले थीं। कोहरे के कारण ट्रेन तो दस-दस, बारह-बारह घंटे विलंब से चलते हुए सुनी, देखी और भोगी थी। 'यात्रियों की असुविधा के लिए हमें खेद है', रेलवे स्टेशन पर कई बार यह घिसा-घिसाया वाक्य सुना था, लेकिन फ्लाइट भी लेट होती है, यह पहली बार ही देख रही थी मैं। एयरपोर्ट का नजारा मेरे लिए किसी तिलिस्म से कम नहीं था। मैं चपड़घिन्नू-सी सबकुछ आँखें फाड़कर टुकुर-टुकुर देख रही थी, बस। साढ़े चार बजे से बैठे-बैठे ग्यारह बज गए तब एनाउंसमेंट हुआ अहमदाबाद वाली फ्लाइट का। मेरा टिकिट भी कन्फर्म हो गया था। टिकिट और सूटकेस लेकर मैं एयरपोर्ट के अंदर गई। दिल किसी सुपरफास्ट ट्रेन की तरह जोर से धक-धक कर रहा था। उस समय यदि धड़कन नापी जाती तो इंटरनेशनल स्पेशलिस्ट डॉक्टरों के स्टेथोस्कोप भी जवाब दे जाते।

सबसे बड़ा डर यह था कि कहीं अहमदाबाद की जगह अंडमान के हवाई जहाज में न बैठ जाऊँ। 'जाना था जापान पहुँच गए चीन' वाली कहानी न हो जाए कहीं। 'राम-राम-राम-राम' करते हुए मैंने एयरपोर्ट के सारे चोंचले पूरे किए और सुट्ट होकर बैठ गई हवाई जहाज में। सात घंटे एयरपोर्ट पर हवाई जहाज की प्रतीक्षा की और मात्र डेढ़ घंटे में अहमदाबाद आ भी गया। वाह···। ट्रेन से दिल्ली से अहमदाबाद के तब कम-से-कम तीस घंटे लगते थे। मीटरगेज ट्रेन थी। छुक-छुकवाली और फ्लाइट से केवल डेढ़ घंटा? मेरे लिए यह सब किसी गहरी फैंटेसी से कम नहीं था। आँखें सब देख रही थीं, कान सब सुन रहे थे, लेकिन दिमाग बिल्कुल सुन्न हो चुका था। अहमदाबाद एयरपोर्ट के बाहर एक सज्जन ने पास आकर अपना परिचय दिया और पूछा, "आप कीर्ति कालेजी हैं न?" दुबेजी ने फोन पर बताया था कि फलाँ-फलाँ नाम के सज्जन एयरपोर्ट पर रिसीव करेंगे, लेकिन

मुझे कुछ भी याद नहीं रहा। मैं मन-ही-मन राम नाम का जाप करते हुए उनके साथ उनकी कार में बैठ तो गई, लेकिन हजार आशंकाएँ तब तक भिनभिनाती रहीं, जब तक गंतव्य स्थल पर नहीं पहुँच गई। अहमदाबाद के एक हाई क्लास रिजॉर्ट में जब अपने चिर-परिचित कवियों और श्री सुरेंद्र दुबेजी को देखा, तब जान में जान आई। दरअसल, एक शादी समारोह में कवि सम्मेलन था। मारवाड़ियों की शादी थी। खूब आवभगत हुई। जबरदस्त खातिरदारी हुई। शाम को शानदार सुप्पर-डुप्पर हिट कवि सम्मेलन हुआ। कवि सम्मेलन के बाद दिल्ली वापस लौटने की ट्रेन का टिकट मेरे हाथ में पकड़ाया सुरेंद्र दुबेजी ने। सुबह की ट्रेन थी। तीस घंटे का सफर। कहते हैं न कि बिल्ली की जीभ को एक बार खून लग जाए तो फिर उसे दूध अच्छा नहीं लगता। ट्रेन का सफर? वो भी तीस घंटे? अकेले? हाय राम!

□

32

तीस घंटे की ट्रेन

दोपहर को दो-तीन बजे ट्रेन रुकी। सब डिब्बे से नीचे उतरने लगे। जब नीचे की बर्थ की चिल्लपों भी शांत हो गई, तब मैं अपनी सूटकेस लेकर ट्रेन से नीचे उतरी। नीचे उतरकर देखा—सराय रोहिल्ला स्टेशन। मुझे तो दिल्ली जाना था। ये कौन सा स्टेशन आ गया सराय रोहिल्ला ? नई दिल्ली और पुरानी दिल्ली तो पता था, लेकिन सराय रोहिल्ला ? यह तो नहीं सुना था कभी। कहीं मैं गलत जगह तो नहीं आ गई ? दिल जोर-जोर से धड़कने लगा।

दिल्ली से अहमदाबाद फ्लाइट से मात्र डेढ़ घंटे में पहुँचने के बाद लौटने की टिकिट ट्रेन की थमा दी। वैसे अभी तक अनेक बार चालीस-चालीस घंटे ट्रेन से ही सफर किया था, लेकिन उस समय वह मुश्किल इसलिए नहीं लगा, क्योंकि तब तक हवाई सफर का स्वाद नहीं चखा था और वैसे भी तब तक अकेले कोई यात्रा नहीं की थी। मैंने पहले बताया था आपको कि बाबा (पिताजी) मेरे साथ जाते थे। वो ही सब ध्यान रखते थे। मैं तो खिड़की से बाहर पीछे की ओर भागते पेड़, नदी, पहाड़, आते-जाते स्टेशन देखती रहती थी। डिब्बे के अंदर दस रुपए की बारह पुस्तकें, आलू बोण्डे, दाल-वड़ा, झालमुड़ी, खीरा-टमाटर का सलाद बेचनेवालों और सिक्के से कटोरा बजाकर गाना गानेवालों, करतब दिखाकर पैसे माँगनेवालों का सूक्ष्म निरीक्षण कर आनंद लेती रहती थी। अब पहली बार अकेले तीस घंटे का सफर करना है, यह सोच-सोचकर मेरी तो जान ही बैठ गई लेकिन चलो, जैसे पहली हवाई यात्रा की वैसे पहली अकेले रेल यात्रा भी। ओखली में सिर दिया है तो मूसल से क्या डरना ?

अहमदाबाद मेल में मुझे बिठाने के लिए किसी सज्जन की ड्यूटी लगा दी सुरेंद्र दुबेजी ने। दुबेजी में अद्‌भुत संयोजन क्षमता थी। मंच पर और मंच से इतर भी सभी का बहुत ध्यान रखते थे। आमंत्रित कवि/कवयित्री का घर से चलने से लेकर वापस घर तक सकुशल पहुँचने तक एक अभिभावक की तरह आत्मीयतापूर्वक पूरी व्यवस्था करते थे। कवि सम्मेलन स्थल से बिदा करते समय सभी से अवश्य कहते थे कि घर पहुँचकर एक फोन कर देना, जिससे मैं निश्चिंत हो जाऊँ। बहुत से कवि फोन करते थे, बहुत से भूल भी जाते थे। तब दुबेजी नि:संकोच स्वयं फोन करके उनकी कुशलक्षेम पूछ लेते थे। कवियों की लापरवाही पर कभी-कभी गुस्सा भी हो जाते थे। ऐसे आत्मीय संबंध विरले ही हैं।

ट्रेन में मुझे लेडीज कूपे में सबसे ऊपरवाली बर्थ मिली थी। कवि सम्मेलन का रात्रि जागरण हुआ था। मैं सूटकेस के साथ ऊपर की बर्थ पर चढ़ गई। सूटकेस अपने सिर के नीचे रखकर तकिया बनाया और सो गई। दिल्ली आखिरी स्टेशन था। इसलिए अपना स्टेशन निकल जाने की चिंता तो थी नहीं। नीचे की बर्थ पर महिलाओं और बच्चों की जबरदस्त चिल्लपों थी, लेकिन मेरी कुंभकर्णी नींद का वो कुछ न बिगाड़ सकी। सुबह से लेकर शाम हो गई। मैं सोती रही। निचली बर्थ की महिलाओं को कुछ आशंका हुई होगी। शाम को उन्होंने मुझे हिला-हिलाकर जगाया और पूछा, "आपको कहाँ जाना है?" मैंने नींद में अलसाती आवाज में बताया, "ग्वालियर।" उन्होंने मुझे लगभग झिंझोड़कर उठाया और बताया कि इस ट्रेन से ग्वालियर स्टेशन नहीं आएगा। तुम गलत ट्रेन में बैठ गई हो। मैं हड़बड़ाकर उठी।

आँखें खोलकर चारों तरफ देखा। आँखों और चेहरे को हथेलियों से मसला। हाथ गले में पड़े मंगलसूत्र पर गया, तब हड़बड़ाकर नींद खुली। मैं बर्थ पर ही उठकर बैठ गई। मिल्टन के थर्मस से पानी पिया। अब ग्वालियर तो पीछे छूट गया। अब तो दिल्ली है। बर्थ से नीचे उतरी, फिर उन महिलाओं को बताया कि दिल्ली जाना है। वो इस दृष्टि से मुझे देखने लगीं कि कहीं मैं पागल तो नहीं हूँ? पहले ग्वालियर बताया अब दिल्ली बता रही हूँ। खैर, शादी समारोह से आ रही थी, वो भी मारवाड़ियों की शादी। खाने-पीने का भरपूर सामान साथ में था। पूड़ी, सब्जी, मिठाइयाँ, सूखे मेवे, पानी और कुछ फल भी। इसलिए ट्रेन से नीचे उतरकर कुछ लेने की आवश्यकता नहीं थी। रात को खाना खाया और फिर सो गई। तीस घंटे की यात्रा में तीन-चार बार ही विशेष कारण से ऊपर की बर्थ से नीचे उतरी होऊँगी मैं।

दोपहर को दो-तीन बजे ट्रेन रुकी। सब डिब्बे से नीचे उतरने लगे। जब नीचे की बर्थ की चिल्लपों भी शांत हो गई, तब मैं अपनी सूटकेस लेकर ट्रेन से नीचे उतरी। नीचे उतरकर देखा—सराय रोहिल्ला स्टेशन। मुझे तो दिल्ली जाना था। ये कौन सा स्टेशन आ गया 'सराय रोहिल्ला'? नई दिल्ली और पुरानी दिल्ली तो पता था, लेकिन सराय रोहिल्ला? ये तो नहीं सुना था कभी। कहीं मैं गलत जगह तो नहीं आ गई? दिल जोर-जोर से धड़कने लगा। हाय राम अब? जाना था जापान पहुँच गए चीन? नीचे की बर्थवाली सहयात्री महिलाएँ बुर्के की जाली से देखकर अपना ढेर सारा सामान और बच्चे एक जगह समेट रही थीं। मैंने उनमें की एक महिला को बताया कि मुझे दिल्ली स्टेशन जाना था, ये कौन सा स्टेशन आ गया सराय रोहिल्ला? वो बोली ये ही लास्ट स्टेशन है। मैंने फिर पूछा, "अब मैं दिल्ली कैसे जाऊँ?"

वो इधर-उधर भागते अपने बच्चों को समेटने में व्यस्त थी। झुंझलाकर उसने कहा, "ऑटो कर लो।" मेरे तो काटो तो खून नहीं। अब क्या करूँ? श्रीकांतजी को भी सूचना नहीं दे पाई थी कि कैसे लौटूँगी? प्रयास तो किया था, लेकिन बात नहीं हो सकी थी। अब? अब क्या करूँ? तब सराय रोहिल्ला स्टेशन बिल्कुल उजाड़ स्टेशन था। रोने-रोने सा मन लेकर सूटकेस उठाकर स्टेशन से बाहर निकली। एक बुजुर्ग सज्जन ठीक-ठाक से दिखे। उनको बताया कि मुझे दिल्ली जाना था, लेकिन ये सराय रोहिल्ला स्टेशन आ गया है। उन्होंने तसल्ली से समझाया कि ये दिल्ली का ही सब स्टेशन है।

बुजुर्ग सज्जन ने पूछा, "दिल्ली में कहाँ जाना है?"

मैंने बताया कि विकासपुरी से आगे हस्तसाल। वो बोले, "ऑटो कर लो। पहुँचा देगा।"

पहले चार-पाँच ऑटो थे, लेकिन इतने समय में एक-एक करके सारे ऑटो यात्रियों को लेकर फटाफट चले गए। अब? वो बुजुर्ग सज्जन भी चले गए। स्टेशन और मैं बिल्कुल अकेले रह गई। अब क्या करूँ? हिम्मते औरतां, मददे खुदा। सूटकेस उठाकर स्टेशन से बाहर निकलकर मेन रोड तक आ गई। चलती हुई सड़क थी। मुझे सवारी जानकर एक ऑटो पास आया। पूछा, "कहाँ जाना है?" मैंने बताया तो वो मना करके चला गया। ऐसे ही तीन-चार ऑटो मना कर गए। कवि सम्मेलन में जिसके गीत 'वन्स मोर, वन्स मोर' की आतुरता के साथ सुने गए, श्रोताओं और आयोजकों ने पलकों पर बिठाया, उसे एक झटके में असली औकात बता दी दिल्ली के ऑटोवालों ने। एक ऑटो मुश्किल से तैयार हुआ। उसने जितने पैसे कहे, मैंने मान लिए और बैठ गई ऑटो में। अनजान शहर, अनजान रास्ते, अनजान ऑटो, अनजान ऑटो चालक। अब तक पढ़ी हुई सारी 'मनोहर कहानियाँ' सत्यकथाएँ बनकर घूँ-घूँ करती हुईं दिमाग में मँडराने लगीं। मन में राम-राम-राम-राम जपती रही, लेकिन प्रत्यक्ष रूप से मैं खड़ूस-सी बनी बैठी रही। ऑटो चालक को पता नहीं चलना चाहिए कि मैं दिल्ली में नई हूँ। एक सुनसान-सी जगह खड़-खड़ करके ऑटो रुक गया। ऑटो क्या रुका, मेरी तो धड़कन ही रुक गई जैसे। ऑटोवाले ने तीन-चार बार किक मारी। ऑटो को हिलाया-डुलाया, फिर किक मारी लेकिन ऑटो स्टार्ट नहीं हुआ। वो बोला, "मैडम ऑटो आगे नहीं जाएगा।" मुझे काटो तो खून नहीं। मैंने अपनी घबराहट अंदर ही अंदर जज्ब कर ली। ऊपर से तेज-तर्रार होने का अभिनय करते हुए ऑटोवाले से कहा, "अब कैसे जाऊँगी?"

वो बोला, "चिंता मत करो, मैं दूसरा ऑटो करा देता हूँ।" थोड़ी देर में एक खाली ऑटो को हाथ देकर उसने रोका और मुझे दूसरे ऑटो में बैठा दिया। दूसरा ऑटो तिलक नगर तक आकर रुक गया। तिलक नगर से साइकिल रिक्शा किया और गिरते-पड़ते एल.आई.जी. हस्तसाल पहुँच गई। घर पहुँची तब श्रीकांतजी की हालत देखने लायक थी। दाढ़ी बढ़ी हुई थी। आँखें लाल हो गईं थीं। चेहरे पर हवाइयाँ उड़ रही थीं। मुझे देखते ही जोर से बाँहों में भींचकर लगभग रोने ही लगे थे। थोड़ा सामान्य होने पर मैंने पूछा कि क्या हुआ? वो बोले, "कुछ नहीं। तुम सही-सलामत आ गईं। अब सब ठीक है। एक फोन तो कर देतीं।" फिर चार आँखें लगातार बरसती रहीं…।

□

33

पथरीली डगर की नन्ही सहयात्री

माइक के चारों ओर गोल घेरे में कुरसियों पर सभी बच्चे बैठ गए। प्रज्ञा मैडम भी बैठ गईं। यहाँ तक तो सब ठीक था। जब रिकॉर्डिंग प्रारंभ हुई तब मैडमजी रूठ गईं। बोलीं, "मैं कविता नहीं सुनाऊँगी।" खूब मिन्नतें करने पर भी टस-से-मस नहीं हुईं हीरोइन।

माँ बनने का अनुभूति जीवन की सर्वाधिक अलौकिक अनुभूति है। माँ के साथ बच्चे का संबंध उसके जन्म से भी पहले का होता है। गर्भ में बच्चे की छोटी-से-छोटी हरकत के साथ एक स्वप्न आकार ग्रहण करने लगता है। बच्चा जब जन्म लेता है तब केवल बच्चे का जन्म नहीं होता, वरन् उसी क्षण एक माँ भी जन्म लेती है।

शारदीय नवरात्र के दूसरे दिन बिल्कुल सुबह-सुबह जब आई (माँ) ने रुई से भी कोमल सद्धःजात एक गुलाबी-गुलाबी शिशु को मेरी गोदी में रखा, तब वह ईश्वर का सबसे बड़ा चमत्कार लगा मुझे। अपनी नन्ही-सी प्रतिकृति को जब पहली बार अपने आँचल में लिया, तब संसार का सर्वाधिक धनवान जीव होने की गर्वानुभूति से अभिभूत हो गई थी मैं। आँख, नाक, कान, बाल, चेहरे की बनावट बिल्कुल सेम-टू-सेम। है न आश्चर्य? शिशु को गोद में लेकर सबसे पहले मैंने यही देखा कि सब-कुछ ठीक-ठाक तो है न? दो आँखें, दो कान, एक नाक, दो हाथ, दो पाँव, हाथ और पैरों की उँगलियाँ सब जाँच लीं। सब ठीक है, जब इस बात की तसल्ली हो गई, तब हृदय को शांति मिली। अचानक नर्स का स्वर सुनाई दिया, "चिंता मत करो बहन, घर में लक्ष्मी आई है।"

नर्स के इस ढाढ़स बँधाने के लहजे में कहे गए वाक्य से मुझे जानकारी मिली कि नवजात शिशु लड़की है। इससे पहले इस ओर मेरा ध्यान ही नहीं गया। लड़की होने पर मैंने खुशी मनाई, कुछ लोगों ने खुश होने का दिखावा किया और कुछ ने तसल्ली देते हुए कहा कि "लड़कियाँ तो लक्ष्मी का रूप होती हैं। इस बार लड़की हुई है। भगवान् अगली बार लड़का देगा।" जब तबीयत देखने आए लोग ऐसा कहते थे तो जी में आता था कि जोर से इनका मुँह नोच लूँ। बड़े आए तसल्ली देनेवाले! मेरी तो खुशी का ठिकाना नहीं है और ये अफसोस कर रहे हैं। खैर!

किसी व्यक्ति की उन्नति और उपलब्धियों के पीछे बहुत सारे लोगों का सहयोग और समर्पण होता है। उम्र के उत्तरार्द्ध की ओर बढ़ते हुए जब पलटकर अपने पूर्वार्द्ध की ओर देखती हूँ तो जीवन की पथरीली डगर पर एक नन्ही सहयात्री सदैव साथ दिखाई देती है। उसकी छोटी सी उँगली को कसकर थामे मुझे आगे बढ़ते हुए बहुतों ने देखा होगा। मैंने उसे चलना सिखाया, गिरकर उठना सिखाया, लेकिन संभवत: ये कम लोग जान पाए होंगे कि उस नन्ही-सी परी के कोमल स्पर्श ने मेरी रफ्तार को संतुलित कर अनेक बार मुझे भी ठोकर लगने से बचाया है। वैवाहिक जीवन के प्रारंभिक दिनों की पथरीली डगर से निरंतर मेरी सहयात्री है प्यारी-सी बेटी प्रज्ञा। उसके बालपन की दो मजेदार घटनाएँ आपके साथ साझा करती हूँ।

1. प्रज्ञा ढाई-तीन साल की होगी। बहुत नटखट और चंचल। बातूनी तो इतनी कि क्या कहने? दिन भर बड़-बड़ बड़-बड़। पूरा घर सिर पर उठाए रखती थी। हम लोग हस्तसाल के एल.आई.जी. फ्लैट में रहते थे तब। एक बार श्रीकांतजी, मैं और प्रज्ञा पास के ही एक रेस्टोरेंट में खाना खाने गए। वेटर ने ज्यों ही पानी से भरे गिलासों के साथ मेन्यू कार्ड हम तीनों के सामने रखा, त्यों ही प्रज्ञा ने कंधे उचकाकर अपनी तोतली जुबान में मेन्यू कार्ड उठाकर वेटर से कहा, "टिल्ली लिल्ली, टिल्ली

लिल्ली। मुझे तो पढ़ना ही नहीं आता।" उसके बोलने की अदा इतनी फनी थी कि हमारे साथ-साथ वेटर भी हँसने लगा।

2. मेरी कविताओं की रिकॉर्डिंग जब दिल्ली आकाशवाणी में होती थी, तब मैं अपने साथ नन्ही प्रज्ञा को भी ले जाती थी। आकाशवाणी के अधिकारियों और अन्य स्टाफ से वो काफी घुल-मिल गई थी। एक बार 'बाल जगत्' कार्यक्रम की प्रोड्यूसर ने प्रज्ञा की कविताएँ सुनीं और कहा कि इसे हमारे कार्यक्रम में ले आइए। मैंने कहा, ठीक है। नियत तिथि और समय पर मैं नन्ही प्रज्ञा के साथ आकाशवाणी केंद्र पहुँची। प्रज्ञा को खूब सारी कविताएँ याद थीं। जब हम रिकॉर्डिंग के लिए स्टूडियो में पहुँचे तब देखा, सभी बच्चों में सबसे छोटी थी प्रज्ञा। माइक के चारों ओर गोल घेरे में कुरसियों पर सभी बच्चे बैठ गए। प्रज्ञा मैडम भी बैठ गईं। यहाँ तक तो सब ठीक था। जब रिकॉर्डिंग प्रारंभ हुई, तब मैडमजी रूठ गईं।

बोलीं, "मैं कविता नहीं सुनाऊँगी।"

खूब मिन्नतें करने पर भी टस-से-मस नहीं हुईं हीरोइन।

तब कार्यक्रम की प्रस्तोता ने बहुत प्यार से पूछा, "क्या हुआ ? आप तो गुड गर्ल हो। रानी बेटी हो। देखो सारे बच्चे कितना अच्छा बोल रहे हैं ? आपको तो सबसे अच्छी तरह कविता आती है, फिर आप क्यों नही बोल रहीं हो।"

प्रज्ञा ने मुँह फुलाकर कहा, "सबके पास पुस्तक है। सब पुस्तक में से देखकर बोल रहे हैं। मम्मी मेरी पुस्तक नहीं लाई। मैं नहीं बोलूँगी कविता।"

मैं कह ही रही थी कि तुम्हें तो कविता याद है और तुम्हें पढ़ना कहाँ आता है, लेकिन बाल मनोविज्ञान को बहुत अच्छी तरह समझनेवाली कार्यक्रम प्रस्तोता ने एक पुस्तक लाकर मुँह फुलाए बैठी प्रज्ञा के सामने रख दी और हीरोइन खुश हो गई, फिर तो पाँच-छह-सात जितनी कविताएँ याद थीं, नॉन स्टॉप सारी सुना दीं। उस नन्ही हीरोइन की अदाएँ देखकर हँसते-हँसते वहाँ उपस्थित सारे लोगों के पेट में बल पड़ गए।

□

34

होम डिलीवरी

हाँ, तो मैं नौ वर्षों बाद पुन: माँ बननेवाली थी। घर में हम तीन प्राणी थे—श्रीकांतजी, प्रज्ञा और मैं। जैसे-जैसे दिन आगे बढ़ रहे थे, वैसे-वैसे मेरी आकुलता, व्याकुलता, बेचैनी भी बढ़ रही थी, बल्कि यह कहूँ कि दिनों के बढ़ने की गति से चौगुनी, पाँच गुनी से भी अधिक रफ्तार से मेरी बेचैनी बढ़ रही थी। आप सोच रहे होंगे कि ऐसे समय तो प्रसन्न रहना चाहिए। अच्छा खाना-ओढ़ना चाहिए। अच्छी पुस्तकें पढ़नी चाहिए, फिर मैं बेचैन क्यों थी, लेकिन मेरी बेचैनी अकारण नहीं थी।

ज्ञानियों से सुना है, पुस्तकों में पढ़ा है, बुजुर्गों ने बताया है कि जीवन को साक्षी भाव से देखना चाहिए। सुख-दु:ख से ऊपर उठकर जल में कमल की तरह जीवन व्यतीत करने से ही आनंद की प्राप्ति होती है, लेकिन जीवन में कुछ परिस्थितियाँ ऐसी आती हैं कि सारा साक्षी भाव समाप्त हो जाता है। लाल कपड़े में बँधी ज्ञान की पोथियाँ धरी की धरी रह जाती हैं। मानव सुलभ व्याकुलता मन को इस कदर मथ देती है कि बुद्धि और विवेक तरल होकर उस अकुलाहट से एकाकार हो जाते हैं।

अपने जीवन की पुस्तक का ऐसा पृष्ठ आपके सामने खोलती हूँ, जिस पर लिखी इबारत पढ़कर मैं अपनी हँसी नहीं रोक पाती। हँसी तो अब आती है, लेकिन तब?

बात ऐसी है कि बेटी के जन्म से नौ वर्षों बाद मैं पुन: माँ बननेवाली थी। हम दिल्ली के हस्तसाल से द्वारका इलाके के एक अपार्टमेंट में नए-नए शिफ्ट हुए थे। नई जगह, नए लोग, नया वातावरण। हस्तसाल के डी.डी.ए., एल.आई.जी. फ्लैटों

में अपेक्षाकृत ग्रामीण कस्बाई रहन-सहन था। अड़ोसी-पड़ोसी एक-दूसरे से बिना किसी औपचारिकता के बातचीत करते थे। सर्दियों के दिनों में सामने के कॉमन स्पेस में फोल्डिंग पलंग डालकर या नीचे ही दरी-चटाई बिछाकर धूप सेंकते हुए गपशप और हँसी-ठिठोली चलती थी। हँसी-ठिठोली करते हुए मटर छीलते थे। पालक, मेथी, बथुआ साफ करते थे। गरमियों में छत पर इकट्ठे होकर हाथ से पंखा झलते हुए सुख-दुःख की बातें हो जाती थीं। रेहड़ीवालों को चारों तरफ से घेरकर खूब मोलभाव करके सौदा खरीदते थे। साप्ताहिक हाट में मिल-जुलकर जाते थे। पाँच किलो के हिसाब से सब्जी थोड़ी सस्ती मिलती थी। इसलिए हम इकट्ठे पाँच-पाँच किलो आलू, प्याज, गोभी, टमाटर खरीदकर सब्जीवाले से एक-एक किलो अलग-अलग करवा लेते थे। सब्जीवाला खीझने लगता था और हम अपनी चतुराई पर मन-ही-मन गर्वित होकर खुश होते थे। इन छोटी दिखनेवाली बातों में छिपी जो बड़ी-बड़ी खुशियाँ थीं, वो ही तो संघर्ष के पथलीले रास्ते से गुजरते हुए चेहरे पर मुसकराहट बिखेरती थीं।

द्वारका थोड़ा पॉश इलाका था। सबकुछ सिस्टेमेटिक। अपने-अपने दड़बे में बंद लोग। अपने आप में सिमटे हुए। थोड़ा भी बाहर निकलना हो तो कपड़े बदलकर निकलो। किसी से यूँ ही बात नहीं करो। किसी से मिलना हो तो पहले इंटरकॉम करके अपॉइंटमेंट लो। सब संपन्न। एक से बढ़कर एक। सब अपने-अपने गुरूर में मगन। अंग्रेजी में गिटर-पिटर। ब्रांडेड से नीचे बात नहीं। अमेरिका, कनाडा फ्रांस, ऑस्ट्रेलिया में सबके रिश्तेदार। बड़ी-बड़ी गाड़ियाँ, ठसकेदार माहौल। मैं हिंदीवाली। एल.आई.जी. से आई हुई। दिखावाविहीन। साधारण रहन-सहन। इस चटकदार, ठसकेदार और सही कहूँ तो बिल्कुल ठस्स वातावरण में अनफिट। आत्मीयता तो दूर, ठीक से किसी से जान-पहचान तक नहीं थी।

हाँ तो मैं नौ वर्षों बाद पुनः माँ बननेवाली थी। घर में हम तीन प्राणी थे—श्रीकांतजी, प्रज्ञा और मैं। जैसे-जैसे दिन आगे बढ़ रहे थे, वैसे-वैसे मेरी आकुलता, व्याकुलता, बेचैनी भी बढ़ रही थी, बल्कि यह कहूँ कि दिनों के बढ़ने की गति से चौगुनी, पाँच गुनी से भी अधिक रफ्तार से मेरी बेचैनी बढ़ रही थी। आप सोच रहे होंगे कि ऐसे समय तो प्रसन्न रहना चाहिए। अच्छा खाना-ओढ़ना चाहिए। अच्छी पुस्तकें पढ़नी चाहिए, फिर मैं बेचैन क्यों थी, लेकिन मेरी बेचैनी अकारण नहीं थी।

मेरी पहली डिलिवरी मायके में हुई थी। सातवाँ महीना लगते ही मेरे आई (माँ) बाबा (पिताजी) मुझे बड़े प्यार से ग्वालियर अपने साथ ले गए थे। खूब अच्छे से वहाँ मेरी देखभाल हुई। मेरे खान-पान का विशेष ध्यान रखा जाता था। बहनों के साथ हँसी-ठट्ठा करते हुए दो-ढाई महीने कब बीत गए, पता ही नहीं चला। नौवें महीने नवरात्रि के दूसरे दिन प्यारी-सी बेटी प्रज्ञा ने मुझे माँ बनने का गौरव प्रदान किया। मेरी डिलिवरी सिजेरियन ऑपरेशन से हुई थी। मुझ से पहले हमारे यहाँ सभी बच्चे नॉर्मल हुए थे। पहली बार सिजेरियन ऑपरेशन से बच्चा हुआ था। इसलिए हर बात में विशेष सावधानी रखी जा रही थी। प्रज्ञा के तीन महीने की होने तक मैंने कुछ भी काम नहीं किया। उसे सँभालने वाले भी घर में बहुत लोग थे। मेरे सिर और पीठ में असहनीय पीड़ा होती थी। ऐसा लगता था, जैसे शरीर में जान ही नहीं है। जैसे-तैसे करके बच्ची को मैं दूध पिलाती थी। टाँके भी पक गए थे। मुझे याद है, प्रज्ञा तब ढाई महीने की थी। एक दिन मैं उसे गोदी में उठाकर घर से बाहर तक लेकर आई थी। प्रज्ञा थी भी थोड़ी हेल्दी। थोड़ी दूर जाकर ही मुझे ऐसा लगा कि अब मैं उसे नहीं उठा पाऊँगी। मेरी रीढ़ की हड्डी चरमराकर दो टुकड़े हो जाएगी। मैं उसे लेकर नीचे सड़क पर ही बैठ गई। तभी मेरी बहन ने आकर मुझे सँभाल लिया।

मैं यह सब इसलिए बता रही हूँ, जिससे आप समझ जाएँ कि इस बार मैं

आकुल-व्याकुल क्यों हो रही थी? इस बार भी सिजेरियन होगा, यह पक्का था। आई (माँ) को मैंने दिल्ली आने के लिए कहा था, लेकिन आई तब तक आई नहीं थी। दिन-रात मेरे मस्तिष्क में अपनी डिलिवरी की चिंता लगी रहती थी। प्रज्ञा छोटी थी। क्या होगा? कैसे होगा? पता नहीं सब ठीक होगा या नहीं? जिस हॉस्पिटल से मैं ट्रीटमेंट ले रही थी, वो भी दूर था। आसपास कोई जान-पहचान का नहीं। तारीखें बढ़ने के साथ-साथ मेरे दिल की धड़कनें भी तेज हो रही थीं। नौ महीने पूरे हो गए थे। आई पता नहीं अभी तक क्यों नहीं आई थी? अब मेरी डिलिवरी कभी भी हो सकती थी। मैं अकेली नवजात शिशु को कैसे सँभालूँगी? सिजेरियन ऑपरेशन होगा। हॉस्पिटल में कम-से-कम दस दिन तो रहना पड़ेगा। प्रज्ञा को कौन देखेगा? श्रीकांतजी अकेले क्या-क्या करेंगे? रातों में नींद नहीं, दिन को चैन नहीं। बस एक ही चिंता डिलिवरी, डिलिवरी, डिलिवरी।

इसी चिंता-सागर की अतल गहराइयों में डूबती-उतराती एक बार मैं श्रीकांतजी के साथ रोजमर्रा का सामान खरीदने बाजार गई। श्रीकांतजी दुकानदार से सामान ले रहे थे। मैं दैहिक रूप से तो वहीं थी, लेकिन मानसिक रूप से अपनी डिलिवरी की चिंता में खोई हुई थी। तभी दुकानदार ने अपनी दुकान पर उपलब्ध सामान का पेम्प्लेट मेरे हाथ में पकड़ाते हुए कहा, "मैडम हम होम डिलीवरी भी करते हैं।" मैं एकदम सकपका गई। काँटो तो खून नहीं वाली स्थिति हो गई मेरी। मैंने आश्चर्य से आँखें फाड़कर दुकानदार की तरफ देखा और अस्फुट स्वर में बुदबुदाया, "होम डिलीवरी?" फिर श्रीकांतजी की तरफ देखकर बोला, "होम डिलीवरी?"

श्रीकांतजी मेरी मन:स्थिति को भाँप गए। मुसकराकर उन्होंने मेरे सिर पर प्यार से चपत लगाई और कहा, "चलें··· ?"

□

35

नन्ही देवियाँ

सभी ने हर साल की तरह पूजा की तैयारियाँ की हुईं थीं। हलवा-पूरी का प्रसाद बनाया हुआ था। सबको देर हो रही थी। फोन आने से मैं भी चिंतित हो गई। घर से निकली है प्रज्ञा अपनी सहेलियों के साथ, लेकिन किसी के भी घर नहीं पहुँची? मन आशंकित हो उठा। टी.वी. और अखबारों में रोज ही बच्चियों के अपहरण के समाचार पढ़-पढ़कर मन और मस्तिष्क वैसे ही डरा-डरा रहता था। मैंने सब दूर फोन करके पूछ लिया। सारे लोग अपनी-अपनी बच्चियों को लेकर घबराए हुए थे।

बचपन जब अपनी हठधर्मिता पर आता है तब समुद्र की लहरों के उद्दाम आवेग की तरह हो जाता है। किसी के रोके से नहीं रुकता, किसी के समझाने से नहीं समझता, किसी के बाँधने से नहीं बँधता। हम बड़े लोग बच्चों को निशि-वासर कुछ-न-कुछ सिखाते रहते हैं। ये करो-ये मत करो, ऐसे बोलो-ऐसे मत बोलो, ऐसे खाओ-ऐसे मत खाओ। यहाँ तक कि ऐसे सोचो-ऐसे मत सोचो आदि-आदि, लेकिन कभी-कभी ये छोटे-छोटे बच्चे भी हम बड़ों को ऐसी शिक्षा दे देते हैं, जो सदैव स्मरण रहती है।

बात उस समय की है जब हम हस्तसाल एल.आई.जी. से द्वारका के अपार्टमेंट में शिफ्ट हुए थे। प्रज्ञा आठ-नौ वर्ष की थी। बहुत चंचल, नटखट, संवेदनशील और नेतागीरी करने में एक्सपर्ट। अपार्टमेंट के बच्चों के साथ मिलकर कुछ-न-कुछ नया करती रहती थी। कभी बच्चों के साथ मिलकर बच्चों की लाइब्रेरी बनाती थी, कभी नए-नए खेल ईजाद करती थी, कभी बच्चों को इकट्ठा करके घूमने जाने की

योजना बनाती थी। बच्चे आपस में ही विचार-विमर्श करके सब तय कर लेते थे और हमें फाइनल डिसीजन सुना देते थे। हमें उनके फैसले की तामील करनी होती थी, बस। नो अदर ऑप्शन। बच्चों के ऐसे कौतुक देखना, उनकी जिदें पूरी करना हमें भी अच्छा लगता था।

शारदीय नवरात्रि के अष्टमी और नवमी के दिन कन्याओं को भोजन कराने की परंपरा है। इन दिनों के लिए कन्याओं की पहले से ही बुकिंग हो जाती है। नन्ही-नन्ही कन्याएँ सुबह-सुबह सज-धजकर तैयार हो जाती हैं और अपनी टोली के साथ यजमानों के घर हँसते-खेलते भोजन करने पहुँच जाती हैं। प्रज्ञा को भी कई घरों से न्योते मिलते थे। वो भी अपनी सहेलियों के साथ सुबह घर से निकलती थी और दोपहर ग्यारह-बारह बजे तक लौटती थी। जब घर वापस आती थी, तब खा-खाकर निढाल हो जाती थी। बहुत सारे लोग तो समय की बचत करने के लिए प्लेटों में पूड़ी, सब्जी, हलुआ और उपहार कन्याओं को पकड़ा देते थे। कभी किसी कारण से थोड़ी देर बाद आने के लिए भी कह देते थे। सबके घर-घर जाकर हलुआ-पूरी की ओवरइटिंग करने से थककर सो जाती थी नन्ही प्रज्ञा। सारी बच्चियों की यही स्थिति हो जाती थी।

एक बार हर साल की तरह कन्याओं को निमंत्रित किया गया। दस-बारह घरों से प्रज्ञा को भी न्योता मिला। सुबह-सुबह लहँगा-चुनरी पहनकर, बाल बनाकर, टिकुली, काजल लगाकर मैडम तैयार होकर निकल पड़ीं अपनी नन्ही सहेलियों

की सेना के साथ सबके घरों पर धावा बोलने के लिए, लेकिन यह क्या? एक के बाद एक यजमानों के घर से इंटरकॉम पर फोन आने शुरू हो गए। प्रज्ञा घर से तो निकली, लेकिन किसी के भी घर पहुँची नहीं। कोई भी कन्या किसी के घर-पूजन करवाने और जीमने नहीं पहुँची। यजमानों में से किसी को स्कूल जाना था, किसी को ऑफिस, किसी को दुकान, किसी को अपनी फैक्टरी। सब जल्दी में थे। देर होने की वजह से उनका विचलित होना स्वाभाविक था। सभी ने हर साल की तरह पूजा की तैयारियाँ की हुई थीं। हलवा-पूरी का प्रसाद बनाया हुआ था। सबको देर हो रही थी। फोन आने से मैं भी चिंतित हो गई। अपनी सहेलियों के साथ घर से निकली है प्रज्ञा, लेकिन किसी के भी घर नहीं पहुँची? मन आशंकित हो उठा। टी.वी. और अखबारों में रोज ही बच्चियों के अपहरण के समाचार पढ़-पढ़कर मन और मस्तिष्क वैसे ही डरा-डरा रहता था। मैंने सब दूर फोन करके पूछ लिया। सारे लोग अपनी-अपनी बच्चियों को लेकर घबराए हुए थे। मैं लिफ्ट की बजाय सातवीं मंजिल से सीढ़ियों द्वारा नीचे उतरी। प्रत्येक मंजिल पर देखती जा रही थी कि कहीं यहाँ तो नहीं है प्रज्ञा और उसकी सहेलियाँ? हर मंजिल पर देखते-देखते बिल्कुल नीचे तक आ गई, लेकिन बच्चियाँ किसी के भी घर नहीं मिलीं।

कलेजा मुँह को आ गया। दिल जोर-जोर से धड़कने लगा। तरह-तरह के बुरे-बुरे डरावने विचार मन में आने लगे। क्या करूँ? कहाँ ढूँढ़ूँ? किससे पूछूँ? वैसे मेन गेट पर गार्ड होता है, इसलिए अपार्टमेंट से बाहर निकलकर जाने की आशंका तो कम है, फिर कहाँ गई? अनेक 'मनोहर कहानियाँ' और 'सत्यकथाएँ' आँखों के आगे तैरने लगीं। टी.वी. पर देखे सी.आई.डी. के एपीसोड मस्तिष्क में बवंडर उठाने लगे। हाय राम, सुबह-सुबह तैयार होकर कितनी चहकती हुई निकली थी सबके साथ। ऊपर छत पर पानी की बड़ी सी टंकी है। कहीं छत पर तो नहीं चली गई? नहीं-नहीं वो छत पर क्यों जाएगी? यहीं कहीं होगी। मिल जाएगी। अब कहाँ? किसे बुलाऊँ? किसे फोन करूँ? पाँच मिनट में कम-से-कम पाँच हजार से भी अधिक आशंकाओं की छोटी-बड़ी तरंगें ज्वार-भाटों की तरह हृदय सागर में उठीं और गिरी होंगी। नीचे आकर पूरे परिसर का चक्कर लगा लिया। अब तो दिल बैठने लगा। सोचा—चलो, गार्डन में भी देख लेती हूँ। गार्डन में बच्चों के झूले लगे हैं। हो सकता है, वहीं खेल रही हो। गार्डन में जाकर देखा तो दंग रह गई। मैडमजी अपनी सजी-धजी सहेलियों के साथ गार्डन में पंगत बनाकर बैठकर खूब आराम से बतिया रही थीं।

मैंने पूछा, "यहाँ क्या कर रही हो तुम सब? हम कितने परेशान हो रहे हैं?

तुम लोगों को तो सबके घर जाना था न कन्या पूजन करवाने?" बच्चियों की लीडर प्रज्ञा ने जो उत्तर दिया, वो बड़े-से-बड़े तुर्रमखाँ को स्तब्ध कर देने के लिए पर्याप्त था। वो बोली, "हम भगवान् के दर्शन करने, भोग लगाने मंदिर में जाते हैं। जाते हैं कि नहीं?"

मैंने कहा, "हाँ, हम मंदिर जाते हैं।"

फिर बोली, "भगवान् थोड़ी घर-घर जाकर हलुआ-पूड़ी खाते हैं? बोलो, भगवान् जाते हैं क्या किसी के घर?"

मैंने कहा, "नहीं जाते।"

उसने पूछा, "आज के दिन हम भगवान् हैं। देवियाँ हैं न?"

मैंने कहा, "बिल्कुल देवियाँ हो।"

वो बोली, "जब भगवान् घर-घर नहीं जाते, जिसे दर्शन करना हो, भोग लगाना हो, उसे भगवान् के पास जाना पड़ता है तो इस बार हम भी किसी के घर नहीं जाएँगे। हम देवियाँ हैं। जिसे हमारी पूजा करनी होगी, हमें भोग लगाना होगा, उसे हमारे पास आना पड़ेगा। हम सब यहीं गार्डन में बैठे हैं।"

प्रज्ञा की इतनी तार्किक बात सुनकर सारे लोग किंकर्तव्यविमूढ़ हो गए। सबने बच्चों को खूब समझाया, खूब मनाया, घर चलकर पूजन करवाने के लिए कहा, लेकिन एक भी बच्ची अपने इरादे से टस-से-मस नहीं हुई। बड़ों को बालहठ के सामने झुकना पड़ा। उस साल अपार्टमेंट में अद्‌भुत दृश्य था। सारे यजमान अपने-अपने घरों से पूजन और प्रसाद सामग्री नीचे गार्डन में लेकर आए, फिर नन्ही कन्याओं ने खूब खुश होकर पाँव पुजवाए, प्रसाद ग्रहण किया और उपहार भी लिए।

पारंपरिक रीति-रिवाजों को फॉर ग्रांटेड लेने की प्रवृत्ति पर कितनी दक्षता के साथ प्यारी-सी चपत लगाई इन नन्ही देवियों ने और यह भी सिखा दिया कि छोटों को हलके में लेना कभी-कभी बहुत भारी पड़ जाता है।

□

36

ओफ्फोह

अगले दिन सहेली से भेंट हुई। मैंने कहा, "उस दिन बहुत आनंद आया।" वो बोली, "हाँ, सबने तारीफ की। मूँग की दाल का हलवा बहुत स्वादिष्ट बना था। गरमा-गरम मूँगवड़े बहुत पसंद आए सबको। कुछ लोगों को कद्दू की सब्जी में नमक कुछ अधिक लगा, वैसे ज्यादातर सब तारीफ करके गए।"

मेरी एक परिचित ने 'सुंदरकांड' का पाठ कराया। जिस दिन अयोध्या के विवादित राम मंदिर पर फैसला आया उसके दूसरे ही दिन यह आयोजन होने से सभी के हृदय में अतिरिक्त उत्साह था। पाठ करनेवाली मंडली ने वाकई खूब डूबकर सुर, लय, ताल के साथ संपूर्ण भक्ति भाव से गायन किया। हृदय आनंद विभोर हो गया। वैसे हमारे तुलसी बाबा ने लिखा ही इतना सुंदर है कि—

"मूक होई वाचाल, पंगु चढ़ई गिरिवर गहन।"

'सुंदरकांड' के पश्चात् अत्यंत भावप्रवण मधुर भजन भी सुनाए। कुल मिलाकर पूरे वातावरण में आनंद की वर्षा होती रही और मन उस आनंद वर्षा में नख-शिख भीगता रहा। कार्यक्रम के पश्चात् सहभोज भी था। मैं किसी कारणवश सहभोज में सम्मिलित नहीं हो सकी और क्षमा माँगकर आ गई। अगले दिन सहेली से भेंट हुई।

मैंने कहा, "उस दिन बहुत आनंद आया।"

वो बोली, "हाँ सबने तारीफ की। मूँग की दाल का हलवा बहुत स्वादिष्ट बना था। गरमा-गरम मूँगवड़े बहुत पसंद आए सबको। कुछ लोगों को कद्दू की सब्जी में नमक कुछ अधिक लगा, वैसे ज्यादातर सब तारीफ करके गए।"

मैंने उसे याद दिलाया कि मैं जल्दी चली गई थी। मैंने प्रसाद ग्रहण नहीं किया

था। इतना सुनते ही वो अफसोसियाती हुई बोली, "ओफ्फोह! हाँ, ध्यान आया। तुम जल्दी चली गई थीं, फिर तुम्हें कैसे पता चला कि आनंद आया?"

मैंने बताया कि 'सुंदरकांड' के पाठ में आनंद आया।

वो बोली, "हुंममम! अगर मूँगवड़े और हलवा खाती तो और आनंद आता।"

मैं किंकर्तव्यविमूढ़-सी उसकी लोमहर्षकर मुखमुद्रा देखती रही और वो एक-एक व्यंजन के बारे में चटखारे ले-लेकर सुनाती रही। पूड़ी, कचौड़ी, दही-बड़ा, सौंठ, पुलाव, ब्ला ब्ला ब्ला ब्ला…

□

37

योग के साइड-इफेक्ट

पहले भी मैं अमेरिका गई हूँ। तब और अब विदेशी भारतीयों की सोच एवं व्यवहार में बहुत बड़ा बदलाव महसूस हुआ। महँगे अमेरिकी रेस्टोरेंट में हमारे एक आयोजक मित्र ने छुरी-काँटे से खाना खाते हुए अचानक जब हँसकर यह कहा कि छोड़ो यार यह छुरी-काँटा। अपन तो देसी स्टाइल में ही खाना खाएँगे। तब लगा कि यह है योग का असली साइड-इफेक्ट।

साइड-इफेक्ट, शब्द के साथ ही हमें सामान्यत: किसी दवाई के हानिकारक रिएक्शन जैसा बोध होता है, लेकिन मान्यवर, कुछ साइड-इफेक्ट अच्छे भी होते हैं। जब सन् 2018 में अमेरिका और कनाडा के 15 शहरों की काव्य यात्रा पर जाना हुआ, तब स्थान-स्थान पर योग का साइड-इफेक्ट देखने को मिला।

कनाडा के टोरंटो में योगाचार्य श्री संदीप त्यागीजी से भेंट हुई। श्री संदीप त्यागीजी अच्छे योगाचार्य तो हैं ही, साथ ही संस्कृत भाषा के प्रकांड विद्वान् भी हैं। कविताएँ भी लिखते हैं। उन्होंने अपने कुछ विदेशी शिष्यों से मिलवाया। सारे शिष्य बहुत अच्छी हिंदी और थोड़ी-थोड़ी संस्कृत बोल रहे थे। सभी ने दोनों हाथ जोड़कर नमस्कार किया और 'नमस्कार' शब्द का उच्चारण भी किया। उचित आरोह-अवरोह के साथ संस्कृत के कई श्लोक सुनाए। गायत्री मंत्र का पाठ किया। उन्हें देख-सुनकर अपने भारत की भाषा, संस्कृति पर साथ ही स्वयं के भारतीय होने पर बहुत गर्व का अनुभव हुआ। यह योग का साइड-इफेक्ट था।

विश्व स्तर पर 'योग दिवस' मनाने से केवल योग ही विश्व स्तर तक नहीं पहुँचा, वरन् उसके साथ भारतीय भाषा, संस्कृति, वेशभूषा, खान-पान, आयुर्वेद,

पूजा पद्धति भी सामान्य सहज रूप से पहुँची। योग का सबसे महत्त्वपूर्ण एवं उल्लेखनीय साइड इफेक्ट तो यह है कि योग के साथ विदेशों में रहनेवाले भारतीयों में स्वयं के भारतीय होने पर गर्व करने की भावना पहुँची, जो बहुत बड़ी बात है। 'योग दिवस' मनाए जाने का साइड-इफेक्ट मैंने इस बार की कनाडा-अमेरिका यात्रा में भरपूर देखा। पहले भी मैं अमेरिका गई हूँ। तब और अब विदेशी भारतीयों की सोच एवं व्यवहार में बहुत बड़ा बदलाव महसूस हुआ। महँगे अमेरिकी रेस्टोरेंट में हमारे एक आयोजक मित्र ने छुरी-काँटे से खाना खाते हुए अचानक जब हँसकर यह कहा कि छोड़ो यार यह छुरी-काँटा। अपन तो देसी स्टाइल में ही खाना खाएँगे। तब लगा कि यह है, योग का असली साइड-इफेक्ट।

'योग' का शाब्दिक अर्थ है—जोड़ना। यम, नियम, प्रत्याहार, आसन, प्राणायाम, ध्यान, धारणा एवं समाधि—ये अष्टांग योग के महत्त्वपूर्ण घटक हैं। यम से लेकर समाधि तक की लंबी आंतरिक यात्रा का नाम 'योग' है। वर्तमान समय में सरकार एवं कुछ प्रमुख योगाचार्यों के सतत् प्रयासों के कारण जन-

सामान्य में उत्तरोत्तर योग के प्रति जागरुकता आशातीत रूप से बढ़ी है। स्वस्थ शरीर में ही स्वस्थ मस्तिष्क निवास करता है, इसलिए शरीर का स्वस्थ रहना अति आवश्यक है। विश्व स्तर पर 'योग दिवस' मनाने की अवधारणा एवं उसका व्यापक क्रियान्वयन निश्चित रूप से प्रशंसनीय है। इसके लिए भारत सरकार की जितनी सराहना की जाए, वो कम है।

योग मात्र एक्सरसाइज नहीं है। योगासन योग का एक हिस्सा है। योगाचार्यों एवं समस्त योग प्रेमियों से करबद्ध निवेदन है कि कृपया योग के समस्त घटकों के बारे में जानकारी दें। योग को आड़ी-तिरछी एक्सरसाइज तक सीमित न रखें।

□

38

'सुलभ' का सुभीता

महिलाओं से संबंधित गैर जरूरी समझी जानेवाली इस महत्त्वपूर्ण आवश्यकता को वहाँ के व्यवस्थापकों ने कितनी बारीकी से समझा। उस समय मेरे मन में आया कि काश! भारत में भी इन चीजों का ध्यान रखा जाए तो कितना अच्छा हो। घर से बाहर निकलने पर महिलाओं को ऐसी-ऐसी गंभीर समस्याओं का सामना करना पड़ता है, जिनके विषय में वे किसी से कह भी नहीं पातीं। श्री बिंदेश्वर पाठकजी ने भारत में पहली बार 'सुलभ क्रांति' का सूत्रपात करके लाखों लोगों की समस्याओं को समझकर उनका समाधान किया है। 'सुलभ' के सुभीते के प्रति आभार।

कवि सम्मेलनों के कारण जगह-जगह घूमना होता रहा है। घूमने से इतने सारे अनुभव मिले हैं, जितने हजार ग्रंथ पढ़कर भी नहीं मिल सकते थे। स्थान-स्थान के लोग, लोगों का पहनावा, बोलचाल, भाषा, संस्कृति, स्थापत्य कला और न जाने कितना कुछ देखने, समझने, महसूस करने को मिलता है यायावरी से। पिछले तीस वर्षों से निरंतर कविता की पोटली लिये नगर-नगर घूम रही हूँ। प्रत्येक स्थान की मिट्टी और हवा की एक अलग सुगंध होती है, एक अलग तासीर होती है, जिसे वहाँ जाकर ही अनुभव किया जा सकता है।

सितंबर 2018 में 'भारतीय सांस्कृतिक संबंध परिषद्' (आई.सी.सी.आर.) की ओर से छह कवियों का चयन ब्रिटेन के पंद्रह शहरों में काव्यपाठ करने के लिए किया गया। श्रद्धेय डॉ. कुँअर बेचैनजी, डॉ. कविता किरण, चौधरी मदन मोहन समर,

डॉ. अनिल चौबे, श्री मनवीर मधुर और मैं। नई दिल्ली के इंदिरा गांधी अंतरराष्ट्रीय हवाई अड्डे से हम सभी ने लंदन के हीथ्रो एयरपोर्ट की ओर उड़ान भरी। बेलफास्ट, डबलिन, कार्डिफ, बाथ, नॉटिंघम, मैनचेस्टर, ब्लैकपूल, ग्लास्गो, बर्मिंघम, लंदन, लीवरपूल आदि विभिन्न शहरों की यात्रा करते हुए हम स्कॉटलैंड के एडिनबर्ग पहुँचे। बहुत ही सुंदर शहर है एडिनबर्ग। प्राकृतिक सुषमा तो ईश्वर ने इस शहर पर दोनों हाथों से लुटाई है। प्राचीन किले और महलों के दर्शन करने के पश्चात् दोपहर को हम स्कॉटलैंड की पार्लियामेंट देखने गए। पार्लियामेंट की बिल्डिंग अत्याधुनिक और सुंदर लगी। चार-पाँच घंटे घूमते-घूमते मुझे टॉयलेट जाने की आवश्यकता महसूस हुई। मैं और डॉ. कविता किरण पार्लियामेंट के बरामदे में बने लेडीज टॉयलेट की ओर गए। वहाँ टॉयलेट को 'रेस्टरूम' भी कहा जाता है। अत्याधुनिक सुविधाओं से लैस रेस्टरूम शीशे की तरह चकाचक साफ-सुथरा था। लघुशंका से निवृत्त होकर मैं वॉशबेसिन में हाथ धो रही थी, साथ ही वहाँ के आधुनिक रखरखाव का निरीक्षण भी करती जा रही थी, तभी मेरी नजर वॉशबेसिन के एक ओर लगी छोटी सी लकड़ी की अलमारी पर पड़ी। जिज्ञासावश मैंने अलमारी का स्लाइडिंग शीशा एक तरफ सरकाकर अलमारी खोली। मुझे लगा कि उसमें बहुत सारे टिशू पेपर के पैकेट रखे हैं, लेकिन जब मैंने उसमें से एक पैकेट उठाया, तब आश्चर्य मिश्रित खुशी का ठिकाना नहीं रहा। जिन्हें मैं टिशू पेपर समझ रही थी, वो सेनेटरी नेपकींस थे। मेरा मन वहाँ के व्यवस्थापकों के प्रति कृतज्ञता से नतमस्तक हो गया। महिलाओं से संबंधित गैर जरूरी समझी जानेवाली इस महत्त्वपूर्ण आवश्यकता को वहाँ के व्यवस्थापकों ने कितनी बारीकी से समझा। उस समय मेरे मन में आया कि काश! भारत में भी इन चीजों का ध्यान रखा जाए तो कितना अच्छा हो? घर से बाहर निकलने पर महिलाओं को ऐसी-ऐसी गंभीर समस्याओं का सामना करना पड़ता है, जिनके विषय में वे किसी से कह भी नहीं पातीं। फिर एक विचार और आया कि हमारे भारत के टॉयलेट्स में तो लोग नल की टोटियाँ, बल्ब और ट्यूबलाइट्स तक नहीं टिकने देते, फिर सेनेटरी नैपकिन कैसे टिकने देंगे?

जनवरी 2019 को अपने गृहनगर ग्वालियर जाना हुआ। उस दौरान कई वर्षों बाद परिवार के बच्चों को लेकर ग्वालियर के ऐतिहासिक किले में घूमने का अवसर प्राप्त हुआ। ग्वालियर का किला भारतीय स्थापत्य कला का बेजोड़ उदाहरण है। राजा मानसिंह का महल, गूजरी महल, तोपखाना, जौहर कुंड आदि भारतीय इतिहास की जीवंत कहानी कहते हैं। शाम को मानसिंह महल के सामने 'लाइट एंड साउंड शो' के समय तो मृगनयनी, राजा मानसिंह, रनिवास का जौहर

और दाताबंदी छोड़कर इतिहास आँखों के सामने साकार हो जाता है। ग्वालियर घराने के प्रसिद्ध गायक पं. कृष्णराव शंकर पंडितजी के ध्रुपद गायन के खनकते हुए आलाप से ऐसा अलौकिक वातावरण निर्मित होता है कि देह से विलग होकर मन उड़ता हुआ पल भर में पूरे किले के चक्कर लगा लेता है। सहस्रबाहु के मंदिर (जो प्रयत्नलाघव के कारण सास-बहू का 'मंदिर' कहलाने लगा है) की सीढ़ियों से होकर, गोल नक्काशीदार गुंबद को छूकर, गुरुद्वारे के प्रवेश द्वार पर बहते हुए जल में पैर धोकर, गुरुग्रंथ साहिब के सामने मत्था टेकता हुआ, छककर लंगर खाकर वापस नीली लाल मीनाकारी से सजे मानसिंह महल के सामने बनी सीढ़ियों पर लौट आता है।

बचपन में तो अनेक बार किले पर जाते थे हम सभी। किले पर जाना, यानी दिन भर का कार्यक्रम। घर से परांठे-सब्जी और अन्य खान-पान सामग्री ले जाते थे। किला घूमते थे। वहीं किसी पेड़ की छाया में बैठकर मजे से खाना खाते थे। शाम तक घर लौटते थे। उस समय सामान्य लोगों के लिए ग्वालियर किले पर किला गेट की तरफ से पैदल जाने का ही एक रास्ता था। बिल्कुल खड़ी चढ़ाई। ऊपर तक चढ़ते-चढ़ते हाँफनी भर जाती थी। उस समय किले पर न तो ठीक से बैठने का कोई स्थान था, न ही खाने-पीने की सामग्री मिलती थी। यहाँ तक कि टॉयलेट भी नहीं था। साफ-सफाई के तो क्या कहने! मानसिंह महल, गूजरी महल और जौहर कुंड में घुप्प अँधेरा रहता था। सैकड़ों चमगादड़ छत से उलटे लटके पर्यटकों का

अभिवादन करते थे। इतनी दमघोंटू दुर्गंध फैली रहती थी महल में कि उबकाई आने लगती थी। लघुशंका लगने पर झाड़ियों की आड़ का ही सहारा था। मैंने इसी कारण थोड़ी बड़ी होने पर किले जाना छोड़ दिया।

2019 में जब ग्वालियर प्रवास के दौरान सुना कि किले का रखरखाव अब अच्छा हो गया है, तब परिवार के बच्चों को लेकर किला घूमने गई। इस बार उरवाई गेट से किले पर जाने और पूरा किला घुमाने के लिए किराए की टैक्सियों की व्यवस्था थी। कोई मोलभाव नहीं, कोई चिक-चिक नहीं। पर्ची कटाओ और टैक्सी बुक करो। हमने एक टैक्सी बुक की और किले के ऊपर की तरफ चल दिए। उरवाई गेट से जब किले के ऊपर जाते हैं, तब वर्ल्ड क्लास सिंधिया स्कूल दिखाई देता है। टैक्सी से हम सीधे मानसिंह महल पर उतरे। वापसी में उसी टैक्सी से आने का बंधन नहीं था। टिकिट दिखाओ और किसी भी टैक्सी में बैठो। इस बार किला बिल्कुल धुला-धुला दिखा। बिल्कुल साफ-सुथरा।

मानसिंह महल, गूजरी महल, तोपखाना, जौहर कुंड सब लक-दक। सभी जगह भरपूर प्रकाश। चमगादड़ों की दुर्गंध के स्थान पर बिल्कुल शुद्ध, सुगंधित हवा। तोपखाने के पीछे की ओर बहुत बड़ा निर्माण कार्य चल रहा था। पूछने पर पता चला कि वहाँ भव्य गेस्टहाउस और स्वीमिंग पूल बन रहा था। सास-बहू मंदिर के तो क्या कहने! संपूर्ण परिसर प्राचीन स्थापत्य कला एवं वर्तमान रखरखाव के कारण अद्‌भुत रूप से निखर गया था। इतनी देर घूमते हुए वही पीड़ा सताने लगी, जिसके निराकरण की व्यवस्था न होने के कारण मैंने किले आना छोड़ दिया था। मुझे और बच्चों को टॉयलेट जाने की आवश्यकता अनुभव हुई। पूछताछ करने पर पता चला कि तोपखाने के पास टॉयलेट है। मैं बच्चों को लेकर तोपखाने के पास पहुँची। वहाँ टॉयलेट तो था, लेकिन टूटा-फूटा और इतना गंदा कि उसकी दुर्गंध चीख-चीखकर कह रही थी—दूर रहो, दूर रहो। इतनी गंदगी में तो नहीं जाया जा सकता था। अब करें तो क्या करें? किले से नीचे जाने में भी कम-से-कम एक घंटा लग जाता। इतनी देर तक होल्ड करना संभव नहीं था। अब क्या किया जाए? झाड़ियों का ही सहारा लेना पड़ेगा। हमारी परेशानी को भाँपकर एक सज्जन ने बताया कि किले के ऑफिस के पास नया टॉयलेट बना है। हम जल्दी-जल्दी ऑफिस के पास पहुँचे। वहाँ सुलभ शौचालय बना देखकर जान में जान आई। बिल्कुल नया बना हुआ स्वच्छ शौचालय। सुलभ के शिल्पकार श्री बिंदेश्वर पाठकजी को मन-ही-मन धन्यवाद ज्ञापित किया। बच्चे निवृत्त होकर निकले, उसके बाद मैं गई। एक समस्या समाप्त हुई तो दूसरी समस्या सामने आ खड़ी हुई। बताने में भी झिझक लगती है।

लेडीज प्रॉब्लम। अब करूँ तो क्या करूँ? मेरी तो डेट भी नहीं थी। कोई इंतजाम मेरे पास नहीं था। साथ में बच्चे थे। किससे कहूँ। क्या करूँ? मुझे स्कॉटलैंड की पार्लियामेंट के टॉयलेट की बरबस याद हो आई। वहाँ के व्यवस्थापकों ने महिलाओं की समस्याओं का कितना ध्यान रखा था। इस विकट स्थिति में अब क्या करूँ? मैं असहाय-सी चारों ओर देख रही थी। कहते हैं न कि पूरे मन से माँगो तो भगवान् भी मिल जाता है। ऐसा ही कल्पनातीत घटित हुआ। अचानक मेरी नजर दीवार पर टँगी शीशे की छोटी सी अलमारी पर पड़ी। उसमें टिशू पेपर जैसे छोटे-छोटे पैकेट रखे थे। अलमारी के दरवाजे पर नन्हा-सा ताला लटका था। अलमारी के नीचे लिखा था 'सेनेटरी नैपकिन पाँच रुपए में एक।' सिक्का डालने की झिर्री भी बनी थी। सच कहूँ, उस समय मेरी आँखों में आँसू आ गए। ये आँसू बेबसी के थे या खुशी के, मैं नहीं जान सकी। मैंने झिर्री में पाँच रुपए का सिक्का डाला। घुर्र-घुर्र की हलकी सी आवाज हुई। अलमारी का निचला हिस्सा थोड़ा सा खुला और सेनेटरी नैपकिन का एक पैकेट बाहर आ गया। मेरी समस्या हल हो गई। पहली बार लगा कि हम महिलाओं के सामने हर महीने आनेवाली महत्त्वपूर्ण समस्या को समस्या समझ गया भारत में।

घर से बाहर निकलने पर ऐसी कितनी ही समस्याओं का सामना हम महिलाओं को करना पड़ता है, जिनके विषय में बोलना तक वर्जित है। श्री बिंदेश्वर पाठकजी ने भारत में पहली बार 'सुलभ क्रांति' का सूत्रपात करके लाखों लोगों की समस्याओं को समझकर उनका समाधान किया है। 'सुलभ' के सुभीते के प्रति आभार।

□

39

चुनौती

जैसे ही उन्होंने मेरी लड़की होने को चुनौती दी वैसे ही मुझमें भवानी जाग गई। मैंने मन में कहा, "अच्छा बच्चू, लड़कियों को कमजोर समझते हो। अब देखना दस का दम।"

चुनौतियाँ देना परिस्थितियों का शौक है और उन्हें स्वीकार करना मेरा शगल। डर मुझे भी लगता है, घबराहट मुझे भी होती है, लेकिन पता नहीं क्यों, बचपन से ही सब यह मानने लगे थे कि मैं बहुत बहादुर हूँ। यदि कोई ऐसा यंत्र होता, जो मन की ठीक-ठीक स्थिति बता सकता, तो मुझसे अधिक डरपोक कोई और नहीं निकलता।

चौथी-पाँचवीं कक्षा में थी, उस समय की बात है। पता नहीं क्यों, मेरी छवि सूरमाओं जैसी बनी हुई थी। शायद मैं बहुत गिरती-पड़ती रहती थी। उल्टे-सीधे कारनामे करती थी। मसलन पेड़ों पर चढ़ना, छत से कूदना, लंबी-लंबी छलाँगें लगाना, अँधेरे में अकेले चले जाना आदि। वो समय ऐसा था कि सबके पास समय बहुत था। रात को सात-साढ़े सात बजे खाना खा लेते थे। टीवी, कंप्यूटर, मोबाइल नहीं था। मनोरंजन के नाम पर ले-देकर रेडियो था। रात का खाना हो जाने के बाद गप्पेबाजी का अड्डा जमता था। भूतों के किस्से-कहानियाँ खूब रंगारंग तरीके से सुनाए जाते थे। मेरी बूआ का बड़ा बेटा, यानी मेरा फुफेरा भाई राजू भूतों के डरावने किस्से सुनाने में एक्सपर्ट था। किस्सा सुनाते समय उसका एकल अभिनय इतना जबरदस्त होता था कि लगने लगता था, जैसे साक्षात् भूत के दर्शन कर लिये। किस्सा सुनाते हुए आवाज का उतार-चढ़ाव सबकी सिट्टी-पिट्टी गुम कर देता। हम बच्चे

तो कम-से-कम उसकी बातों से हिप्नोटाइज हो जाते थे। उसके किस्सों में भूतों के साथ सफेद साड़ी पहने, हाथ में मोमबत्ती लिये भूतनी भी रहती थी। जिसके पैर उलटे होते थे। हम उलटे पाँव भागना चाह रहे होते थे भूतों की कहानियाँ सुनकर, लेकिन नहीं भाग पाते थे। सच कहूँ, मेरी तो घिग्घी बँध जाती थी। इतना डरने के बावजूद पता नहीं क्यों, सब मुझे बहादुर समझते थे। समझते थे तो मैं समझने देती थी। सारे किस्से-कहानियाँ होने पर राजू हमेशा बताता था कि "आँगन में जो नीम का पेड़ है न, उस पर भूत रहते हैं। रात को बारह बजे भूत-भूतनी का जोड़ा पेड़ पर डांस करता है। रात में लघुशंका के लिए उठने पर मैंने कई बार देखा है।"

शर्तें-वर्तें लगाना भी खूब चलता था उस समय। एक बार राजू और छोटे चाचा ने एक शर्त रखी। शर्त क्या लगभग चुनौती दी कि रात को बारह बजे जब भूतों का डांस चल रहा होगा, तब जो भी आँगन के एक सिरे से दूसरे सिरे तक जाकर वापस आ जाएगा, उसे मान जाएँगे। कुछ बच्चों ने पहले ही हथियार डाल दिए। चार-पाँच ने युद्ध की ललकार को स्वीकार किया। उन चार-पाँच में आपकी यह तुर्रमखाँ भी थी। अगले दिन रात में बारह बजे प्रतियोगिता युद्ध स्तर पर होनी तय हुई।

बताया गया था कि पूर्णिमा की रात में भूत और भूतनी का मिलन होता है। दोनों मस्त होकर नाचते हैं। उस समय अगर कोई उन्हें डिस्टर्ब कर दे तो उसकी खैर नहीं। अगले दिन पूर्णिमा ही थी। राजू और छोटे चाचा ने हम बच्चों को डराने का पूरा प्रबंध कर लिया था।

दोनों अगले दिन सुबह से ही डरावना माहौल क्रिएट करने में प्राणपण से जुट गए। उनकी मेहनत रंग लाई और एक-दो बालवीर लड़ने से पहले ही मैदान छोड़ गए। लेकिन मैं डटी रही।

रात को खाना खाने के बाद फिर महफिल जमी। राजू और छोटे चाचा खूब रँगा-रँगाकर भूत भूतनियों के किस्से सुनाते रहे। हम बच्चे सहम-सिकुड़ रहे थे। फिर भी उत्सुकतावश सुनते जा रहे थे। भूतों के किस्सों से भयानक रस की घनघोर निष्पत्ति हो रही थी।

रात को बारह बजे प्रतियोगिता प्रारंभ हुई। आँगन के एक सिरे पर हम सब बैठ गए। नंबर-नंबर से अकेले आँगन पार करना था और लौटकर वापस भी आना था। पूर्णिमा की रात थी। चंद्रमा अपने संपूर्ण यौवन पर था। चंद्रमा का प्रकाश नीम के पेड़ पर पड़ रहा था। चारों तरफ बिखरीं पेड़ की शाखाओं की छायाएँ पूरे आँगन में फैली हुई थीं। जिनमें भूत-भूतनी के युगल नृत्य की विभिन्न मुद्राएँ प्रतिभासित हो रही थीं। खैर...

सबसे पहले प्रथम सूरमा की बारी आई। वे अपने मन को पक्का करके निकले रण विजय करने। बाकी के बालवीर सुट्ट से होकर देख रहे थे। राजू और छोटे चाचा हमें डराने का पूरा प्रबंध करते हुए प्रत्यक्ष में हमारा हौसला बढ़ा रहे थे। लेकिन सच बताऊँ, मन-ही-मन वे हमारे मजे ले रहे थे। पहले सूरमा भोपाली चले तो इस अंदाज में थे कि प्रतियोगिता वे ही जीतेंगे, लेकिन यह क्या, वो तो नीम के पेड़ तक भी नहीं पहुँच पाए। आधे से भी कम जाकर हाँफते हुए लौट आए। अगले तीनों-चारों की स्थिति तो और भी गंभीर रही। किसी की पेंट गीली हुई तो किसी की पीली। अब बारी मेरी थी। राजू और छोटे चाचा ने कहा, "ये लड़के होकर आँगन पार नहीं कर पाए, फिर तुम तो लड़की हो। पहले ही हार मान लो। तुम तो आधे आँगन तक भी नहीं जा पाओगी।" जैसे ही उन्होंने मेरी लड़की होने को चुनौती दी, वैसे ही मुझमें भवानी जाग गई। मैंने मन में कहा, 'अच्छा बच्चू, लड़कियों को कमजोर समझते हो। अब देखना दस का दम।'

मैं आभासीय बख्तरबंद बाँधकर तैयार हो गई रणांगण में भूत-भूतनी को पछाड़ने।

एक, दो, तीन गिनती के साथ प्रतियोगिता शुरू हुई। मैं निकली तो बहुत जोश में थी, लेकिन सच बताऊँ 'आधे रास्ते तक जाकर मेरे प्राण कंठ में फँस गए। नीम के पेड़ की डालियों की छाया' चंद्रमा की चाँदनी में भूतिया दृश्य की सृष्टि कर रही थीं। अचानक कानों में घुंघरुओं की आवाज भी सुनाई देने लगी। बिल्कुल ऐसा लग रहा था, जैसे भूत-भूतनी मगन होकर नृत्य कर रहे हैं। मेरी साँसें तेज तेज चलने लगीं और पाँव आँगन के फर्श पर जम गए। मुझे अपने पैर मनों भारी लग रहे थे। न हिल रहे थे, न उठ रहे थे। अब मैं क्या करूँ? भूतों के नृत्य में व्यवधान हुआ तो वे मुझे

कच्चा चबा जाएँगे। लेकिन तभी लगा कि अगर मैं वापस गई तो पक्की तरह सिद्ध हो जाएगा कि लड़कियाँ को कमजोर होती हैं। जाना तो है आगे; लेकिन कैसे? पैरों ने तो हड़ताल कर दी थी। तभी बाई (दादी) की एक बात ध्यान आई। बाई ने एक कहानी में बताया था कि भूत-प्रेत भगवान् के नाम से डरते हैं। बस यह विचार कौंधते ही मैंने डरते-डरते मन-ही-मन रामरक्षा स्तोत्र बोलना शुरू कर दिया।

अथ श्री रामरक्षा स्तोत्र मन्त्रस्य, बुधकौशिक ऋषि:, श्रीसीतारामचन्द्रो देवता, अनुष्टुप छन्दा:, सीता शक्ति, श्रीमद्हनुमान कीलकम्, श्रीरामचन्द्र प्रित्यर्थे जपे विनियोगा:, अथध्यानम्, ध्यायेदाजानुबाहुं, धृतशरधनुष्यम्…

रामरक्षा की गति के साथ-साथ पता नहीं कहाँ से मेरे मन में स्फूर्ति आती जा रही थी। अनायास ही मैं जोर-जोर से रामरक्षा बोलती चली गई और अँधेरे में आगे बढ़ती चली गई। फिर मैं लगभग दौड़ने लगी। रामरक्षा की आवाज और तेज हो गई।

मनोजवं मारुतितुल्य वेगम्, जितेन्द्रियम् बुद्धिमतां वरिष्ठम्,वातात्मजं वानरयूथ मुख्यं, श्रीरामचन्द्रं शरणं प्रपद्ये।

यहाँ तक आते-आते आँगन के दूसरे छोर तक पहुँच गई। आधी लड़ाई तो जीत ली थी। थोड़ा आत्मविश्वास आ गया था। लंबी साँस भरकर वापस जाने के लिए मुड़ गई। आते समय भूतों के दर्शन नहीं हुए थे। मैंने बोलना प्रारंभ किया—रामोराजमणी सदा विजयते, रामम् रमेश भजे, रामेणा भियतानिशाचरचमू रामायतस्मै नम:, रामान्नास्ति परायणं परतरम् रामस्यदासोस्मयं, रामेचित्तलय सदा भवतुमे, भोराममामुद्धरम्।

लौटती खेप में मैं नीम के पेड़ तक आ गई थी। अब थोड़ी ही दूरी शेष बची थी। आश्चर्य की बात तो यह हुई कि अभी तक मुझे न भूत दिखा न भूतनी। रामरक्षा मंत्र का प्रभाव था या कुछ और, मैं नहीं जानती। जानती तो बस यह थी कि मेरा डर लगभग दूर हो गया था। अब मैं बिना भयभीत हुए सधे कदमों से विजयी होने के गुरूर के साथ आगे बढ़ रही थी और मन-ही-मन सोचती जा रही थी कि कैसे ये बड़े लोग हम बच्चों को मूर्ख बनाते हैं। अब इन्हें मजा चखाऊँगी।

जब मैं विजयी मुस्कान लिये वापस पहुँची तो राजूदादा ने मुझे कंधे पर उठा लिया और छोटे चाचा ने मेरा हाथ ऊँचा करके मुझे विनर घोषित कर दिया। ऐलान हो गया कि मैं किसी से नहीं डरती। मैं बहुत बहादुर हूँ। सबने मान लिया कि लड़कियाँ डरपोक नहीं होतीं। और मेरा गुस्सा जाता रहा।

□

40
काला बंदर

उसने पहले से ही अपना एक हाथ मेरी जाँघ पर रखा हुआ था और अब तो दूसरे हाथ से मेरा सिर भी पकड़ लिया। डर के मारे मेरे प्राण हलक में आ गए। मेरी जरा-सी हरकत करने पर उसके पंजों का दबाव मेरी जाँघ और सिर पर बढ़ जाता था। मैं मूर्तिवत् अपने स्थान पर बैठी रही।

मानव का विकास बंदरों से हुआ है या नहीं, पता नहीं यह कितना सच है, लेकिन यह तय है कि मेरा विकास अवश्य बंदरों से हुआ है। बंदर मेरे पूर्वज हैं, तभी तो जीवन में बार-बार अपनी उपस्थिति दर्ज कराते हैं।

बहुत छोटी थी, लगभग आठ-दस वर्ष की, तब बाबा ने मजाक में कह दिया था कि चिड़ियाघर में बंदरों के बाड़े में रहनेवाली बड़ी बंदरिया मेरी असली माँ है। वास्तव में मैं एक बंदर हूँ। बाबा ने मेरी पूँछ काट दी, शरीर के सारे बाल साफ कर दिए और फ्रॉक पहना दिया। मुझे अपने घर ले आए। मैंने मजाक में कही गई बाबा की बातों को सच मानकर मन-ही-मन बड़ी बंदरिया को अपनी माँ समझ लिया। मेरे बालमन ने एक कल्पना लोक की सृष्टि कर ली, जिसमें मैं बड़ी बंदरिया यानी अपनी असली माँ के साथ वात्सल्य भरे क्षण व्यतीत करने लगी। भोले-भाले संशयरहित मन को बहुत बड़ा आघात तब लगा, जब मुझे पता चला कि चिड़ियाघर के बंदरों के बाड़े में रहनेवाली बड़ी बंदरिया मर गई। मैंने समझा, मेरी असली माँ दिवंगत हो गई। तब बाबा ने बताया कि यह बात तो उन्होंने मजाक में कही थी। भले ही बाबा ने बड़ी बंदरिया को मेरी माँ बतानेवाली बात मजाक में कही हो, लेकिन जीवन के अनेक प्रसंगों पर

बंदरों का उपस्थित होना मेरे और बंदरों के बीच के अहैतुक संबंध की ओर संकेत करता है।

प्रतिवर्ष 14 नवंबर से दिल्ली के प्रगति मैदान में विश्व प्रसिद्ध 'अंतरराष्ट्रीय व्यापार मेला' लगता है। भारत के सभी प्रदेशों के बड़े-बड़े पक्के मंडप प्रगति मैदान में बने हैं। उन मंडपों में विभिन्न प्रदेशों की कला एवं संस्कृति की झाँकी सजाई जाती है। वहाँ के हस्तशिल्प, पहनावे, खान-पान आदि की बिक्री सह प्रदर्शनी भव्यता के साथ उद्घाटित होती है। विदेशों के भी स्टॉल्स लगते हैं। भारत सरकार के विभिन्न विभागों की प्रदर्शनी भी सजाई जाती है। महीने भर देश के कोने-कोने से पर्यटक प्रगति मैदान के व्यापार मेले में आते हैं।

लगभग 22-23 वर्ष पहले की बात है, तब प्रज्ञा दो ढाई साल की नन्ही परी-सी थी। गोल-मटोल बिल्कुल ऊन के गोले जैसी थी। दिल्ली के 'अंतरराष्ट्रीय व्यापार मेले' में मैं प्रज्ञा को गोद में उठाए घूम रही थी। वजन भी अच्छा-खासा था। मेला है तो भीड़ तो होगी ही। प्रत्येक मंडप के बाहर लंबी-लंबी लाइनें लगी थीं। प्रज्ञा को गोदी में उठा-उठाकर घूमने में जान निकल जाती थी, लेकिन उन दिनों उम्र कम थी और उत्साह अधिक। प्रज्ञा थी भी बहुत चंचल। गोदी में रुकने को तैयार ही नहीं थी। इतनी भीड़ में उसे नीचे भी नहीं छोड़ा जा सकता था।

बहुत सारा श्रम तो उसे गोदी में समेटकर रखने में ही लग रहा था, लेकिन स्थिति नियंत्रण में थी।

दोपहर डेढ़-दो बजे घूमते-घूमते पेट में बिल्लियाँ कूदने लगीं। मैं परांठे-सब्जी आदि खान-पान सामग्री घर से बनाकर लाई थी। सोचा, किसी पार्क में बैठकर पहले पेट-पूजा कर लेनी चाहिए। इस विचार से प्रगति मैदान के व्यापार मेले में बने एक पार्क की ओर प्रज्ञा को गोदी में उठाकर चल दी। एक हाथ में प्रज्ञा, दूसरे हाथ में बड़ा सा झोला टाँगे मैं पार्क में साफ-सुथरा स्थान तलाश रही थी, तभी श्रीकांतजी दफ्तर से आधी छुट्टी लेकर आ गए। पार्क में काफी भीड़-भाड़ थी। खाने का समय था। हमारे जैसे लोग, जो घर से खाना बनाकर लाए थे, वे पार्क में दरी-चटाई बिछाकर चैन से बैठकर बतियाते हुए भोजन कर रहे थे। कुछ बच्चे गुब्बारों और छोटी-बड़ी गेंदों से खेल रहे थे। चाय, कॉफी, कोल्ड्रिंक्स, सैंडविच आदि बेचनेवालों की भी अच्छी-खासी चहल-पहल थी। उस चहल-पहल में एक छोटा सा खाली स्थान देखकर हमने भी दरी बिछाकर अपना डेरा डाल लिया। बिछी हुई दरी पर प्रज्ञा को गोदी से उतारकर जैसे ही बिठाया, वैसे ही वो ऐसी भागी, जैसे मौका देखकर कोई चोर पुलिस की चंगुल से भाग जाता है। भीड़ में बच्चों के खो जाने का डर भी रहता है। मैंने फुर्ती से पीछा करके प्रज्ञा को पकड़ लिया और वापस दरी पर बिठा दिया। इस बार श्रीकांतजी ने उस नन्ही नटखट का हाथ पकड़कर रखा। मैंने साथ में लाई डिस्पोजेबल पेपर प्लेट में पराँठे-सब्जी-अचार आदि निकालकर रखा। चायवाले से दो कप चाय ली और स्वाद लेकर भोजन करना आरंभ किया। भूख तेज लगी हो तो ठंडे पराँठे भी मालपूए से कम स्वादिष्ट नहीं लगते। तिस पर आम और नीबू का खट्टा-मीठा अचार भी साथ में हो तो क्या कहने!

मैं, प्रज्ञा और श्रीकांतजी दिल्ली के प्रगति मैदान में लगे अंतरराष्ट्रीय व्यापार मेले के पार्क में पराँठे, सब्जी और अचार के साथ षठरस भोजन का आस्वाद ग्रहण करते हुए आनंदमग्न हो रहे थे, तभी अचानक जाने कहाँ से एक बहुत बड़ा विशालकाय बंदर आकर बिल्कुल मेरी बगल में बैठ गया। अचानक हुए इस आक्रमण से मैं अचकचा गई। मेरे मुँह से चीख निकल गई। चीख की आवाज से विचलित होकर उस विशालकाय बंदर ने क्रोधित नेत्रों से मेरी तरफ देखा और अपना भारी-भरकम एक हाथ मेरी जाँघ पर रख दिया। अब तो डर के मारे मेरी घिग्घी बँध गई। बंदर के आक्रमण से बचने के लिए श्रीकांतजी थोड़ी दूर पीछे हट गए। प्रज्ञा मेरे पास ही थी। आए हुए संकट से सर्वथा अनभिज्ञ प्रज्ञा निरंतर हिल-डुल रही थी। प्रज्ञा के हिलने-डुलने से वह भीमकाय बंदर उद्वेलित हो रहा था। उसे और अधिक

क्रोध आ रहा था। उसने पहले से ही अपना एक हाथ मेरी जाँघ पर रखा हुआ था और अब तो दूसरे हाथ से मेरा सिर भी पकड़ लिया। डर के मारे मेरे प्राण ऐसे हो गए कि अब निकले कि तब निकले। मेरी जरा-सी हरकत करने पर उसके पंजों का दबाव मेरी जाँघ और सिर पर बढ़ जाता था। मैं मूर्तिवत् अपने स्थान पर बैठी रही। आसपास बहुत से लोग थे, लेकिन उस बलिष्ठ बंदर के आगे असहाय प्रतीत हो रहे थे। मुझे और प्रज्ञा को उसके चंगुल से कैसे छुड़ाया जाए, किसी को कुछ नहीं सूझ रहा था। तभी इस महासंकट से अनजान नन्ही प्रज्ञा मेरे पास से दूसरी ओर भागी। प्रज्ञा के भागते ही बंदर ने 'खी-खी-खी-खी' करते हुए अपनी गरदन प्रज्ञा की ओर घुमाकर उस अबोध पर छलाँग लगाने की पोजीशन बनाई। मेरे समेत उपस्थित सब लोग सकते में आ गए। मुझे लगा, अब तो प्रज्ञा गई। फिर पता नहीं क्या सोचकर बंदर ने अपना इरादा बदल दिया। उसके भारी-भरकम एक हाथ का दबाव मेरी जाँघ पर और दूसरे हाथ की पकड़ मेरे सिर पर और अधिक बढ़ गई। मेरे पूरे शरीर में तेज दर्द होने लगा। दिन में तारे यदि कभी दिखते हैं तो उस समय दोपहर के 2:30 बजे की खिली हुई धूप में असंख्य तारे मेरी आँखों के आगे चमकने लगे, कंठ सूख गया, सिर चकराने लगा, डर के मारे पेट में गुड़गुड़ाहट होने लगी। वह भीमकाय सोच रहा था, शायद—

मार दिया जाए या छोड़ दिया जाए
बोल तेरे साथ क्या सुलूक किया जाए।

10-15 मिनट में लगा, जैसे मेरे पूरे शरीर का खून सूख गया है। उस क्षण मृत्यु को बिल्कुल करीब से देखा मैंने। तभी श्रीकांतजी ने बंदर की ओर दिखाते हुए एक थैला विपरीत दिशा में उछालकर फेंका। बंदर फुर्ती से थैले पर झपटा। इस चक्कर में मैं बंदर की गिरफ्त से छूट गई।

आज भी जब इस घटना को याद करती हूँ तब डर में मारे पूरे शरीर पर रोंगटे खड़े हो जाते हैं। दाईं जाँघ पर उस बलिष्ठ भीमकाय बंदर के भारी-भरकम पंजे का दबाव महसूस होने लगता है। सिर के नारियल पर उसके हाथ की लंबी-लंबी उँगलियों की कसावट से दिन में चाँद-तारे नजर आने लगते हैं।

एक और घटना साझा करती हूँ। उन दिनों दिल्ली में काले बंदर का आतंक जोरों पर था। हर समय रेडियो, अखबार और टेलीविजन पर काले बंदर के कारनामों के समाचार छाए हुए थे। गरमियों के दिन थे। अधिकांश लोग घरों की छतों पर सोते थे। आए दिन खबरें आती थीं कि फलाँ जगह काले बंदर ने सोते हुए लोगों को काट लिया, फलाँ जगह राह चलते लोग काले बंदर की चपेट में आए। बच्चे, बूढ़े,

जवान, महिलाएँ—सभी काले बंदर के किस्से-कहानियाँ सुन और सुना रहे थे। उन दिनों हम हस्तसाल के वन बी.एच.के. एल.आई.जी. फ्लैट में तीसरी मंजिल पर रहा करते थे। छोटा सा बेडरूम, छोटा सा ड्राइंगरूम, बहुत छोटा सा किचन। किचन और ड्राइंगरूम से लगी हुई छोटी सी बालकनी। हम तीन प्राणियों का परिवार भी छोटा सा ही था। मैं, श्रीकांतजी और नटखट प्रज्ञा।

एक दिन दोपहर को मैं बेडरूम में प्रज्ञा के साथ बैठी थी। सहायिका झाड़ू-पोंछा-बरतन करने आई हुई थी। बरतन माँजने के लिए वह जैसे ही किचन में गई, वैसे ही उलटे पाँव बाहर की ओर भाग गई। अचानक उसके जाने से मैं समझ नहीं पाई कि क्या हुआ ? सहायिका ने फुसफुसाते हुए बताया कि किचन के स्लैब पर बहुत बड़ी बिल्ली बैठी है। मैं प्रज्ञा को बेडरूम के पलंग पर बैठाकर किचन में आई तो दंग रह गई। स्लैब पर बिल्ली नहीं काले मुँह का बहुत बड़ा बंदर बैठा था। जिस बंदर के आतंक से दिल्ली दहल रही थी, उस काले बंदर को किचन के स्लैब पर बैठे देखकर व्यापार मेले वाली घटना मेरी आँखों के आगे तेजी से घूमने लगी। भारी-भरकम पंजे का दबाव जाँघ और गरदन पर महसूस होने लगा। माथे पर पसीने की बहुत सारी बूँदें झिलमिलाने लगीं। सहायिका तो डरकर भाग गई थी। अब घर में प्रज्ञा थी और मैं। एक पल में मुझे खयाल आया कि बंदर गुस्से में कहीं घर में उत्पात न मचा दे। टी.वी., फ्रिज, अलमारी आदि सामान कितने जतन से लिया है, सब तोड़-फोड़ देगा, लेकिन दूसरे ही पल सोचा, 'जान है तो जहान है।'

मैं प्रज्ञा को लेकर दबे पाँव ड्राइंगरूम से होती हुई बालकनी में आ गई। बालकनी में आते ही मैंने ड्राइंगरूम से लगा बालकनी का दरवाजा बंद कर लिया। दस मिनट, पंद्रह मिनट, आधा घंटा, एक घंटा हो गया, लेकिन बंदर महाराज किचन की स्लैब पर बैठे तो बैठ ही गए। हम बंदर से डर रहे थे, हो सकता है, बंदर भी हम से डर रहा हो। मैं प्रज्ञा को लिये लगभग दो घंटे बालकनी में बैठी रही। अगले पल क्या होनेवाला है, कुछ पता नहीं था। एक अनजानी आशंका से पल-पल मन व्याकुल हो रहा था। मुझे तो लग रहा था आज घर का एक भी सामान सलामत नहीं रहेगा। सब टूट-फूट जाएगा। बंदर के एक पंजे से टी.वी., दूसरे से फ्रिज, तीसरे से टेबल, चौथे से कुरसियाँ, पूँछ से वॉशिंग मशीन—सबका राम-नाम सत्य होकर रहेगा। कई बार हम सोचते कुछ हैं, हो कुछ जाता है। सोचने और होने से नियति का गहरा नाता है। मैं प्रज्ञा को लेकर बालकनी में नजरबंद हुई बैठी थी। वह बंदर महाशय किचन के स्लैब पर आराम फरमा रहे थे। ड्राइंगरूम से बाहर जानेवाला

मुख्य दरवाजा खुला हुआ था। अचानक बंदर किचन के स्लैब से नीचे उतरकर बिना उत्पात मचाए चुपचाप अच्छे बच्चों की तरह ड्राइंगरूम से होते हुए मुख्य द्वार से होता हुआ बाहर चला गया। ऐसा लगा, जैसे मुसीबत जिस रास्ते आई, उसी रास्ते वापस चली गई।

एक अन्य घटना भी बंदरों से मेरे संबंध को पुष्ट करती है। मेरा बेटा कान्हा तीन-साढ़े-तीन साल का था। प्रज्ञा बारह-तेरह साल की रही होगी। श्रीकांतजी, मैं और दोनों बच्चे उड़ीसा की राजधानी भुवनेश्वर में बनी महाभारत कालीन गुफाओं (खंडगिरी- उदयगिरी) के दर्शन करने गए थे। राहगीरों ने हमें आगाह किया था कि गुफाओं में बंदर बहुत हैं। अपना कीमती सामान न ले जाएँ। मैंने कंधे पर लटकानेवाला अपना पर्स मुख्य द्वार पर बने सामान कक्ष में जमा करा दिया था। हम गुफाओं की दीवारों पर बनी चित्रकारी का अवलोकन करके सीढ़ियों से नीचे उतर ही रहे थे कि अचानक पाँच-छह बंदरों ने मुझे घेर लिया। मैं सीढ़ियों पर जहाँ खड़ी थी, वहीं धम्म-से बैठ गई। नन्हा कान्हा मेरी गोदी में था। बंदर मेरे हाथ, पैर, सिर माथे को छू-छूकर देखने लगे, जैसे एयरपोर्ट पर मेटल डिटेक्टर से सुरक्षा गार्ड गहन जाँच करते हैं, बिल्कुल वैसे ही। डर के मारे मेरी मुट्ठियाँ बँध गई। एक बंदर ने मेरी उँगलियाँ सीधी करके दोनों मुट्ठियाँ खोल दीं। इस बार मैं बंदरों के मामले में अनुभवी हो चुकी थी। इसलिए मैंने कोई प्रतिकार नहीं किया। बंदरों ने सिर के बालों में जूँए खोजी तो मैंने चुपचाप खोजने दीं। हाथ-पैर छूकर देखे तो मैंने देखने दिए। दुपट्टे को उलटा-सीधा किया तो मैंने करने दिया। सुरक्षा जाँच करके पूरी तसल्ली होने पर बंदरों की टोली इत्मीनान से दूसरी ओर भाग गई।

चिड़ियाघर में बंदरों के बाड़े में रहनेवाली बड़ी बंदरिया को कुछ दिन ही सही मैंने अपनी सगी माँ के रूप में शिद्दत से महसूस किया था। बचपन की इस घटना की छाप इतनी पक्की है कि जीवन के हर मोड़ पर उसका रिफ्लेक्शन दिखाई देता है। □

41

ईमानदारी अभी जिंदा है

विडंबना देखिए, भारत में न हिंदी समझ में आई, न तमिल; लेकिन अंग्रेजी हम दोनों को समझ आ गई। बी-4 का दरवाजा खुला। साँवले रंग का इकहरे बदन का तकरीबन 25-26 साल का युवा अटेंडेंट बाहर आया। मुझे देखकर बोला, "प्लीज रिंग अगेन।" मैंने फिर खोए हुए मोबाइल पर घंटी की। घंटी उसके हाथ में पकड़े मोबाइल में बजी। ऐसा करने से उसे तसल्ली हो गई।

कुछ दिनों पहले मैं तिरुअनंतपुरम से नई दिल्ली आनेवाली केरल एक्सप्रेस द्वारा ग्वालियर से नई दिल्ली आ रही थी। टिकिट कन्फर्म था। ट्रैन में सहयात्री अपने जैसे ही मिलनसार थे। सो, यात्रा अच्छी हो गई। ग्वालियर में आई और ताई से मिलने का सुख तो था ही, साथ ही इस बार बहुत से पुराने संगी-साथियों से अरसे बाद मिलना हुआ, इसलिए मन भरा-पूरा, चहचहा रहा था। निजामुद्दीन स्टेशन निकलते ही मैंने अपना सामान, जैसे पुस्तकें, चश्मा, मोबाइल, चार्जर आदि समेटकर यथा स्थान रख लिया। बर्थ के नीचे से सूटकेस खींचकर बाहर निकाल लिया। सुपरफास्ट ट्रेन रेंगती हुई शान से कॉलर ऊँची करके डेढ़ घंटे विलंब से घुटे-घुटाए चीफ गेस्ट की तरह निजामुद्दीन से नई दिल्ली स्टेशन पहुँची। आगे जाने की न ट्रेन को जल्दी थी, न उतरने की मुझे उतावली। ट्रेन का यह अंतिम स्टेशन था और मेरा आज कोई कवि सम्मेलन नहीं था। ट्रेन और मैं, हम दोनों फुरसत में थे। सो, आराम से सामने की बर्थ पर बैठे 'शौर्य चक्र' विजेता मेजर संदीप यादव के बुजुर्ग माता-पिता से बतियाते हुए धीरे-धीरे सूटकेस

धकेलती हुई मैं प्लेटफॉर्म नंबर–4 पर उतरी, फिर सीढ़ियाँ चढ़–उतरकर प्लेटफॉर्म नंबर–1 से पहाड़गंज की तरफ बाहर आ गई।

सर्दी और भीड़, दोनों ही पूरे शबाब पर थे। इस शबाब पर ऑटो टैक्सीवाले कबाब सेंकने में लगे थे। कहाँ जाना है? ऑटो चाहिए? ओला के रेट में ही टैक्सी मिलेगी चलना है क्या? पूछ–पूछकर इन लोगों ने रेलवे के इस जुमले को सार्थक कर दिया कि 'नई दिल्ली रेलवे स्टेशन पर आपका हार्दिक स्वागत है।' मैं इस स्वागत–सत्कार से पीछा छुड़ाती हुई रेलवे स्टेशन परिसर से बाहर निकलकर पद्मश्री बिंदेश्वर पाठकजी की अद्भुत परिकल्पना यानी सुलभ शौचालय के सामने रोड की साइड में खड़े होकर कैब बुक करने का उपक्रम करने हेतु पर्स में से फोन निकालने की कोशिश करने लगी, लेकिन पर्स में न तो फोन था न ही चार्जर। दो बार, तीन बार, चार बार पूरा पर्स खँगाल लिया, लेकिन मोबाइल फोन नहीं था तो नहीं मिला। अब क्या करूँ? अब तक तो ट्रेन यार्ड में चली गई होगी और अगर प्लेटफॉर्म पर खड़ी भी होगी तो मोबाइल और चार्जर तो जिसे ले जाना होगा, वो ले गया होगा। प्लेटफॉर्म पर ट्रेन रुकते ही जितनी फुर्ती से यात्री नहीं उतरते, उससे दो गुनी फुर्ती से बॉटल और कचरा बटोरनेवालों की सेना धावा बोल देती है। ऐसे में कहाँ और कैसे मिलेगा मेरा प्यारा मोबाइल फोन? असंभव, फिर मन ने कहा—मोबाइल गया तो है ही। पक्का विश्वास है कि नहीं मिलेगा, फिर भी चान्स लेने में क्या जाता है? कम–से–कम मन को तसल्ली ही होगी कि हम बिना लड़े नहीं हारे हैं। श्री सुरेंद्र दुबेजी (जयपुर) द्वारा रचित 'रावण' कविता की पंक्ति बिजली की तरह मस्तिष्क में कौंध गई—

जीतोगे तुम यही विचारो,
बिना लड़े हरगिज मत हारो।

बस, फिर क्या था? आधे से भी आधे सेकेंड में वापस प्लेटफॉर्म पर जाकर ट्रेन

में खोजने का निश्चय किया और फुर्ती से सूटकेस धकेलती हुई पुल चढ़-उतरकर प्लेटफॉर्म नंबर-4 पर पहुँची। रास्ते में एक कुली से पूछा कि केरल एक्सप्रेस में मेरा मोबाइल रह गया है। मिल जाएगा? वो बहुत विश्वास के साथ बोला—"हाँ, मिल जाएगा। जल्दी जाइए। ट्रेन अभी खड़ी है।" उस कुली ने जिस विश्वास के साथ मुझे आश्वस्त किया, उससे मेरे कदमों की गति में उत्साह आ गया। सच में केरल एक्सप्रेस प्लेटफॉर्म नंबर-4 पर वैसी ही इतराती हुई, प्लेटफॉर्म पर अपना मालिकाना हक जताती हुई खड़ी थी।

ट्रेन के सभी डिब्बों के दरवाजे बंद थे। अब मैं क्या करूँ? मैंने बंद शीशों पर आँखें सटा-सटाकर देखते हुए अपनी बर्थ खोजी। बर्थ पर और खिड़की के पास लगे फोल्डिंग टेबल पर न मोबाइल था न चार्जर। अब? मैंने पर्स में से दूसरा मोबाइल निकालकर खोए हुए मोबाइल पर घंटी की। मोबाइल पर रिंग गई। तमिल, तेलुगू में कोई बोला। शब्द घड़े में कंकड़ डालकर बजाने जैसी कडुनकुडन ध्वनि करते रहे। मैंने अपनी बात बोली कि मेरा मोबाइल फोन केरल एक्सप्रेस के बी-4 में रह गया है। अभी मैं बी-4 के सामने खड़ी हूँ। मैंने सोचा कि मुझे तमिल-तेलुगू समझ में नहीं आ रही, लेकिन हो सकता है कि अगले को हिंदी समझ में आ जाए। बोलकर मैं रुकी ही थी कि वो बोला, "वन मिनट, मैडम। आई कम देअर।" विडंबना देखिए, भारत में न हिंदी समझ में आई न तमिल-तेलुगू, लेकिन अंग्रेजी हम दोनों को समझ आ गई। बी-4 का दरवाजा खुला। साँवले रंग का इकहरे बदन का तकरीबन 25-26 साल का युवा अटेंडेंट बाहर आया। मुझे देखकर बोला, "प्लीज रिंग अगेन।" मैंने फिर खोए हुए मोबाइल पर घंटी की। घंटी उसके हाथ में पकड़े मोबाइल में बजी। ऐसा करने से उसे तसल्ली हो गई कि खोए हुए मोबाइल की मालकिन मैं ही हूँ। अटेंडेंट ने मुझे मोबाइल के साथ चार्जर भी सौंपा। मैंने उसको धन्यवाद दिया। अपने ईमान पर दृढ़ रहने के लिए खुश होकर ईनाम भी दिया। बहुत कहने पर उसने इनाम के नोट स्वीकार किए। उस अटेंडेंट ने बताया कि उसका नाम प्रशांत है। तमिलनाडु के गाँव का रहनेवाला है। मैंने उसके साथ सेल्फी ली और सोशल मीडिया पर सकारात्मक टिप्पणी के साथ पोस्ट की, जिससे अन्य व्यक्तियों के मन में यह विश्वास जग सके कि ईमानदारी अभी जिंदा है। खून, आगजनी, हिंसक आंदोलनों, नारेबाजी, आरोपों-प्रत्यारोपों, झूठ, फरेब और गहरे अविश्वास के बीच ये है प्रशांत विश्वास।

ऐसे लाखों प्रशान्त हमारे आसपास हैं, लेकिन चौबीस घंटे परोसी जा रही नकारात्मकता के बीच हम इन्हें देख ही नहीं पाते या देखकर भी अनदेखा करते हुए

आगे निकल जाते हैं। आप भी सुबह से ढूँढ़ना प्रारंभ कीजिए। मेरा विश्वास है कि शाम तक आपको एक नहीं अनेक प्रशांत मिल जाएँगे। धन्यवाद प्रशांत।

पिछले कुछ दिनों से दिल्ली और देश भर में घटी दिल दहला देनेवाली घटनाओं ने मुझे भी यह सोचने और मानने पर विवश कर दिया था कि सबकुछ खत्म हो गया। अब कुछ भी नहीं बचा। चाहे वह हैदराबाद, उन्नाव हो चाहे दिल्ली की घनी बस्ती में धड़ल्ले से चल रही फैक्टरी में लगी आग में एक साथ जलकर मरे पैंतालीस लोग हों, नेताओं की हल्कट बयानबाजियाँ हों या तथाकथित बुद्धिजीवियों की मूर्खतापूर्ण डिबेट हो—सभी कुछ मस्तिष्क को क्षुब्ध करने के लिए पर्याप्त रसद सप्लाई करते रहे और हम जागरूक, पढ़े-लिखे, समझदार कहाते हुए भी अविश्वास की सुरंग से होते हुए अवसाद के प्रवेश द्वार तक पहुँच ही गए। ऐसी कठिन स्थितियों में अकसर ईश्वर कुछ-न-कुछ ऐसा चमत्कार दिखाता है कि मानवता पर गहरे तक पैठी आस्था जो तत्कालीन नकारात्मक घटनाक्रमों से मृतप्राय होना चाह रही होती है, वह पुनर्जाग्रत हो जाती है। और लगता है कि—

ईमानदारी अभी जिंदा है, ये है असली खबर।
जिससे टी.वी. और अखबार हैं बिल्कुल बेखबर।

□

42

लो कल लो बात

अभी दो दिन पहले की बात है। मैं अपने कमरे में बैठी कुछ लिख रही थी। अचानक मुझे महसूस हुआ कि कुरसी हिल रही है। मैंने सिर उठाकर सामने देखा। तब भी लगा कि पूरा फर्श हिल रहा है। एकबारगी खयाल आया कि कहीं मुझे चक्कर तो नहीं आ रहे, लेकिन फिर पंखा और परदा भी हिलता-सा लगा। मन को अहसास हो गया कि यह भूकंप है। किचन में मेरी कामवाली बाई बरतन धो रही थी। मैंने जोर से आवाज लगाई, "सुनीता, जल्दी आओ।" सुनीता आराम से हाथ का बरतन धोकर आई।

वो बोली, "हाँ दीदी, कहो?"

मैंने जोर से कहा, "भूकंप आ रहा है।"

उसने बेफिक्री से कहा, "नीचे से आते हुए नहीं दिखा।"

मैं बोली, "अरे, मैं किसी व्यक्ति के आने की नहीं बोल रही। चुपचाप खड़ी होकर महसूस करो भूकंप यानी धरती हिल रही है।"

वो उसी बेलौस अंदाज में बोलती गई, "दीदी, आज दम मारने का भी टैम नाए। जे मेसूस-वेसूस तुमई करो। अभी दो घर और काम बाकी है। पहले काम निबटा लें, भूकंप को बाद में फुरसत से देख लेंगे। कल लो बात! हम औरतन का जे भूकंप का बिगाड़ लेगो?"

□

43

चाँटा

दो घटनाएँ–

: 1 :

1996–97 की बात है। तब रेलवे का कंप्यूटरीकरण नहीं हुआ था। रिजर्वेशन कराने के लिए टिकिट काउंटर पर लाइन लगानी पड़ती थी। मैं दिल्ली कैंट रेलवे स्टेशन पर रिजर्वेशन की लाइन में खड़ी थी। लाइन बहुत धीरे-धीरे आगे बढ़ रही थी। 8 बजने में सिर्फ 15 मिनट बचे थे। 8 बजे काउंटर क्लोजिंग का टाइम था। सभी लोग उतावले हो रहे थे। सबको लग रहा था कि लाइन जल्दी-जल्दी चले और उन्हें टिकट मिल जाए, लेकिन सब शालीनतापूर्वक बिना हल्ला मचाए अपनी बारी की प्रतीक्षा कर रहे थे। बीच-बीच में कोई टिकिट काउंटर पर बैठे व्यक्ति से ऊँची आवाज में कह देता था कि जरा जल्दी कर ले भाई। हमें भी टिकिट मिल जाए, लेकिन स्थिति नियंत्रण में थी। तभी जोर से आवाज आई 'चटाक्'। सब ने घूमकर पीछे देखा। एक कम उम्र के पढ़े-लिखे आधुनिक वेशभूषा में पति-पत्नी खड़े थे। पत्नी की गोदी में डेढ़-दो साल का बच्चा था। पति-पत्नी के गाल पर सार्वजनिक रूप से चाँटा जड़कर शांत नहीं हुआ। जोर-जोर से चिल्लाए जा रहा था—"मैंने कहा था जल्दी चल, लेकिन तूने देर कर दी। अब टिकिट नहीं मिलेगा। मर यहीं पर।" जींस टी-शर्ट पहने, बच्चे को गोद में लिए पत्नी गाल सहलाते हुए, इधर-उधर देखकर थोड़ा शर्मिंदा होते हुए रुँआसी-सी होकर बोली, "बिट्टू के कारण देर हो गई।"

: 2 :

22 अक्तूबर, 2018 को मैं आनंद विहार मैट्रो स्टेशन पर थी।

एक गाँव का परिवार, जिसमें पति-पत्नी और दो बेटे थे (एक बेटा तीन-चार साल का और दूसरा आठ-नौ साल का) टोकन लेकर प्लेटफॉर्म पर जाने के लिए लाइन में खड़े थे। उनके पास सामान भी था—संदूकची, दो-तीन बड़ी गठरियाँ, बाल्टी और भी बहुत कुछ। परिवार का मुखिया यानी पति बहुत हड़बड़ी मचा रहा था। लाइन तोड़कर बार-बार आगे जाने का असफल प्रयास कर रहा था। असफल इसलिए, क्योंकि आगे खड़े लोग उसे बार-बार पीछे भेज देते थे। जैसे-तैसे उनका नंबर आया। पति ने नियत स्थान पर टोकन टच किया और पत्नी से जोर से चिल्लाकर कहा, "निकलो।" पत्नी और छोटे बच्चे ने पूरी फुर्ती दिखाई और गेट खुलते ही दोनों एकसाथ पार निकलने लगे, लेकिन उनसे ज्यादा फुर्ती गेट ने दिखा दी। बच्चे के पार होते ही गेट बंद हो गया। बच्चा उधर निकल गया, पत्नी इधर ही रह गई। अब पति का गुस्सा सातवें आसमान पर था। उसने आव देखा न ताव, एक जोर का चाँटा पत्नी के गाल पर रसीद कर दिया 'चटाक्'। पत्नी रुँआसी-सी गाल सहलाती हुई अपराधबोध से ग्रसित खड़ी रही।

□

44

एक रात का मेहमान

नींद आँखों से कोसों दूर थी। बार-बार उसी का खयाल आ रहा था। कितना मासूम है, प्यारा है, चंचल है, लेकिन आज उसकी जो दशा देखी, वो हृदय को हिला देनेवाली थी। डरा-सहमा, अपने में खोया-खोया, गुमसुम, चुपचाप। नहीं तो ये एक मिनट भी चुप रहनेवाला था कहीं। चौबीस घंटे बकर-बकर-बकर। खाने-पीने का भयंकर शौकीन। मिर्ची तो ऐसे चाव से खाता था, जैसे रसमलाई हो और आज निर्लिप्त, भावहीन और चावहीन।

एक रात अचानक ही बिन बुलाए मेहमान की तरह वो घर आ गया। केवल आया ही नहीं, आकर बैठ गया। बिना पूर्व सूचना दिए उसका आना मुझे अचंभित कर गया, लेकिन जब आ ही गया था, तब उसके खाने-पीने की व्यवस्था तो करनी ही थी। वैसे भी इतनी रात को वो कहाँ जाता? रात में उससे पूछताछ करना भी उचित नहीं लगा। जो उसे पसंद आ सकता था और जो घर में उपलब्ध था, वो उसके सामने रख दिया। कुछ डरा-डरा सा दिखाई दे रहा था। पता नहीं कहाँ से आ रहा था? क्या करके आ रहा था? उसने न पानी पिया न ही कुछ खाया। सहमा-सा बैठा रहा। मैंने भी रात को कोई अप्रिय चर्चा नहीं की। सोचा, सुबह आराम से पूछूँगी। थका हुआ था शायद। बैठे-बैठे ही उसे नींद आ गई। मैंने भी उसे डिस्टर्ब नहीं किया। रात बहुत हो चुकी थी, इसलिए मैं भी सोने चली गई। बिस्तर में लेट तो गई, लेकिन नींद आँखों से कोसों दूर थी। बार-बार उसी का खयाल आ रहा था। कितना मासूम है, प्यारा है, चंचल है, लेकिन आज उसकी जो दशा देखी, वो हृदय को हिला देनेवाली थी। डरा-सहमा, अपने में खोया-खोया, गुमसुम, चुपचाप। नहीं तो ये एक

मिनट भी चुप रहनेवाला था कहीं। चौबीस घंटे बकर-बकर-बकर। खाने-पीने का भयंकर शौकीन। मिर्ची तो ऐसे चाव से खाता था, जैसे रसमलाई हो और आज निर्लिप्त, भावहीन और चावहीन। समय-समय की बात है। पहले मैंने कितनी मिन्नतें कीं, कितनी बार घर बुलाया, लेकिन वो नहीं आया और आज अचानक…।

अकेले रहना उसे बिल्कुल पसंद नहीं था। चारों ओर चहल-पहल हो, शोर-शराबा हो, उत्सव-सा वातावरण हो तो एकदम खिल जाता था। दो ही शौक थे उसके—खाना और गाना। खाने में बहुत चूजी था। सारी चीजें पसंद नहीं थीं। जो पसंद थीं, बस वो ही पसंद थीं। गाने तो जो मर्जी और जितने मर्जी गवा लो। याददाश्त तो इतनी कमाल की थी कि एक बार सुनकर पूरा गाना कंठस्थ कर लेता था। फिर उसी आरोह-अवरोह लय-ताल-सुर के साथ मगन होकर दिन-रात गाता रहता था। चंचल इतना कि एक मिनट एक जगह नहीं ठहरता था। इधर-से-उधर, उधर-से-इधर डोलता रहता था।

आज उसकी दशा देखकर मेरे तो होश ही उड़ गए। क्या हालत बना रखी है ? सोचते-सोचते पता नहीं कब आँख लग गई। सुबह जब आँख खुली तो सबसे पहले बाहर आकर देखा। देखा तो हैरान रह गई। वो वहाँ नहीं था। कहाँ गया होगा ? जल्दी-जल्दी घर में सभी जगह देख लिया। बैठक में, रसोई में, बालकनी में, सब जगह, लेकिन वो कहीं नहीं दिखा—तरह-तरह की आशंकाएँ मन में उठने लगीं। कोई पकड़कर तो नहीं ले गया ? कोई अनहोनी तो नहीं हुई ? जैसे बिना बताए आया था, वैसे ही बिना बताए चला गया। चला गया, लेकिन हृदय में हलचल मचा गया। विचारों में डूबते-उतराते मैंने अपने लिए एक कप चाय बनाई और बालकनी में आकर झूले पर बैठ गई। थोड़ी देर में 'टाँय, टाँय, टाँय, टाँय' करते हुए उसके साथी आकाश में उड़ते हुए आए और बालकनी के चक्कर लगाने लगे। सारे खुशी से झूम रहे थे, गा रहे थे। उन हरियल तोतों में एक वो भी था शायद, जो रात में अचानक बिना बुलाए मेहमान-सा आ धमका था। उन उन्मुक्त पंछियों को देखकर मेरे होंठों पर मुसकान तैर गई। □

45

एक फैसला ऐसा भी

पूरे फ्लैट को दोनों बच्चों ने गुब्बारों और बिजली की झालरों से सजाया। पापा के पसंद की बैडशीट उनके बिस्तर पर बिछाई। उनके पसंद का भोजन बनाया। पापा जब हॉस्पिटल से घर आए तो घर की सजावट देखकर उनके चेहरे पर खुशी की लहर दौड़ गई। श्रीमती ने उनके पसंद का ड्रेस पहना।

जीवन अनमोल है। साँसें सीमित। चलते-चलते कब जीवन की साँझ हो जाए, कुछ पता नहीं। हम आज हैं, कल नहीं। इसलिए जब तक जिएँ, जीवन को उत्सव की तरह जिएँ। बोझ समझकर नहीं, ईश्वर का प्रसाद मानकर ग्रहण करें। सुख-दुःख परिस्थितियों में नहीं, परिस्थितियों को देखने के हमारे दृष्टिकोण में है।

ये किसी फिल्म की कहानी नहीं, बल्कि सच्चा वाकया है। मैं दिल्ली के जिस अपार्टमेंट में रहती हूँ, उस अपार्टमेंट के एक फ्लैट में एक अच्छा मन-मिलाऊ परिवार रहता है। पति-पत्नी और दो बच्चे। एक लड़का, एक लड़की। कुछ साल पहले तक माँ यानी श्रीमतीजी की सासू माँ भी साथ में थीं। दो साल पहले उनका देहांत हुआ। पति-पत्नी दोनों जॉब करते। बच्चे पढ़ाई में अच्छे। कॉलेज आने-जाने में व्यस्त रहते। दिल्ली देश की राजधानी। यहाँ की भागमभागमयी जिंदगी यानी प्रतिदिन एवरेस्ट की चोटी तक चढ़ना और उतरना। ऐसे में रिश्ते, नाते, संबंध निभा ले जाना 'भारत रत्न' प्राप्त करने से कम नहीं है। इतनी व्यस्तता के बावजूद अपार्टमेंट के निवासियों से सदैव उनका अच्छा राब्ता रहा।

कुछ साल पहले श्रीमानजी का स्वास्थ्य अचानक खराब हुआ। इलाज चलता रहा। एयरपोर्ट अथॉरिटी में सम्मानित पद पर होने के कारण आर्थिक दृष्टि से परेशानी

नहीं थी। श्रीमती भी सरकारी विद्यालय में शिक्षिका हैं। मेडिकल टेस्ट होते रहे। दवाइयाँ चलती रहीं। डॉक्टर बीमारी पकड़ नहीं पा रहे थे। स्वास्थ्य दिन-प्रतिदिन बिगड़ता रहा। बड़े-से-बड़े अस्पताल में अच्छे-से-अच्छे चिकित्सकों को दिखाया, लेकिन बीमारी की जड़ पकड़ में नहीं आ रही थी। कुछ हायर टेस्ट कराने पर पता चला कि इनको तो कैंसर है, वो भी चौथे चरण यानी फोर्थ स्टेज पर। पता चलते ही पूरे परिवार पर मानो पहाड़ टूट पड़ा। अब प्राण रक्षा का कोई स्रोत नहीं। क्या करें? कहाँ जाएँ? किस डॉक्टर के पास होगा इस बीमारी का तोड़? डॉक्टर नहीं तो भगवान् के पास तो होगा कोई उपाय। वो तो जगत् नियंता है। कर सकता है चमत्कार। बचा सकता है प्रिय के प्राण। ज्योतिषियों से भी संपर्क साधा। जिसने जो बताया वो किया, लेकिन ढाक के तीन पात।

एक दिन श्रीमती ने मन को कड़ा करके बच्चों के साथ एक अभूतपूर्व निर्णय लिया। डॉक्टरों ने अधिक-से-अधिक एक महीने का समय बताया था। उसने दोनों बच्चों को पास बिठाकर बहुत आत्मीयतापूर्वक यह बात समझाई कि अब एक महीना हमारे पास है। तुम्हारे पापा का जाना निश्चित है। मुझे लगता है कि हम उन्हें खुशी-खुशी विदा करें। आप समझ सकते हैं कि जीवन के पैंतालीस-पचास वर्ष की आयु में ऐसा कठिन निर्णय लेना कितना दुष्कर रहा होगा, लेकिन उसने यह निर्णय लिया। यही है दृष्टिकोण। यही है नकारात्मकता में से भी सकारात्मकता निकालना। यही है अंधकार से प्रकाश की किरण खींच लेना। यही है आँसुओं से मुसकान निचोड़ना। कठिन है, पर असंभव नहीं। उसने दोनों बच्चों को बड़े प्यार से समझाया और अगले ही क्षण तीनों ने अपनी आँखे पोंछकर होंठों पर मुसकान सजा ली। श्रीमानजी के पसंद का खाना बनाकर खिलाना, उनके पसंद की जगहों पर उन्हें ले जाना, उनके मन माफिक लोगों से मिलवाना, उनके पसंद के कपड़े पहनना—सबकुछ उनके अनुकूल। महीने भर उन तीनों ने उदासी को अपने पास फटकने तक नहीं दिया। आँखों में आँसू आना चाह भी रहे होते तो उन्हें मुसकराहट की चादर में लपेटकर रख देते।

एक रात श्रीमानजी की तबीयत ज्यादा बिगड़ गई। हॉस्पिटल ले जाना पड़ा। हॉस्पिटल के डॉक्टर सौभाग्य से अच्छे थे, वरना मुर्दों में नलियाँ ठूँसकर करोड़ों बनानेवाले दैत्य भी इस प्रोफेशन में हैं। दो-चार दिन गहन चिकित्सा कक्ष यानी आई.सी.यू. में रखने के पश्चात् डॉक्टरों ने अनऑफिशिअली बताया कि अब कुछ नहीं हो सकता। श्रीमती ने उन्हें घर लाने का प्रबंध किया। उस दिन पूरे फ्लैट को दोनों बच्चों ने गुब्बारों और बिजली की झालरों से सजाया। पापा के पसंद की

बेडशीट उनके बिस्तर पर बिछाई। उनकी पसंद का भोजन बनाया। पापा जब हॉस्पिटल से घर आए तो घर की सजावट देखकर उनके चेहरे पर खुशी की लहर दौड़ गई। श्रीमती ने उनके पसंद का ड्रेस पहना। श्रीमानजी को मन्ना डे के गाने पसंद थे तो खाने के साथ मन्ना डे के गाने लगाए। आभास तो श्रीमानजी को भी था कि वो कुछ दिनों के मेहमान हैं, लेकिन बच्चों और श्रीमतीजी के चेहरे की चमक ने उनके हौसले को पस्त नहीं होने दिया। ऊपरवाले ने साँसें तो गिनती की ही दी हैं। किसी की अधिक, तो किसी की कम, लेकिन हैं गिनती की। यह हमारे ऊपर है कि हम साँसों के साथ खुश होते हैं या दु:खी ? सारा मामला दृष्टिकोण का है। दो दिन बाद वो मनहूस घड़ी आ गई। रात में एक बजे श्रीमती और बच्चों के हँसते हुए चेहरे देखते-देखते श्रीमानजी ने संतोषपूर्वक अपनी साँस छोड़ दी।

विधि का विधान मानकर अपने मन को तसल्ली देना बहुत कठिन होता है, लेकिन अन्य कोई रास्ता भी तो नहीं। जीवन अनमोल है। इसे भरपूर जिओ। खुश होने का कोई पल मत गँवाओ। दु:ख की कड़वी बेल को सुख के पानी से सींचते रहो। तुम देखोगे, एक दिन दु:ख की बेल में सुख के मीठे फल उगने लगेंगे। □□□